ANDREAS ERLENKAMP

Ein Prosit auf den Mörder. Clarissas feines Gespür für Wein

Über den Autor

Andreas Erlenkamp ist das Pseudonym des erfolgreichen deutschen Krimiautors Andreas J. Schulte. Zusammen mit seiner Frau Christine schreibt er als Barbara Erlenkamp unterhaltsame Frauenromane. Mit seiner neuen Mosel-Krimi-Reihe um die ehemalige Kommissarin Clarissa von Michel und die Mitglieder des Krimi-Lese-Clubs in Niedermühlenbach verbindet er seinen Erfolg als Krimischriftsteller mit den Erlenkamp-Wohlfühlromanen. Der Autor wohnt mit seiner Familie am Rande der Osteifel.

Andreas Erlenkamp

Ein Prosit auf den Mörder

Clarissas feines Gespür für Wein

Mosel-Krimi

lübbe

Dieser Titel ist auch als E-Book erschienen

MIX
Papier aus verantwortungsvollen Quellen
FSC® C014496

Vollständige Taschenbuchausgabe
der bei Bastei Lübbe erschienenen E-Book-Ausgabe

Titelmotive: © Getty Images: ah_fotobox | phatthanit_r | Michael Burrell | elnavegante | JJKH | ErikSkov | urfinguss | Miiicha | Thomas_Renz
Umschlaggestaltung: Guter Punkt, München | www.guter-punkt.de
Satz: 3w+p GmbH, Rimpar (www.3wplusp.de)
Gesetzt aus der Minion
Druck und Verarbeitung: GGP Media GmbH, Pößneck
Printed in Germany
ISBN 978-3-404-18538-2

5 4 3 2 1

Sie finden uns im Internet unter luebbe.de
Bitte beachten Sie auch: lesejury.de

Für Tine.
Das Leben mit Dir ist wie guter Wein, es wird immer besser.

»Ein gutes Glas Wein ist geeignet, den Verstand zu wecken.«
Konrad Adenauer

Prolog

Weit unten floss die Mosel träge dahin. Ein blaugrauer Strom mit kleinen Wellen, auf denen die Morgensonne helle Lichtpunkte funkeln ließ.

Der Fluss hatte sich über Jahrtausende seinen Weg durch die steilen Berge rechts und links gegraben. Weinberge, die schon in wenigen Monaten wieder sattgrün im Sonnenlicht glänzen würden.

Die kleine Ortschaft am Rand einer der zahlreichen Moselschleifen lag zwischen dem Wasser und den alten grauen Felsen, die hoch über allen Schieferdächern emporragten. Dicht drängten sich die Häuser aneinander.

Oben im Wingert auf einer Holzbank sitzend vergaß er bei diesem Anblick für einen Moment seine Probleme. Er hatte extra ein Sitzkissen gegen die Kälte mitgenommen, so konnte er entspannt warten.

Später am Tag würden sich die Wohnmobilplätze am Ufer füllen, würden Touristen die engen Gassen im Ort und die

Spazierwege in den Weinbergen bevölkern. Ein sonniger kalter Wintertag, das lockte viele an die Mosel. Von alldem war jetzt noch nichts zu sehen. Aber warum an diesem Ort? Fast eine Stunde hatte er gebraucht, um über Niedermühlenbach hierherzuwandern. Hoffentlich hatte sich der Weg gelohnt. Er wischte sich den Schweiß von der Stirn, das Laufen hatte ihn mehr angestrengt, als er selber zugeben wollte. Ich muss wieder mehr für meine Fitness tun, dachte er. Mitte vierzig ist kein Alter, um außer Atem zu kommen. Dann aber lachte er verbittert auf. Wenn kein Wunder geschah, hatte er ganz andere Sorgen am Hals als seine mangelnde Fitness.

Er sah die massige Gestalt den schmalen Weg entlangschreiten, selbstbewusst, herrisch, als würde der Trampelpfad dieser Person allein gehören. In dem Moment keimte in ihm der Verdacht auf, dass dieses Treffen von vornherein zum Scheitern verurteilt war. Der andere hatte ihn demütigen wollen, hatte ihn auf diesen langen Weg geschickt, um ihm ein weiteres Mal vor Augen zu führen, wer von ihnen der Bittsteller war, derjenige, der sich absonderlichen Wünschen beugen musste.

Ja, in diesem einen Moment, in dem er das amüsierte Gesicht des anderen in der Morgensonne sah, wurde ihm klar, dass er hier mit Bitten keinen Erfolg haben würde. Er musste schwerere Geschütze auffahren. Nicht zum ersten Mal dachte er an Mord. Es wäre nicht der erste, den der Fluss dort unten in seiner Geschichte miterleben würde, und sicher nicht der letzte.

Willkommen in Niedermühlenbach

Willkommen in Niedermühlenbach! Nur wenige Meter hinter dem Ortseingangsschild stand ein großer Basaltstein mit dem eingravierten Willkommensgruß. Clarissa bremste; nicht, weil sie den Wunsch hatte, die weiteren Inschriften auf dem Stein zu entziffern, sondern weil keine zehn Meter vor ihrem Auto eine Kuhherde die Straße passierte. Gemächlich trotteten die Tiere vorwärts. Clarissa schaltete den Motor aus und ließ vorsichtig die ewig verspannte rechte Schulter kreisen. Die Zwangspause gab ihr immerhin die Gelegenheit weiterzulesen. *Schönstes Dorf des Jahres 2001 und 2002* – na, das klingt ja vielversprechend, dachte sie.

Dicht an dicht schoben sich die schweren braunen Leiber über die Straße. Die letzten Nachzügler waren endlich auf der anderen Seite angekommen. Was Clarissa irritierte, war, dass den Kühen niemand folgte. Kein Landwirt, kein Kuhhirte, niemand. Mussten solche Tiere nicht zusammengehalten werden? Anscheinend wussten die Kühe auch ohne Begleitung genau, wohin sie gehen mussten. Clarissa schüttelte verwundert den Kopf. »Willkommen in Niedermühlenbach«, murmelte sie, startete die Zündung und fuhr weiter.

Nach dem Ortsschild war erst mal nichts mehr, keine Höfe mit Ställen, keine Wohnhäuser, nur eine gewundene, steil ansteigende Landstraße. Das machte das plötzliche Auftauchen der Kuhherde noch mysteriöser. Sie fragte sich gerade, ob sie irgendeine Abzweigung verpasst hatte, als die Straße eine scharfe Rechtskurve machte – und da lag vor ihr in einem kleinen Tal Niedermühlenbach. Clarissa bremste erneut, lenkte das Auto rechts auf den Grünstreifen und hielt an, um das Dorf zu betrachten. Normalerweise wäre sie nie auf die Idee gekommen, im laufenden Verkehr zu halten, um sich etwas anzusehen, aber hier sollte das wohl kein Problem sein. In den letzten zehn Minuten war sie mutterseelenallein auf der Landstraße gewesen, abgesehen von der Kuhherde natürlich. Das Moseltal lag nur wenige Kilometer entfernt, sie befand sich sozusagen im Hinterland, oberhalb der Mosel, da gab es augenscheinlich deutlich weniger Verkehr. Weniger Verkehr, dafür mehr herrenlose Kühe.

Niedermühlenbach war ein altes Dorf. Die meisten Häuser waren aus Bruchstein erbaut und besaßen schiefergedeckte Dächer. Hier und da gab es altes Fachwerk, einzelne Nebengebäude aus grau verwittertem Holz und am Dorfrand einige wenige moderne Einfamilienhäuser. Ein Bach schlängelte sich zwischen den Häusern hindurch. Soweit Clarissa das erkennen konnte, gab es zwei kleinere Brücken über diesen Bach. Mittelpunkt des Dorfes war ein Marktplatz, der auf der einen Seite von dem Bach begrenzt wurde. Ein Teil der Straßen rund um den Marktplatz und zwischen den Häusern schien noch mit Kopfsteinpflaster versehen zu sein. Oberhalb des Marktplatzes, auf einer kleinen Anhöhe, stand eine weiß verputzte Kirche. Das Ganze machte in der Märzsonne einen so friedlichen und idyllischen Eindruck, dass Clarissa die Auszeichnung »Dorf des Jahres« durchaus nachvollziehen konnte. Jede Wette, dass später im Frühling an den meisten Bruchsteinhäusern große Blumenkästen zusätzliche Farben ins Bild bringen würden. Clarissa fuhr wieder los. Während sie gemächlich in Richtung Dorf weiterfuhr, wanderten ihre Gedanken zurück. Vor drei Tagen hätte sie nicht einmal im Traum daran gedacht hierherzukommen. Das Einzige, woran sie damals gedacht hatte, war der Wunsch gewesen, sich eine Auszeit zu gönnen. Doch das war leichter gesagt als getan. Eine geschlagene Stunde lang hatte sie nach dem Frühstück damit zugebracht, diverse Internetseiten von Ferienhausanbietern durchzusehen. Im Grunde hatte sie gar nicht weit weggewollt. Sie hatte das Bedürfnis nach Ruhe, sauberer Luft und möglichst langen Wegen für ihre geliebten Spaziergänge gehabt – dafür musste sie doch nicht Stunden im Auto sitzen. Häuser in Dänemark, in den Alpen, in Südfrankreich oder auf einer friesischen Insel – alles wunderschön, aber wenn sie ehrlich war für einen mehrwöchigen Aufenthalt viel zu teuer. Zumal die meisten Häuser sich erst dann rechneten, wenn man nicht als Single dort wohnte. Resigniert hatte sie dann ihren Laptop zugeklappt.

Clarissa spürte jetzt noch den Frust. Sie war es einfach gewohnt, mit Gründlichkeit und Geduld ans Ziel zu kommen. Nicht umsonst hatte sie als Erste Kriminalhauptkommissarin und Leiterin der Mordkommission auf diese Weise jahrelang Erfolge gefeiert. Meistens jedenfalls waren es Erfolge gewesen. Die Fehlschläge dagegen … nun ja, auch das Kapitel hatte sie abgeschlossen. Und die Zeit bei der Kriminalpolizei lag hinter ihr. Clarissa seufzte und hätte, so tief in der eigenen Vergangenheit versunken, fast die Zufahrt zum Dorfplatz übersehen. Sie verdrängte alle trüben Gedanken. Am Ende hatte sie, was die Haussuche betraf, doch Erfolg gehabt.

Auf dem Marktplatz gab es unmittelbar am Bachufer einige Parkplätze. Clarissa stieg aus, ging um ihren Kombi herum und holte ihre Sachen vom Beifahrersitz. Ein weißer Audi TT mit Koblenzer Kennzeichen war das einzige andere Auto, das hier stand.

Es war fast Mittag, und sie bekam plötzlich Appetit auf eine Tasse Tee oder Kaffee und ein Stück Kuchen. Heute früh hatte es nur ein hastiges Frühstück gegeben. Gestern hatte sie einen ganzen Tag lang gepackt und die Wohnung aufgeräumt. Frau Krause aus dem dritten Stock würde ab und zu in der Wohnung nach dem Rechten sehen, da sollten die Zimmer einen ordentlichen Eindruck machen.

Die Chancen auf Kuchen standen durchaus gut, denn Frau Adenau, die die Schlüssel für das Ferienhaus bereithielt, war die Besitzerin der Bäckerei und Konditorei Adenau. Kirschstreusel wäre jetzt großartig, dachte Clarissa, und bei dem Gedanken knurrte ihr Magen.

Heute früh in der Stadt war es noch empfindlich kühl gewesen, aber jetzt, in der Mittagssonne, nahm Clarissa ihre geliebte Barbourjacke über den Arm, anstatt sie anzuziehen. Sogar der Wollpulli über der Bluse war eigentlich schon zu warm. Herrlich! Sie drehte ihr Gesicht zur Sonne, schloss die Augen und genoss die Wärme.

Mitten auf dem Dorfplatz stand ein großes Denkmal, umgeben von einem runden Blumenbeet. Clarissa schmunzelte, als sie die Figur auf dem Sockel näher betrachtete. Ein Mann in Knickerbockern, Sakko und mit einer Schirmmütze auf dem Kopf. Auf den ersten Blick sah das Denkmal aus wie das genaue Abbild von Nick Knatterton. Wie sehr hatte sie diese Zeichentrickserie im Fernsehen geliebt. Damals hatte sie ganz am Anfang ihrer Laufbahn als Polizistin gestanden. Hatte Niedermühlenbach etwa dem berühmten Comic-Detektiv ein Denkmal gesetzt? Wohl kaum. Wer war wohl der Unbekannte mit der riesigen Nase? Clarissa suchte nach einer Inschrift und entdeckte schließlich eine Messingtafel. *Oskar Leander Höhlbein-Bröhmke der Ältere* – Clarissas Lächeln wurde noch eine Idee breiter. Was für ein Name. Sie hatte keine Ahnung, wer dieser Höhlbein-Bröhmke war. In der einen Hand hielt er einen Stift, in der anderen ein aufgeschlagenes Buch. Ein zu Recht vergessener Dichter? Clarissa nahm sich vor, in den nächsten Tagen herauszufinden, um wen es sich hier handelte. Jetzt aber gewann doch der Kuchenappetit die Oberhand. In gerader Linie am Denkmal vorbei erblickte Clarissa ein Schaufenster, auf dem in geschwungener Schreibschrift *Bäckerei & Konditorei Adenau* stand.

Als Clarissa den Laden betrat, ertönte ein melodisches Doppelklingeln. Zwei altmodische Messingglöckchen hingen am Türrahmen und bimmelten jedes Mal leise, wenn sich die Tür öffnete oder schloss.

»Bin gleich da, Augenblick noch«, rief eine Stimme aus dem Hintergrund. In der Luft hing der Duft von frisch gebackenem Brot mit einem Hauch Kaffee und etwas Süßem, das Clarissa nicht einordnen konnte. Vielleicht Kuchen oder Zuckerguss. Ohne Umwege steuerte Clarissa direkt auf die gläserne Theke zu und betrachtete neugierig die Auslage. Schon beim Anblick der Plunderteilchen lief ihr das Wasser im Mund zusammen. Zu ihrer großen Freude entdeckte sie weiter links ein ganzes Blech Kirschstreuselkuchen.

»Ich habe dich gestern Abend dreimal angerufen, und du bist nicht ans Telefon gegangen. Also: Was war los?«

Die Stimme klang vorwurfsvoll und ein wenig schrill. Sie gehörte einer jungen Frau, die an einem Zweiertisch zusammen mit einem Mann saß. Erst jetzt bemerkte Clarissa, dass sie nicht allein im Laden war, und drehte sich um. Sie sah das selbstgefällige Lächeln im Gesicht des Mannes, der zurückgelehnt die Vorwürfe seiner Begleiterin über sich ergehen ließ. Man sagt, dass man nur wenige Sekunden benötigt, um einen Menschen einzuschätzen und zu wissen, ob man ihn sympathisch findet oder nicht. Clarissa musste lediglich dieses Lächeln sehen und wusste, dass ihr dieser Typ von Herzen zuwider war.

»Mach mal halblang, Tanja, ich hab dir doch schon gesagt, dass ich gestern Abend Überstunden geschoben habe. Ich habe eine extrem wichtige Präsentation im Büro zusammengestellt, weißt du doch. Deine ganzen Eifersuchtsdramen sind so was von ungerechtfertigt.«

Die herablassende Stimme hielt, was das Lächeln versprach: Clarissa fühlte sich in ihrer ersten Einschätzung bestätigt.

»Hallo, Sie müssen mir verzeihen, dass ich Sie habe warten lassen, aber der Käsekuchen ist ja eine solche Mimose, den musste ich noch schnell aus dem Ofen holen.«

Die Stimme, die Clarissa aus der Betrachtung des jungen Mannes herausholte, gehörte einer kleinen, rundlichen Frau, die Clarissa anstrahlte, als wäre sie eine lang verloren geglaubte Verwandte. Clarissa hatte keinerlei Zweifel, dass sie Frau Adenau selbst gegenüberstand. Die Konditorin war ein paar Jahre jünger als sie, schätzungsweise Anfang bis Mitte fünfzig, trug die welligen schulterlangen braunen Haare zu einem lockeren Pferdeschwanz gebunden und eine runde Hornbrille auf der Nase. Überhaupt war alles ziemlich rundlich an ihr: die kleine, stämmige Figur, die vollen Wangen. Beim Anblick von Frau Adenau musste Clarissa unwillkürlich an einen barocken Puttenengel denken. Einen Puttenengel, der ständig gute Laune verbreitete.

»Guten Tag! Ich habe noch nicht lange gewartet, kein Problem. Sie sind bestimmt Frau Adenau?«, fragte Clarissa. Die Frau nickte freundlich. »Mein Name ist Clarissa von Michel. Meine Kusine Elli Stockmann hat Sie sicher informiert, dass ich für eine Weile in das Ferienhaus einziehen werde.«

»Willkommen! Willkommen in Niedermühlenbach! Ja, Frau Stockmann hat mich angerufen. Ich bin ja so froh, dass jemand in das alte Haus einziehen will. Es ist doch eine

Schande, dass das alles so lange leer steht. Natürlich schaue ich regelmäßig nach dem Rechten. Alle zwei Wochen, oder wenn sich Gäste ankündigen, mache ich dort auch sauber, aber es ist doch etwas ganz anderes, wenn ein Haus auch mit Leben gefüllt ist.«

Clarissa hatte nicht den Eindruck, dass die Konditorin eine konkrete Antwort auf ihren Wortschwall erwartete – also nickte sie lediglich zustimmend.

Frau Adenau schaute auf eine Wanduhr.

»Ach herrje, das ist jetzt aber ärgerlich. Ich möchte Sie am liebsten zum Haus begleiten, dann kann ich Ihnen vor Ort alles Notwendige zeigen. Aber ich habe zwei Apfelkuchen im Ofen, die brauchen noch eine Viertelstunde. Ausgerechnet heute bin ich allein im Laden. Mein Mann musste nach Gerolstein, und unsere Auszubildende ist in der Berufsschule. Darf ich Sie vielleicht zu einer Tasse Kaffee einladen, während Sie auf mich warten?«

»Eine Tasse Milchkaffee hätte ich sowieso gleich bei Ihnen bestellt, und ein Stück Kirschstreuselkuchen dazu wäre himmlisch. Machen Sie sich überhaupt keine Gedanken, ich habe Zeit.«

»Da bin ich aber beruhigt. Kaffee und Kuchen kommen sofort, und natürlich lade ich Sie gerne auch auf ein Stück Kuchen ein. Wir Profis sprechen da von ›anfixen‹«, Frau Adenau zwinkerte Clarissa zu. »Der Adenau'sche Streuselkuchen ist hier in der Gegend berühmt. Wenn man den einmal probiert hat, wird man ihn immer kaufen. Suchen Sie doch bitte aus, wo Sie sitzen möchten, ich bringe Ihnen gleich alles an den Tisch.«

Clarissa wählte einen Platz in der Mittagssonne, von dem sie freie Sicht nach draußen hatte, gleichzeitig aber eine Wand hinter sich und den Raum im Blick hatte.

»Boah, probier mal den Latte. Haben die dafür Instantkaffee genommen? Der ist ja unterste Kategorie.«

Mister Unsympath hatte so laut gesprochen, dass Frau Adenau an der Espressomaschine erschrocken zusammenzuckte.

»Hör auf, Dennis«, wisperte seine Begleitung. »Das ist peinlich. Mein Cappuccino schmeckt super. Tu doch nicht so, als wärst du der Kaffeeexperte. Außerdem hast du mir meine Frage noch nicht beantwortet.«

Clarissa sah, dass die junge Frau vor lauter Verlegenheit rote Flecken am Hals bekommen hatte.

»Nerv nicht rum. Ich hab keinen Bock mehr auf dein Gezicke.« Der Mann, den die Frau mit Dennis angesprochen hatte, griff in seine Hemdtasche, holte mit großer Geste einen Zwanzigeuroschein heraus und warf ihn achtlos auf den Tisch. Er nahm seinen Autoschlüssel vom Tisch. Clarissa erkannte ein silbernes Logo am Schlüsselbund. Offenbar waren die beiden mit dem weißen Audi TT gekommen.

»Ich erklär der Dicken nur noch eben, wie man einen richtigen Latte zubereitet«, sagte er lässig im Aufstehen.

Clarissa sah mit einem raschen Seitenblick, dass Frau Adenau, obwohl sie vorgab, nichts zu hören, stocksteif wurde. Ihre ganze Körperhaltung drückte Zorn und Unbehagen aus.

Jetzt konnte Clarissa nicht länger tatenlos zuhören, es wurde Zeit einzuschreiten. Sie blickte ihn direkt an und sagte: »Junger Mann, Sie werden sich jetzt hübsch wieder hinsetzen oder meinetwegen auch diese Konditorei verlassen, aber ganz sicher werden Sie hier nicht weiter unhöflich herumpöbeln und andere Leute beleidigen. Es ist schon schlimm genug, dass Sie Ihre Freundin anlügen.« Clarissa hatte noch nicht einmal die Stimme erhoben, aber ihr Tonfall war unmissverständlich und der Effekt beeindruckend.

Dennis, der Unsympath, blieb wie angewurzelt stehen und schaute sie verdutzt an.

Er brauchte tatsächlich ein paar Atemzüge, um sich wieder zu fangen. Wahrscheinlich hatte das letzte Mal vor fünfzehn oder zwanzig Jahren jemand in diesem Tonfall mit ihm gesprochen.

»Sag mal, Omi, wer hat dich denn nach deiner Meinung gefragt? Und was soll das heißen, ich würde Tanja anlügen?«

»Die Omi lass ich Ihnen mal durchgehen, weil ich heute einen wirklich netten Tag habe. Sie haben laut genug gesprochen, dass wir alle zuhören mussten, wie Sie Ihre Freundin gerade angelogen haben. Wie ich darauf komme? Es ist doch wohl offensichtlich, dass Sie keineswegs gestern im Büro waren, um irgendeine Präsentation zu erstellen. Sie haben nach einundzwanzig Uhr an der Bar getrunken – und zwar in Begleitung einer schwarzhaarigen Dame, mit der Sie dann noch ziemlich eng getanzt haben.«

»Dennis, ist das wahr?«

Die Frage seiner Freundin tat der Angesprochene mit einer unwirschen Handbewegung ab. »Woher wollen Sie das alles wissen? Ich meine, Sie waren doch nicht …«

»Ob ich dabei war, wie Sie im Café Zero den Abend verbracht haben? Nein.«

Dennis wurde bei der Erwähnung des Koblenzer Tanzclubs ganz blass um die Nase. In der Konditorei hätte man jetzt eine Feldmaus fiepsen hören können.

»Sie haben in Sachen Betrug noch eine Menge zu lernen, wobei ich befürchte, dass bei Ihnen wahrscheinlich schon die Grenze des Machbaren erreicht ist.« Ohne zu lächeln, zählte Clarissa an den Fingern die Fakten auf. Solche Details wahrzunehmen war ihr im Laufe der Jahre zur zweiten Natur geworden. Reine Routine, Routine gepaart mit einem nahezu fotografischen Gedächtnis. Eine unschlagbare Kombination, wie etliche Insassen diverser Haftanstalten bestätigen konnten. »Also: Den Rest des Stempels mit dem Zero-Logo kann ich sogar aus drei Metern Entfernung auf Ihrem Handrücken sehen. Mich wundert, dass Ihre Freundin – Tanja, nicht wahr? – ihn noch nicht bemerkt hat. Gestern war Donnerstag, da öffnet die Bar immer um einundzwanzig Uhr, die meisten trinken dort erst mal was – zumindest war das bei meinem letzten Besuch dort noch so üblich. Tanja ist blond und der Frühlingstyp, der Lippenstiftrest an Ihrem Jackettkragen ist pink. Eine Freundin von mir ist Visagistin, die könnte Ihnen das auch bestätigen: Kein Frühlingstyp mit Verstand würde einen pinken Lippenstift verwenden, höchstens ein ganz helles Rosa. Ein kräftiges, kaltes Pink passt zu Frauen mit schwarzen Haaren, dem Wintertyp. Sie sollten aufpassen, wem Sie zu nahe kommen. Und Stempelfarbe bekommt man übrigens leicht mit Deo ab.«

»Das … das … so einen Scheiß muss ich mir doch nicht anhören!« Dennis stürmte nach draußen und warf die Ladentür hinter sich zu. Tanja folgte ihm widerwillig, und ihr wütendes Gesicht sprach Bände. Als sie die Türklinke schon in der Hand hielt, drehte sie sich noch einmal um. »Entschuldigen Sie bitte den Auftritt! Der Kuchen und der Cappuccino waren erstklassig«, sagte sie in Richtung Ladentheke. Zu Clarissa gewandt ergänzte sie: »Danke! Ich ahne das schon seit Wochen.«

»Sie haben etwas Besseres verdient«, erwiderte Clarissa.

Die junge Frau schenkte ihr dafür ein zaghaftes Lächeln und nickte zustimmend, bevor sie den Laden verließ.

»Das war … was soll ich sagen? Das war ja wie im Krimi.« Frau Adenau kam hinter der Ladentheke hervor. »So etwas habe ich noch nie erlebt. Wie Sie mit dem Kerl fertiggeworden sind.«

Clarissa zuckte mit den Schultern. »Ich kann Lügen einfach nicht ausstehen.«

Frau Adenau stellte den Teller mit Kuchen und die Tasse Milchkaffee vor Clarissa ab, hielt ihr die Hand entgegen und sagte freundlich: »Ich bin Vera, und jetzt noch mal ganz offiziell: Ich freue mich, dich kennenzulernen.«

»Clarissa, meine Freunde sagen Clarissa, niemals Clara, zu mir.«

Vera schüttelte Clarissa feierlich die Hand.

»Danke, dass du dich um diesen Flegel gekümmert hast, Clarissa. In Niedermühlenbach haben wir so was nicht oft. Das hier ist ein nettes Dorf.«

»Die menschliche Natur ist sich überall mehr oder weniger gleich, und natürlich bietet ein Dorf die Gelegenheit, sie aus der Nähe zu beobachten.«

»Oh, das kenne ich, das ist ein Zitat von Agatha Christie.«

»Erwischt. Miss Marple, *Der Daumenabdruck …*«

»*… des heiligen Petrus*, natürlich. Oh, Clarissa, du magst Krimis? Das ist ja großartig. Du musst am Sonntag unbedingt zum KC-Treffen kommen. Ich bestehe drauf.«

»KC-Treffen?«

»KC: Der Krimi-Club. Wir treffen uns alle zwei Wochen und tauschen uns über Krimis aus, wir organisieren Dorffeste und einmal im Jahr eine große Dorffahrt, zu der auch alle Nicht-Krimifans eingeladen sind. Und dann gibt es natürlich die Krimileckerbissen: Vor drei Jahren waren wir in England, und im letzten Jahr haben wir ein Krimidinner in Hillesheim im Krimihotel besucht. Und für die diesjährige Dorffahrt haben wir uns wieder ein absolutes Highlight ausgesucht, aber das darf ich noch nicht verraten.«

Veras Augen leuchteten, sie schien vor Stolz und Begeisterung beinah zu platzen – Clarissa konnte unmöglich Nein sagen. Trotzdem verspürte sie einen leichten Unwillen. Sie tauschte sich gern über Krimis aus, und eine gewisse Realitätsferne in manchen Büchern störte sie nicht. Darin war sie ganz anders als viele ihrer Kollegen, die bei Krimis immer nur die Augen verdrehten. Aber sie wollte erst einmal in Ruhe ankommen und die Gegend kennenlernen. Die Freiheit genießen, keinerlei Verpflichtungen zu haben. Nun war sie seit nicht einmal dreißig Minuten in Niedermühlenbach und hatte schon den ersten Termin.

»Vera, ich komme liebend gern zu einem Treffen des Clubs. Nur nicht gleich übermorgen. Ich möchte erst einmal ankommen und verschnaufen.« Enttäuschung schlich sich in Veras Lächeln. Clarissa schob schnell nach: »Wenn ihr euch alle zwei Wochen trefft, könnte ich stattdessen beim nächsten Treffen dabei sein.«

»Das wäre schön. Ich dummes Huhn muss ja auch gleich vorpreschen und dich mit meiner Einladung überfallen.«

Jetzt sah Vera so zerknirscht aus, dass Clarissa ihre Absage fast schon wieder bedauerte. Aber nein, sie wünschte sich Ruhe, und von diesem Plan würde sie nicht abrücken.

»Wir schließen gleich, hier in Niedermühlenbach machen alle Geschäfte eine Mittagspause. Dafür arbeiten wir dann aber auch bis achtzehn Uhr, also zumindest donnerstags und freitags. Ja, bei uns wird Dienstleistung am Kunden noch großgeschrieben. Daran wirst du dich auch erst einmal gewöhnen müssen.«

Clarissa hatte Mühe, ein unbeteiligtes Gesicht zu machen. Zum Glück erwartete Vera keine Antwort. Im Gegenteil, Clarissa hätte Probleme gehabt, den Wortschwall zu unterbrechen.

»Also wie gesagt, wir machen gleich Mittagspause. Während der Zeit könnten wir zum Haus fahren, das heißt, wenn es dir nichts ausmacht, mich mitzunehmen. Wolfgang, mein Mann, hat den Wagen. Zurück würde ich dann laufen.«

»Unfug, wir fahren zusammen, und danach bringe ich dich zurück, ich muss ja auch noch ein paar Dinge fürs Abendessen einkaufen«, sagte Clarissa. »Wo wir schon mal dabei sind, ein Roggenbrot würde ich gleich bei dir mitnehmen.«

»Bekommst du, ich hol nur noch schnell die Kuchen raus.«

Vera verschwand wieder im hinteren Teil des Geschäfts, wo Clarissa die Backstube vermutete. Jetzt hatte sie endlich Gelegenheit, in aller Ruhe ihren Kuchen zu genießen. Vera hatte nicht zu viel versprochen: Der Kirschstreusel war der beste Streuselkuchen, den sie seit Jahren gegessen hatte. Jetzt weiß ich, was Vera mit »anfixen« gemeint hat, dachte sie zufrieden und nahm sich vor, hier regelmäßig Kuchen zu kaufen.

Das Goethe-Haus

»Und Elli Stockmann ist also deine Kusine. Ich finde, es toll, dass du das Goethehaus mietest.« Vera gelang mühelos das Kunststück, mit knappen Handbewegungen Clarissa durch den Ort zu dirigieren und trotzdem über etwas ganz anderes zu reden.

Zum Glück herrscht hier kaum Verkehr, dachte Clarissa, bevor sie laut antwortete.

»Das Goethehaus? Der Dichterfürst hat mal an der Mosel gelebt? Das wusste ich ja gar nicht.«

Bei Clarissas Frage kicherte Vera. »Das war meine Idee, ich habe sie damals Frau Stockmann vorgeschlagen. Ich hatte gehofft, ein paar Touristen aus dem Ausland für das Haus zu interessieren, Engländer vielleicht. Und Goethehaus hat doch Klang. Weißt du, der letzte Besitzer war ein alter Förster, Gregor Goethe. Man muss ja nicht erwähnen, welcher Goethe dort mal gewohnt hat.« Vera kicherte wieder los.

»Wenn man bedenkt, dass in England an jedem dritten alten Haus ein Schild hängt, dass dort mal Maria Stuart auf der Flucht übernachtet hat, ist die Idee wirklich nicht übel«, stimmte Clarissa zu, »aber ist der Plan aufgegangen?«

»Überhaupt nicht! Leider gibt es kaum Interessenten. In den letzten dreizehn Monaten ist das Goethehaus lediglich einmal vermietet worden.«

Vera sagte das so betrübt, als wäre sie selbst dafür verantwortlich.

»Nun, ich habe es jetzt jedenfalls gemietet und bin schon sehr gespannt. Ist es eigentlich noch weit?«

»Nein, nur noch die Straße ein Stück geradeaus. Hier ist ja schon der Ortsausgang. Wir fahren noch einen halben Kilometer, da hinten bei der Baumgruppe, da müssen wir links rein.«

Vera deutete auf ein paar Bäume. Und trotz des Hinweises hätte Clarissa fast den schmalen Feldweg übersehen. Gerade noch rechtzeitig bog sie ab und folgte dem Weg, der sich durch einen kleinen Wald schlängelte. Ein Forsthaus liegt nicht am Marktplatz, schon klar, überlegte Clarissa.

»Halt gleich mal kurz an, den Anblick mag ich besonders«, bat Vera. Einen Moment später wusste Clarissa genau, was sie meinte. Rechts und links der Straße waren jetzt schmale Wiesenstreifen zu sehen, die Bäume waren lichter und kleiner. Am Waldrand, wenige Hundert Meter vor ihnen, lag ein eingeschossiges Haus, weiß verputzt mit einer Giebelverkleidung aus dunklem Holz und einem Sockel aus hellbraunen Bruchsteinen. Vor dem Haus gab es einen Kiesplatz, und neben dem Haus konnte Clarissa eine hüfthohe Steinmauer ausmachen. Wahrscheinlich der Küchengarten, dachte sie.

»Sieht das nicht aus wie auf einer dieser Postkarten?«, fragte Vera, und in ihrer Stimme schwang Stolz mit, als wäre sie für diesen Anblick verantwortlich.

»Ja, es ist wirklich schön hier.«

»Noch besser wird es hinter dem Haus. Da gibt es dieses lang gezogene Tal zwischen den Wäldern. Das Grundstück geht praktisch in dieses Tal über, und man hat den Eindruck, dass einem ein riesiges Stück Land gehört.«

Elli hatte ihr per Mail ein paar Fotos geschickt, aber in Wirklichkeit sah das Haus noch viel hübscher aus. Kein Foto konnte die Weiden, den Wald, die Sonne und vor allem die Atmosphäre von Ruhe und Frieden einfangen.

Sie setzten sich erneut in Bewegung. Plötzlich fiel Clarissa wieder die Kuhherde ein, die ihr am Ortseingang begegnet war.

»Hör mal, als ich angekommen bin, hat eine Kuhherde die Straße überquert, direkt am Ortseingangsschild, nur dass niemand in der Nähe war. Ist das bei euch normal?«

»Ach du meine Güte! Augenblick, fahr einfach weiter, wir können direkt vor dem Haus halten. Entschuldige, ich muss mal schnell jemanden anrufen.«

Vera zog ihr Handy aus der Tasche und wählte auswendig eine Nummer.

»Bartel? Vera hier ... ja, die Vera!«

Bei der Lautstärke, mit der Vera gerade in ihr Handy brüllte, wäre Clarissa vor Schreck fast in den Graben gefahren.

»Deine Kühe sind wieder ausgebrochen! Nein, ich habe nichts versprochen, ich sagte ausgebrochen! Ja, deine Kühe! Was in der Frühe? Quatsch, Bartel, kauf dir endlich ein Hörgerät. Deine Viecher sind draußen, ja, sag ich doch. Gut.«

Vera steckte das Telefon zurück in die Tasche und seufzte.

»Der alte Bartel, stocktaub, wenn du mich fragst. Aber das will er nicht wahrhaben. Er würde noch einen Floh husten hören, hat er letztens behauptet – dass ich nicht lache. Die Posaunen von Jericho würde er verschlafen. Ah, gut, wir sind da – komm, wir gehen rein, und ich zeig dir das Haus.«

Clarissa schwirrte der Kopf. Insgeheim freute sie sich schon auf den Moment, wo sie allein im Haus sein konnte.

»Vera, um ehrlich zu sein, wäre es mir sehr lieb, wenn ich das Haus alleine anschauen könnte. Sozusagen, um ganz in Ruhe anzukommen. Würdest du es mir sehr übel nehmen, wenn ich auf die große Hausführung verzichte?«

Vera wirkte weniger verstimmt als erstaunt. Wahrscheinlich kam es in ihrem Kosmos nicht vor, dass jemand auf ihre Erklärungen bei einem Rundgang durchs Haus verzichten mochte.

»Wenn du darauf bestehst«, erwiderte Vera, »dann verschwinde ich nur kurz in der Waschküche, um den Hauptwasserhahn aufzudrehen.« Die flüchtigen Anzeichen von Unmut in ihrem Gesicht verschwanden ebenso schnell, wie sie gekommen waren. Vera war augenscheinlich kein Mensch, der schnell etwas übel nahm. Sie ging zu einer niedrigen, tannengrün gestrichenen Holztür und öffnete ein Vorhängeschloss. »Sekunde, bin gleich wieder da.«

Als sie wieder herauskam, klopfte sie sich ein paar Spinnweben von der Hose.

»So, erledigt. Der blöde Hahn ist ganz hinten in einer Nische.« Sie drückte Clarissa den Schlüsselbund in die Hand. »Hier sind die Schlüssel. Der Kleine ist für die Vorhängeschlösser der Waschküche und des Gartenschuppens. Der große für den alten Weinkeller, die beiden übrigen fürs Haus und die Hintertür. Ach ja, fast hätte ich das vergessen!« Vera kramte aus ihrer Jackentasche noch einen Umschlag hervor. »Deine Kusine hat mir noch eine E-Mail für dich geschrieben. Hier, den soll ich dir mit den Schlüsseln geben. Sie wollte dich damit überraschen.«

»Lieben Dank!« Clarissa nahm die Schlüssel und den Umschlag. Die Mail würde sie später in Ruhe lesen. »Komm, ich fahre dich rasch ins Dorf zurück.«

Die Rückfahrt erschien viel kürzer als die Hinfahrt, aber das lag nur daran, dass Clarissa den Weg nun schon im Kopf hatte und dass Vera gleich zwei Telefonate nacheinander mit ihrem Mann führte.

Clarissa setzte die Bäckerin auf dem Marktplatz ab, versprach noch einmal, wirklich regelmäßig vorbeizukommen und auch das Treffen des Krimi-Clubs nicht aus den Augen zu verlieren.

»Und melde dich, wenn dir noch etwas fehlt. Meine Telefonnummer steht auf der Küchentafel«, sagte Vera. Die freundliche Fürsorge machte die letzte halbe Stunde mehr als wett. Vera als Gesellschaft war recht anstrengend, aber sie war wirklich nett. Clarissa nickte und fuhr dann zurück. Ja, sie musste nachher noch einkaufen, und sie hatte auch die Öffnungszeiten nicht vergessen, aber jetzt wollte sie erst einmal ganz allein und nur für sich das Haus, den Garten und das Grundstück erkunden.

Wohnen mit Jagdambiente

Mit einem leisen Seufzen schloss Clarissa hinter sich die Tür. Im Flur roch die Luft ein wenig abgestanden und staubig. Vera hatte unterwegs im Auto mehrfach bedauert, dass sie das Haus nicht gründlicher hatte lüften können. Kein Problem, dachte Clarissa. Sie nahm sich vor, später alle Fenster und Türen weit zu öffnen, um Frühlingswind und Sonnenschein hereinzulassen. Wahrscheinlich spürte man auch, dass die Heizung nicht optimal lief. So ein altes Haus mit dicken Wänden konnte im Winter schnell muffig und feucht werden. Gut, dass Elli schon einen Handwerker organisiert hatte, der in den nächsten Tagen nach der Gastherme sehen würde.

Still war es hier, viel stiller als in Clarissas Stadtwohnung. Dort waren selbst nachts noch Geräusche aus den anderen Wohnungen oder die Züge von der gegenüberliegenden Rheinseite zu hören. Hier aber gab es nichts außer ihrem eigenen Atem und einem fernen Knacken in den alten Balken des Hauses. Wunderbar!

Gleich hinter der Haustür blieb Clarissa stehen und musterte die Einrichtung. Elli hatte offenbar großen Wert darauf gelegt, die ursprüngliche Atmosphäre beizubehalten. Das war die wohlwollende Auslegung. Böse Zungen hätten auch behaupten können, dass Elli sich nicht die Mühe gemacht hatte, irgendetwas zu renovieren. Ein Foto des Flurs hätte im Lexikon neben dem Stichwort »Forsthaus, traditionell« stehen können. Gegen die Terrakottafliesen am Boden gab es nichts zu sagen, die waren schön. Die Wände waren hüfthoch mit dunkelbraun gebeizten Holzkassetten verkleidet und darüber pastellgrün gestrichen. Ein Grün, das Clarissa entfernt an die Erbsensuppe ihrer Mutter erinnerte. Scheußlich – sowohl die Suppe als auch die Farbe. Clarissa schüttelte sich unwillkürlich. Offenbar hatte Gregor Goethe diesen Farbton als optimalen Hintergrund für seine zahlreichen Jagdtrophäen angesehen. An den Wänden hingen knapp unter der Decke mehr als ein Dutzend gelblich schimmernde Schädel, alle ordentlich auf Eichenholzbrettchen montiert.

Über dem halbrunden Durchgang, der zum Rest des Hauses führte, prangte ein großer ausgestopfter Hirschkopf, der Clarissa mit starrem, kaltem Blick zu mustern schien. Irgendwie sieht der Hirsch, wenn das bei einem Tier überhaupt möglich ist, vorwurfsvoll aus, dachte Clarissa. Wahrscheinlich hat er sich sein Ende anders vorgestellt. »Ich glaub, ich nenn dich Hubertus. Na, guck nicht so grimmig, ich bleib eine Weile«, murmelte sie.

Rechter Hand führte eine breite Holztreppe in die obere Etage. Rechts und links von der Treppe gab es zwei Türen aus dunklem Eichenholz. Die eine wies ein kleines Sprossenfenster auf, das mit einem bräunlichen Antikglas versehen war. Entschlossen drückte Clarissa die Messingtürklinke herunter und fand sich in einem schmalen Zimmer wieder. Der Raum war fast leer, nur an einer Wand stand ein großer Stahlschrank mit zwei Schlössern, fast schon ein Tresor. Clarissa kannte solche Schränke, eine kleinere Ausgabe gab es in ihrem Schlafzimmer zu Hause: ein Waffenschrank.

Dieses Monstrum hier ließ vermuten, dass der ehemalige Hausbesitzer ein leidenschaftlicher Waffenliebhaber gewesen sein musste. An der Wand sah Clarissa noch ein paar längliche Schatten auf der Tapete, die ihr sagten, dass dort weitere Gewehre gehangen hatten, Zierstücke wahrscheinlich. Offensichtlich hat dieser Raum dem Förster zur Lagerung und Pflege seiner Waffen gedient, dachte sie und schloss die Tür wieder. Hinter der anderen Tür befand sich ein schmales Gäste-WC, dessen Tür Clarissa mit einem kurzen Schaudern schnell wieder zudrückte. Sandfarbene Fliesen mit einem Muster aus kleinen Bäumen. Ein erbsengrünes Waschbecken, gepflegt und sauber … aber trotzdem. Wie viele Braun- und Naturtöne konnte ein Haus vertragen? Und mussten auch noch die Badezimmer in diesen Farben gestaltet sein?

Clarissa wandte sich zu dem Durchgang und zwinkerte noch einmal kurz dem ausgestopften Hirsch zu, bevor sie hindurchging. Ein paar Minuten später hatte sie sich mit den Räumen im Erdgeschoss vertraut gemacht: ein großes Wohnzimmer mit einem strapazierfähigen beigen Teppichboden, einem hübschen gemauerten Kachelofen und zwei großen Fenstern. Schwere Eichenmöbel und klobige dunkelbraune Ledersessel, die jedem Londoner Herrenclub zur Ehre gereicht hätten, verliehen dem Raum etwas durchaus Behagliches. Die Fenster boten einen atemberaubenden Blick auf das weite Tal hinter dem Haus. Neben dem Wohnzimmer lagen die geräumige Küche, die gleichzeitig auch als Esszimmer diente, eine Abstellkammer und das ehemalige Arbeitszimmer des Försters. Als Clarissa diesen Raum, der früher als Büro diente, sah, holte sie einmal tief Luft und lächelte glücklich. Gott, sah das gemütlich aus. Der Flur und die Badezimmerfarben … geschenkt, das war nicht ihr Geschmack. Hier aber, in diesem Raum, stimmte alles. In einer Ecke gab es einen gusseisernen

Kaminofen, darüber hing ein Ölgemälde, ein Tannenwald an einem Sommertag. Auf dem Bild schien das Sonnenlicht zu flirren, Clarissa meinte sogar, das Summen von Insekten hören zu können.

Vor dem Kaminofen standen zwei alte Ohrensessel, die herrlich bequem aussahen. Die übrigen Wände waren mit dunkel gebeizten viktorianischen Bücherregalen belegt, die bis an die Decke reichten. Eine Bücherleiter ließ sich an einer Führungsschiene vor den Regalen hin und her schieben. Beim Anblick der gut gefüllten Bücherregale fiel Clarissa wieder ein, dass sie ein kleines Messingschild mit der Aufschrift *Bibliothek* außen an der Tür gesehen hatte. Na klar, dachte Clarissa, ein Goethehaus braucht auch eine Bibliothek. Nur dass sich dieser Goethe – das bewies ihr ein rascher Blick auf die Buchrücken – mehr mit Forstverwaltungsrecht, Baumpflege und Schädlingsbekämpfung als mit Literatur beschäftigt hatte. Immerhin gab es aber auch mehrere Buchmeter Kriminalromane. Alte britische Schule: Agatha Christie, Edgar Wallace, Francis Durbridge – sehr gut. Die meisten Titel kannte Clarissa bereits, aber das sollte sie nicht davon abhalten, sie ein weiteres Mal mit Genuss zu lesen. Das wird mein neues Lieblingszimmer, dachte sie.

Während die meisten Räume eher rustikal eingerichtet waren, hatte Elli zumindest in der Küche Funktionalität großgeschrieben. Typisch Elli! Sie war schon immer ein Fan von modernen Küchenmaschinen gewesen. Soweit Clarissa auf den ersten Blick erkennen konnte, hatte Elli ihrem Hang zur Technik keine Zügel angelegt. Es gab eine elektrische Kaffeemühle, eine Espressomaschine und gleich daneben noch eine Filter-Kaffeemaschine. Toaster, Standmixer, Küchen- und Aufschnittmaschine. Die Kochinsel besaß zwei Gasflammen, ein Ceranfeld und eine gusseiserne Grillstation – Clarissa hatte eine Kochstelle in diesen Ausmaßen das letzte Mal bei der polizeilichen Durchsuchung einer Restaurantküche gesehen.

Die Hälfte der Geräte hier werde ich wahrscheinlich nie brauchen, dachte sie. Bevor ich mir zum Frühstück einen leckeren Smoothie mixe, muss noch einiges passieren. Clarissa schaltete die Espressomaschine ein, füllte den Wassertank und freute sich über eine Vorratsdose mit bereits gemahlenen Espressobohnen. Jetzt einen Becher Kaffee, und dann wäre sie bereit für den Rest des Hauses. Elli hatte die Küchenwände mit einem weißen Rauputz versehen lassen, die hellen Eichenfronten der Schränke und der Rest des Mobiliars passten zum Stil der Landhausküche. Neugierig öffnete Clarissa, während die Espressomaschine aufheizte, die schmale Hintertür. Die Tür war das, was man in Norddeutschland eine Klöntür nannte, man konnte den unteren Teil geschlossen halten und nur die obere Hälfte öffnen. Als Clarissa die Riegel zurückschob und nach draußen trat, hielt sie für einen Moment den Atem an. Das war wunderschön. Direkt am Haus gab es eine mit Sandsteinplatten belegte Terrasse, und dahinter begann der Küchengarten. Hier waren zwei Hochbeete mit Bruchsteinmauern angelegt worden. Am Ende des Küchengartens stand, eher verloren, das Gerippe eines alten Gewächshauses. Dem Haus fehlten fast alle Glasscheiben, trotzdem sah das Ganze bezaubernd aus. Vom Küchengarten führten breite Steinstufen auf eine Wiese, auf der weiter hinten ein paar knorrige Apfelbäume neben einem windschiefen Gartenschuppen standen. Die Obstwiese ging praktisch nahtlos in den Rest der Landschaft über. Clarissa atmete einmal tief durch. Wie frisch die Luft hier auf dem Land war. Beim Anblick des weiten, einsamen Tals fühlte sie sich plötzlich, als wäre sie die Herrin über einen riesigen Landbesitz. Zufrieden schlenderte sie zurück in die Küche, bereitete sich einen starken Kaffee zu und nahm dann, mit dem Becher in der Hand, den Rest des Hauses in Augenschein. Die Küche war offenbar der einzige Raum, den Elli modernisiert hatte – leider. Alles andere war wieder Jagdidylle pur. Das Schlafzimmer beispielsweise hatte einen wirklich schönen Blick auf den Garten und bot mit seinen großen Einbauschränken genügend Platz für Kleidung und Wäsche. Leider sorgten jedoch ein ausgestopfter Fuchs und ein zerzaustes Wiesel auch hier für mehr Jagdambiente, als Clarissa lieb war. Diese beiden Gesellen würde sie nach unten bringen. Clarissa hatte das unangenehme Gefühl, beobachtet zu werden. Nee, das brauche ich in meinem Schlafzimmer nicht, dachte sie. Sie stellte den Kaffeebecher auf dem Nachttischchen ab und setzte sich auf das große Doppelbett, prüfte auf und ab federnd die Matratze. Sehr gut.

Ansonsten gab es auf der oberen Etage noch einen Hauswirtschaftsraum mit Waschmaschine und Trockner, eine große Abstellkammer, in der sich zahlreiche Umzugskisten stapelten, ein geräumiges Badezimmer und zwei weitere Gästezimmer. Mehr Platz, als ich in den nächsten Wochen benötigen werde, aber das war mir vorher schon klar, als ich ein ganzes Forsthaus gemietet habe, dachte sie.

Als Clarissa zurück in die Küche ging, um den leeren Kaffeebecher auszuspülen, fiel ihr Blick auf den Umschlag mit Ellis Nachricht, den sie hier abgelegt hatte.

Sie schlitzte ihn auf und zog den Ausdruck heraus. Mit dem Papier in der Hand setzte sie sich draußen auf die Gartenbank und las.

Liebe Clarissa,
wenn Du diesen Brief hier liest, dann hast Du Dir wahrscheinlich schon einen ersten Überblick verschafft. Willkommen in Niedermühlenbach, mitten in der malerischen Mosellandschaft. Der Ort ist sozusagen das Tor zum Moseltal. Okay, ich gebe zu, das habe ich mir für den Werbeflyer ausgedacht. Aber die Gegend ist wirklich idyllisch, Du wirst schon sehen. Und dass unser Haus ein ehemaliges Forsthaus ist, na ja, das wird Dir auch nicht entgangen sein. Hihi!

Clarissa hielt kurz inne. Sie konnte sich genau vorstellen, welchen Spaß Elli beim Schreiben gehabt hatte. Ellis Kichern klang ihr praktisch in den Ohren. Wir sind beide annähernd gleich alt, dachte sie amüsiert, aber wenn Elli kichert, klingt sie wieder wie eine Dreizehnjährige. Wie früher. Lächelnd las sie weiter.

Vera Adenau ist ein wahres Goldstück, ich wüsste nicht, was wir ohne sie machen sollten. Ich will ganz ehrlich sein, Stefans Einfall, ein Haus oberhalb der Mosel zu kaufen, war von Anfang an idiotisch. Wir hätten uns hier in der Nähe von Berlin etwas suchen sollen. Aus der Ferne, von Berlin aus, die Vermietung zu organisieren, ist unendlich mühsam. Das wäre alles nicht so schlimm, wenn wir wenigstens Mieter hätten. Doch die gibt es nicht. Du hast mich am Telefon nach dem Mietpreis gefragt, und ich habe gesagt, wir würden uns schon einig. Natürlich musst Du gar nichts bezahlen. Das wollte ich nicht gleich am Telefon sagen, ohne es mit Stefan zu besprechen. Er sieht das aber genauso. Du kannst, wenn du willst, die Nebenkosten übernehmen. Ich werde doch von meiner Kusine kein Geld verlangen. Seit Jahren dürfen wir dein Gästezimmer benutzen, wenn wir Lust auf einen Ausflug am Rhein haben. Und nie konnten wir uns dafür revanchieren. Nimm das Haus einfach als Gegenleistung für die ganzen Wochenenden der letzten Jahre. Abgesehen davon ist es für ein Haus auch gar nicht gut, wenn es die ganze Zeit leer steht. Übrigens – es gehören auch noch ein wirklich großes Grundstück und ein zauberhafter kleiner Küchengarten dazu. Hast Du den schon gesehen? Du würdest mir einen Riesengefallen tun, wenn Du Dich ein wenig um den Garten kümmern könntest. Tja, und dann wären da noch die Probleme mit der Wasserleitung und der Heizung. Da kommen Handwerker, und ich kann sie nicht beaufsichtigen. Wenn Du Das übernehmen könntest, würde mir ein Stein vom Herzen fallen. Ich überlege schon seit Tagen, wie ich das organisiert bekomme. Also, Handwerker beaufsichtigen und den Garten auf Vordermann bringen, das wäre der Deal. Du siehst,

ganz umsonst ist Niedermühlenbach nicht. Melde Dich mal, ich bin gespannt, wie Dir alles gefällt.
Herzliche Grüße – auch von Stefan
Deine Elli

Clarissa ließ das Blatt sinken und betrachtete die Beete, die Mauern und die Obstbäume im Hintergrund. Das auf Vordermann zu bringen, sollte mir nicht schwerfallen, dachte sie. Als Kind und als junge Frau war sie ganz gartenverrückt gewesen, und selbst auf dem Balkon ihrer Eigentumswohnung hatte sie Blumentöpfe und Kübel. Mehr Pflanzen zu versorgen als die, die in den Kübeln Platz hatten, wäre bei ihren Dienstzeiten jedoch nicht möglich gewesen. Aber jetzt ... Die Aussicht auf einen Küchengarten und ein großzügiges Grundstück sorgte bei Clarissa für ein erwartungsvolles Kribbeln im Bauch.

Sorgfältig faltete sie Ellis Nachricht zusammen und ging ins Haus zurück. Jetzt einkaufen gehen und dann vielleicht eine Pause draußen auf der Terrasse. Der Wind war zwar gerade noch ziemlich frisch gewesen – es ist schließlich erst März, aber dann nehme ich mir eben eine Wolldecke mit raus, überlegte sie zufrieden.

Mister Tweed

Clarissa genoss es, über den Marktplatz zu schlendern. Ein Gefühl wie im Urlaub, keine Verpflichtungen, keine Pläne, keine To-do-Listen, die abgearbeitet werden wollten. Das ist jetzt mein neues Leben, dachte sie zufrieden, jeden Tag Urlaubsgefühle. So ganz konnte sie es noch nicht glauben. Schon während sie auf den kleinen Supermarkt zuging, begann sie in ihrem Kopf eine Liste von Lebensmitteln zusammenzustellen, so, wie sie es immer getan hatte, um Vorräte für eine ganze Woche einzukaufen. Schließlich konnte man bei der Polizei nie wissen, wann man zum nächsten Einsatz gerufen wurde. Welcher Mörder richtete seine Tat schon danach aus, dass die ermittelnden Beamten noch rechtzeitig vor Ladenschluss einkaufen gehen konnten?

Als Clarissa bewusst wurde, was da gerade in ihrem Kopf ablief, blieb sie vor dem Geschäft stehen und lachte halblaut auf. Ich gehe jetzt rein und kaufe nur für heute Abend und fürs Frühstück ein, nahm sie sich vor. Sie konnte jeden Tag einkaufen gehen, die Sonntage einmal ausgenommen.

Gut, morgen sollte sie besser nach dem Frühstück losfahren – samstags schlossen hier im Ort sicher alle Läden besonders früh, da würde sie auch gleich für Sonntag einkaufen. Aber das war es auch schon, mehr Vorausplanung würde sie nicht brauchen. Was für eine Freiheit!

Sie ging hinein, nahm einen Einkaufswagen und begann das Angebot in den Regalen zu studieren. Wenig später hatte sie ihren Wagen mit den nötigsten Lebensmitteln gefüllt. Im hinteren Bereich des Ladens gab es eine Wurst- und Frischfleischtheke. Clarissa entschied sich für ein Steak. Kurzgebratenes mit frischem Salat, Roggenbrot und einem Glas gekühltem Riesling – das war um Klassen besser als das Kantinenessen im Polizeipräsidium. Der Supermarkt bot eine beeindruckende Weinauswahl, natürlich vor allem mit Weinen der Winzer, deren Weinberge nur wenige Kilometer von Niedermühlenbach entfernt begannen. Noch ein Vorteil dieser Gegend im Vergleich zu einem Urlaub in Dänemark, dachte Clarissa zufrieden. Sie wählte in aller Ruhe einen trockenen Riesling aus und packte zwei Flaschen davon in ihren Wagen.

Sie bewegte sich weiter in Richtung Kasse. Ungefähr auf Höhe der Obstkonserven bemerkte sie im Augenwinkel einen älteren Herrn, der sich hastig abwandte. Hätte sie es nicht besser gewusst, sie hätte geschworen, dass der Mann sich sogar ein wenig duckte, um von ihr nicht gesehen zu werden. Zu spät. In Clarissas Kopf lief bereits die übliche Routine an. Während sie langsam weiterging, erstellte sie in Gedanken eine Personenbeschreibung. Zielperson männlich, ungefähr ihr Alter. Mittelgroß, siebzig bis achtzig Kilo schwer, leichter Bauchansatz. Weiße Haare, getrimmter Schnurrbart, Tweedkappe.

Es war seine Kleidung, die diesen Mann so auffällig machte. Neben der Tweedkappe auf dem Kopf trug er ein hellbraunes Jackett aus demselben Stoff, dazu eine sandfarbene Tuchhose, eine passende Weste über einem weißen Hemd und eine Fliege in Bordeauxrot.

Das Ganze ergab ein stilsicheres Gesamtbild. Ein Bild, das sich leicht in einen englischen Park oder vielleicht sogar in einen Pub eingefügt hätte, nur eben nicht in einen Supermarkt oberhalb des Moseltals.

Dass der Mann sie beobachtete, stand für Clarissa außer Frage. Während sie an der Kasse wartete, sah sie in der spiegelnden Schaufensterscheibe einen Kopf mit Tweedkappe verstohlen hinter einem Regal hervorschauen. Entweder waren die Bewohner von Niedermühlenbach besonders neugierig oder … ja was? Es muss Jahre her sein, dass ein mir Mann hinterhergeschaut hat, dachte sie amüsiert. Oder gibt es etwa einen anderen Grund für sein Interesse?

Clarissa verschob die Beantwortung der Frage auf später und fragte den Kassierer höflich: »Entschuldigen Sie bitte, bis wann haben Sie morgen geöffnet?«

Der Angesprochene brummte mürrisch. Ein Brummen, das Clarissa beim besten Willen nicht verstand.

»Was sagten Sie?«

»Zwölf, wir schließen um zwölf. Meine Frau liegt in Wittlich im Krankenhaus, die schmeißt hier sonst den Laden. Hab noch genug zu tun.«

»Verstehe, richten Sie Ihrer Gattin gute Besserung aus.«

Erneutes Brummen. Ich deute das mal als ein »Ja, werde ich tun. Herzlichen Dank«, dachte Clarissa, verstaute ihre Einkäufe in zwei mitgebrachten Taschen und verließ den kleinen Supermarkt.

Als sie zu ihrem Auto zurückging, fiel ihr ein goldfarbener Porsche ins Auge. Protzig, scheußlicher Lack. Dafür müsste man wirklich einen Hässlichkeitsrabatt bekommen, dachte Clarissa. Der Porsche war aber nicht der einzige Neuzugang auf dem Marktplatz. Direkt am Denkmal stand ein Mann und telefonierte. So lautstrak, dass Clarissa jedes Wort selbst aus der Entfernung verstehen konnte.

»Aufschub? Es gibt keinen Aufschub. Was? Natürlich geht es mir um den Profit. Wenn ich kein Geld verdienen wollte, wäre ich Mönch geworden. Bin ich Mönch geworden? Nein! Also: Wir hatten einen Deal, jetzt geht es ans Bezahlen. Das oder ich reiche Klage ein. Ich bin jedenfalls nicht bereit, auf mein Geld zu verzichten. Sie werden bezahlen, was mir zusteht, so oder so. Sie haben drei Tage, dann habe ich die erste Rate auf meinem Konto oder Sie eine Klage am Hals.«

Der Mann beendete das Telefonat grußlos, steckte das Handy in die Tasche und beugte sich vor, um ein paar welke Blätter aus dem Blumenbeet zu zupfen. Er war groß und massig. Schweiß glänzte auf seiner Stirn, als er sich schnaufend aufrichtete und zu Clarissa umdrehte. Das volle braune Haar passte nicht so richtig zu der Farbe der Augenbrauen, die dicht und buschig das Gesicht dominierten. Ein Gesicht, das dank seines Doppelkinns und der Speckfalten eine fatale Ähnlichkeit mit einer Bulldogge aufwies. Einer mürrischen Bulldogge.

»Was gibt es da zu glotzen?«, fuhr er Clarissa an.

»Verzeihen Sie, ich bin heute erst angekommen. Können Sie mir sagen, wer Höhlbein-Bröhmke gewesen ist?«, fragte Clarissa höflich.

Der Mann brummte etwas Unverständliches.

»Höhlbein-Bröhmke, der Mann auf dem Denkmal hinter Ihnen. Sie haben sich gerade um das Blumenbeet gekümmert, da dachte ich, Sie wüssten vielleicht Bescheid.«

»Sehe ich aus wie die Auskunft oder das Touristenbüro?«, bellte der Mann. »Schlimm genug, dass immer mehr Fremde in den Ort kommen, jetzt kann man noch nicht mal mehr auf den Marktplatz gehen, ohne belästigt zu werden.«

Clarissa schluckte eine bissige Antwort herunter. »Ihnen

auch noch einen netten Tag«, sagte sie und lächelte dabei honigsüß.

In ihrem Rücken knurrte die Bulldogge etwas, das wie »unverschämte Weiber« klang, aber sie hätte es nicht beschwören können.

Dieser geldgierige Widerling war ja wohl das Allerletzte gewesen. Ich halte fest, resümierte sie für sich selber, während sie zurück zum Forsthaus fuhr: In Niedermühlenbach beäugt man Fremde eher misstrauisch. Vera scheint die löbliche Ausnahme zu sein. Und Höhlbein-Bröhmke bleibt ebenso ein Rätsel wie Mister Tweed aus dem Supermarkt. Aber es sollte nicht zu schwer sein, beide Rätsel zu lösen.

Ein unerwarteter Besuch

Es sollte mehr als eine Woche dauern, bis Clarissa Antworten auf ihre beiden Fragen bekam. Das lag nicht daran, dass die Antworten besonders schwer zu finden gewesen wären, sondern lediglich daran, dass ihr Tagesprogramm unter dem Motto stand: Keine Verpflichtungen, keine Termine … und ja, auch keine Rätsel!

Sie konnte sich nicht daran erinnern, dass sie schon einmal so planlos in den Tag hineingelebt hatte. Sie stand auf, wenn sie ohne Wecker von selbst wach wurde. Sie frühstückte in aller Ruhe und las dabei einen Krimi aus der Bibliothek. Erkundete in langen, ausgedehnten Spaziergängen die Gegend. Gönnte sich ein Mittagsschläfchen, bevor sie zum Einkaufen fuhr oder im Garten arbeitete, um dann am Abend zu kochen. Den Fernseher im Wohnzimmer schaltete sie nur ein einziges Mal ein – und nach einer Viertelstunde auch wieder aus –, dafür lief in der Küche das Radio, so hatte sie nicht das Gefühl, völlig von allen Nachrichten dieser Welt abgeschnitten zu sein. Die Abende verbrachte sie lesend in einem der großen Sessel vor dem Kaminofen in der Bibliothek.

***

Sie hatte sich so sehr an die Ruhe der Umgebung gewöhnt, dass ihr das herannahende Auto schon von Weitem auffiel. Es war zuerst nur ein unbestimmtes Brummen, unbestimmt, aber doch deutlich anders als die Geräusche des Traktors vom benachbarten Bauernhof auf der anderen Seite der Weiden. Als das Brummen immer näher kam, zog sie die Gartenhandschuhe aus und ging durch das Tor in der Bruchsteinmauer zum Vorplatz des Hauses. Nur wenige wussten, dass sie hier wohnte, und sie erwartete keinen Besuch. Womöglich jemand, der sich verfahren hatte oder ein Paketbote. Doch die junge Frau, die aus dem gelben Fiat 500 ausstieg, hatte sich ganz sicher nicht verfahren, und sie wollte auch kein Paket ausliefern.

»Lisa, was machst du denn hier?«, rief Clarissa überrascht.

»Guten Tag, Chefin! Hast du wirklich gedacht, du könntest einfach in den vorzeitigen Ruhestand gehen, ohne dass wir uns bei dir bedanken?«

Kriminalkommissarin Lisa-Marlene Bellenberg schüttelte mit gespielter Missbilligung den Kopf, aber ihre Augen strahlten vergnügt.

»Du bist verrückt, Lisa. Heute ist Donnerstag, du musst doch arbeiten. Und woher wusstest du, dass ich hier wohne?«

»Hallo? Ich habe von der Besten gelernt. Frage eins: Ich habe Überstundenausgleich genommen. Frage zwei: Das war nicht so schwierig, ich musste nur ein bisschen ermitteln. Ein Anruf bei deiner Nachbarin, die hatte die Telefonnummer von diesem adeligen Schnösel, der immer so hochnäsig ist …«

»Du hast mit meinem Neffen Alex telefoniert? Der ist kein Schnösel.«

»Geschenkt, dann eben Schnulzenschreiber. Aber egal, er wusste jedenfalls, dass du das Haus seiner Tante gemietet hast. Zwei Telefonate, und – tah-dah! – schon bin ich hier.«

Elli ist nicht Alex' Tante, schoss es Clarissa durch den Kopf, aber der Hinweis darauf wäre jetzt kleinlich gewesen, genauso wie die Anmerkung, dass Alex keine Schnulzen verfasste. Laut sagte sie: »Na dann komm mal mit ins Haus, ich mach uns einen Kaffee.«

»Eine tolle Lage und ein wunderschöner Ausblick«, lobte Lisa. Dann griff sie in eine große Tasche, die sie zuvor aus dem Auto hereingebracht hatte, und stellte einen eingepackten Karton auf den Wohnzimmertisch.

»Bitte schön, das ist von ein paar Kollegen und mir. Wir haben alle unterschrieben.«

Clarissa riss das Geschenkpapier auf und öffnete den Karton. Darin lagen zwei Weingläser, eine Flasche Spätburgunder und ein großer Bildband über deutsche Weinanbaugebiete. Clarissa schlug das Buch auf und sah die Unterschriften von einem guten Dutzend Kolleginnen und Kollegen, zum Teil auch aus ganz anderen Bereichen. Zwei Kollegen von den Wirtschaftsdelikten, drei aus der Organisierten Kriminalität.

»Volker Rodenhausen hat nicht unterschrieben«, murmelte sie leise. Es passte ins Bild. Sie war mit ihrem Nachfolger, dem neuen Leiter der Mordkommission, nie richtig warm geworden. Nicht nach dieser einen Nacht.

»Nein, hat er nicht. Ich hab ihn gefragt, aber ihm ist wohl was dazwischengekommen, jedenfalls hat er keine Energie reingesteckt, sich zu beteiligen.«

»Ich danke euch, das ist wirklich nett.«

Lisa stellte ihre Kaffeetasse ab und holte einmal tief Luft.

»Ich halte das immer noch für die falsche Entscheidung.« Sie schüttelte verärgert den Kopf.

»Nein, Lisa, glaub mir, ich hab mir das gründlich überlegt.

Ich bin jetzt einundsechzig, und es reicht. Du weißt genau, was man sich auf dem Flur so erzählt hat.«

»Aber das war doch alles dummes Gerede.«

Clarissa schaute ihre ehemalige Mitarbeiterin an, die neben ihr auf dem Sofa saß. Wie hübsch die Kleine war. Das schmale Gesicht mit den Sommersprossen auf der Nase, die rötlich braun schimmernden Haare, die meist zu einem Pferdeschwanz gebunden waren. Bestimmt hatte Lisa heute früh noch ihre Laufstrecke am Moselufer absolviert.

Clarissa legte Lisa die Hand auf den Arm. Eine so vertrauliche Geste hätte sie sich als Vorgesetzte nur in Ausnahmefällen erlaubt, aber mit »der Vorgesetzten« war es nun vorbei. Sie hatte sich entschieden, einen Schlussstrich unter ihr Berufsleben zu ziehen. Wen kümmerte es, wenn jetzt im Gespräch mit einer ehemaligen Mitarbeiterin, die noch jahrzehntelange Polizeiarbeit vor sich hatte, eine fast schon mütterliche Geste dabei war?

Clarissa holte tief Luft. »Du wirst mir jetzt genau zuhören, Lisa-Marlene Bellenberg.« Lisa drehte den Kopf, schaute Clarissa fast trotzig an. Die suchte Lisas Blick. »Ja, es war dummes Gerede, unnötiges Getuschel hinter meinem Rücken. Aber dabei ging es um mich und nicht um irgendwen. Und deshalb hatte ich auch das Recht zu sagen: Es reicht. Du aber wirst dich da raushalten. Es war mein Fehler, ich will nicht, dass etwas davon an dir hängen bleibt. Du bist eine gute Polizistin, und du hast das Zeug dazu, eine hervorragende Ermittlerin zu werden. Ich wollte keinen Umtrunk mit lauwarmem Sekt und mitleidigen Blicken, kein Geheuchel und schon gar kein merkwürdiges Abschiedsgeschenk, für das alle widerwillig Geld gezahlt haben. Das hier«, Clarissa deutete auf den offenen Karton, »ist natürlich etwas anderes. Aber du hast ja die letzten Verabschiedungen selber erlebt. Das wollte ich nicht. Deshalb hatte ich meinen Resturlaub und die Überstunden eingereicht, um schon vor dem offiziellen Termin gehen zu können.«

»Ach, Clarissa, was willst du denn jetzt tun? Willst du dich hier in der Pampa, so schön sie auch ist, verkriechen?«

»Mal sehen. Ich bin ja noch nicht so lange hier.«

»Aber die Sache mit Tobi…«

»Lisa, bitte. Tobias war mein Fehler. Punkt, Ende der Diskussion.«

Lisa nickte, allerdings widerwillig. »Ich muss jetzt leider wieder los, Clarissa. Ich habe meinen Eltern versprochen, mich heute am frühen Abend um die Pferde zu kümmern, weil sie ausgehen wollen.«

»Dann fahr los. Aber du weißt ja jetzt, wo du mich finden kannst. Ich würde mich freuen, wenn du mal wieder auf einen Kaffee vorbeikommen würdest.«

Clarissa begleitete Lisa nach draußen. Die ging zu ihrem Wagen. Clarissa wandte sich ab und wollte zurück in den Garten gehen. Sentimentales Winken, bis der Gast am Horizont verschwunden war, war nicht so ihr Ding.

»Clarissa!«

Bei Lisas Ruf blieb sie stehen.

Die Kollegin kam mit schnellen Schritten auf sie zu, zögerte kurz, bevor sie sie umarmte.

»Pass auf dich auf, Chefin! Du bist die Beste.«

Lisa kehrte zu ihrem Wagen zurück, stieg ein und fuhr los.

Als Clarissa wieder allein am Blumenbeet stand, wischte sie sich mit der Hand eine Träne von der Wange. Lisas Besuch hatte ihr bewusst gemacht, dass es endgültig vorbei war. Ihre Arbeit bei der Kriminalpolizei war ein Kapitel, das sie beendet hatte. Mehr noch, sie hatte nicht nur das Kapitel beendet, sie hat auch das Buch, in dem dieses Kapitel stand, zugeklappt und ins Regal gestellt. Ein für alle Mal. Sie schaute über das Tal.

Aus einem wolkenverhangenen Frühlingshimmel blitzte ein Streifen Blau hervor. Wenn da so viel blauer Himmel ist, dass man daraus eine Hose nähen kann, wird es noch ein netter Tag. Der alte Spruch ihres verstorbenen Vaters fiel ihr ein. Prüfend warf Clarissa einen zweiten Blick auf das Himmelsblau. Vielleicht reichte es für Shorts – war doch auch nicht schlecht. Lächelnd nahm sie den Spaten und grub weiter das Beet um.

***

Mit zusammengepressten Lippen starrte Lisa durch die Windschutzscheibe auf die Straße. Ich fass es nicht, sie hat das wirklich durchgezogen, dachte sie. Clarissa Freifrau von Michel, die »Freifrau« hatte Clarissa gleich am ersten Tag im Dienstgespräch mit ihr gestrichen, war von Anfang an ihr Vorbild gewesen. Sie war scharfsinnig, einfühlsam und durchsetzungsstark. Mit ihren kurzen grauen Haaren sah sie in Lisas Augen durchaus der britischen Schauspielerin Judi Dench ähnlich, zumindest in deren jüngeren Jahren. Doch – da gab es Gemeinsamkeiten. Vor allem, wenn man an Denchs Rolle als Vorgesetzte von James Bond dachte. Lisa liebte diese Kinorolle. Auch Clarissa wusste, wie man sich Respekt verschaffte, und trotzdem, trotzdem hatte sie die Segel gestrichen.

Entschlossen umklammerte Lisa das Lenkrad. Nein, dachte sie, nein, das lasse ich nicht zu. So wird das nicht enden, Clarissa.

Idylle mit kleinen Macken

Sie hatte Lisa erklärt, warum sie vorzeitig aus dem Dienst ausgeschieden war, und indem sie das laut ausgesprochen hatte, war es für sie selber auch noch einmal greifbarer geworden. Ja, es war die richtige Entscheidung gewesen – daran gab es keinen Zweifel. Noch vor wenigen Wochen hatte sie nachts vor lauter Selbstvorwürfen kaum in den Schlaf gefunden. Das alte Forsthaus und der Garten dagegen waren Entschleunigung pur. Wie sehr sie diese ruhigen Tage genoss und wie sie dadurch zu ihrem eigenen Tempo fand, zeigte Clarissa, wie angespannt sie in den letzten Monaten gewesen war.

Das Einzige, was ihr Sorgen bereitete, war die Tatsache, dass die Heizung merkwürdige Geräusche von sich gab und ewig brauchte, um warmes Wasser zu liefern.

Als Clarissa bei einem Telefonat Elli darauf ansprach, war die ratlos. Die ursprünglich vorgesehene Firma aus Cochem hatte noch keinen Termin durchgegeben. Clarissa wollte sich bei Vera nach einer Alternative erkundigen.

Was sie noch am gleichen Nachmittag tat. Und damit, aber das konnte Clarissa ja nicht ahnen, waren ihre ruhigen Tage erst einmal vorbei.

***

»Hallo, Clarissa, das ist aber schön, dich zu sehen«, begrüßte Vera sie, als sie die Bäckerei betrat. »Du hast ja gar nicht angerufen, ich hoffe, das ist ein gutes Zeichen. Ist alles in Ordnung? Hast du dich gut eingelebt? Wie gefällt dir das Haus? Ist es nicht wunderschön hier in Niedermühlenbach?«

Vera freut sich aufrichtig, mich zu sehen, dachte Clarissa belustigt, aber auf welche der Fragen soll ich als Erstes antworten? Wahrscheinlich störte es die Bäckerin gar nicht, wenn sie nicht auf jede Frage eine Antwort bekam.

»Danke der Nachfrage, Vera. Die letzten Tage waren sehr entspannend, und ich fühle mich wirklich wohl in dem alten Forsthaus. Das ist Idylle pur da draußen, okay, eine Idylle mit kleinen Macken, aber insgesamt toll.«

Die Bäckerin klatschte begeistert in die Hände. »Genau das habe ich auch Wolfgang, also meinem Göttergatten, prophezeit. Ich habe gesagt, Wölfchen, habe ich gesagt, ich wette mit dir, dass sich Clarissa bei uns wohlfühlt. Was kann ich heute für dich tun?«

»Ich hätte gerne ein Brot, und ich wollte mich zum Nachmittagskaffee hier hinsetzen. Und gib mir doch bitte noch eine von den Apfeltaschen da vorne.«

»Eine gute Wahl. Meine Apfeltaschen haben durchaus ihre Fans.«

Wenn das Gebäck nur annähernd so gut wie der Kirschstreusel schmeckt, übertreibt sie nicht, dachte Clarissa und sagte laut: »Ich trinke auch eine Tasse Kaffee dazu.«

»Kommt sofort.«

Vera beeilte sich mit der Bestellung, verschwand noch

kurz in der Backstube, bevor sie schließlich mit der Apfeltasche und dem Kaffee an Clarissas Tisch trat. »Bitte schön, und lass es dir schmecken.«

»Werde ich, Vera. Und ich habe auch noch eine Frage.«

Die Bäckerin setzte sich an den Tisch. »Nur zu. Wie kann ich dir helfen?«

Clarissa schilderte die Probleme mit der Heizung. »Tja, so sieht es aus«, schloss sie, »und die Firma in Cochem kann Elli noch keinen Termin nennen.«

»Mhmm, im Grunde muss da auch niemand aus Cochem ran, wir haben doch unseren Kurt.«

»Und wer ist das?«

»Kurt ist praktisch ein Universalgenie, der erledigt kleinere Arbeiten, ist sozusagen der Hausmeister im Ort. Bestimmt weiß er auch Rat bei der Heizung. So eine Heizung ist schließlich keine Raketenwissenschaft, nicht wahr?«

Angesichts von Abgaswerten, Norm-Nutzungsgraden und Brennwertparametern teilte Clarissa Veras Optimismus nicht, andererseits war die Heizung im Forsthaus sicher aus einer Zeit, in der Begriffe wie Brennwertoptimierung noch Fachchinesisch gewesen waren. Durchaus möglich, dass Kurt damit zurechtkam.

»Nun guck nicht so kritisch, Kurt ist wirklich sehr findig. Ich ruf ihn gleich mal an«, sagte Vera, stand auf und holte ihr Handy hinter der Theke hervor.

»Kurt, Vera hier. Du, es gibt Probleme mit der Heizung in Gregor Goethes Haus. Hast du Zeit, dir das mal anzusehen? Montag schon? Ach, das wäre prima. Die Mieterin heißt von Michel, Clarissa von Michel. Ja, sie ist gerade hier bei mir, ich richte ihr aus, dass du Montag früh da bist. Ja, mach ich. Tschüs!«

Vera legte das Handy zur Seite und lächelte triumphierend: »Erledigt! So schnell geht das bei uns in Niedermühlenbach. Sonst noch ein Problem, das ich lösen kann?«

Clarissa musste so lachen, dass sie sich an einem Stück Apfeltasche verschluckte und husten musste. Als sie endlich wieder Luft bekam, erwiderte sie: »Alles gut, Vera. Ich staune nur. Du glaubst ja gar nicht, wie schwer es in der Stadt ist, einen Handwerker zu bekommen.«

»Die haben eben nicht unseren Kurt.«

»Ja, hab ich verstanden.«

»Jetzt hätte ich aber auch noch eine Bitte«, sagte Vera.

»Raus mit der Sprache.«

»Es geht um den Krimi-Club. Ich habe meinen Mitstreitern Luise und Ferdi von dir erzählt, und beide waren der Meinung, dass wir nicht zu sehr auf Traditionen beharren sollten.«

»Okay, und was heißt das konkret?«

»Wir … also, die beiden würden dich furchtbar gern kennenlernen. Und obwohl wir uns schon am letzten Sonntag getroffen haben, würden wir uns auch an diesem Sonntag noch einmal zusammenfinden, sozusagen außer der Reihe. Hättest du Zeit? Wir treffen uns immer reihum bei einem der Mitglieder. Und …«

»Einverstanden«, unterbrach Clarissa die Bäckerin, »ich komme zu eurem Treffen. Weißt du was, wir machen das einfach bei mir.«

»Uih, das ist ja großartig. Mach dir aber bitte keine Umstände. Nicht, dass du denkst, du müsstest uns groß bewirten.« Vera strahlte. »Wir sind so gegen neunzehn Uhr bei dir.«

Auf dem Rückweg dachte sie über den Krimi-Club nach. Noch vor wenigen Tagen war sie gar nicht begeistert von der Idee gewesen, an einem der Treffen teilzunehmen. Es gab mehrere Gründe, warum sie spontan zugesagt hatte. Zum einen freute sie sich nach den entspannten Tagen auf etwas Gesellschaft, zum anderen hatte sie das Gefühl, dass sie Vera für die Hilfe bei der Heizung etwas schuldig war. Und dann war da noch der dritte Grund. Ich bin schlicht neugierig auf die beiden anderen Krimifans hier im Ort, dachte sie. Ein ehemaliger Oberstudienrat und die ehrenamtliche Leiterin der Gemeindebücherei. Wahrscheinlich eine graue Maus, für die ihre Bücher das Tor zur Welt sind. Um ehrlich zu sein, passe ich, eine erholungsbedürftige Polizistin mit einem Hang zum Alleinsein, ganz gut dazu.

In der Nacht

Das laute Knallen der Schüsse dröhnt in meinen Ohren, Steinsplitter fliegen herum.

Hat Rodenhausen schon Verstärkung angefordert? Wie lange dauert das denn noch?

Ich werde zu alt für den Job, schießt es mir durch den Kopf. Ach was, Unfug. Routiniert lade ich meine Dienstpistole durch. Polizeiarbeit sollte man mit dem Kopf, nicht mit der Waffe in der Hand erledigen, das ist mein Credo. Trotzdem sitze ich jetzt mitten in der Nacht in diesem Schlamassel.

Sie haben mich gewarnt. Der Dealer würde nicht kampflos aufgeben, aber ich Sturkopf dachte, ich könnte ihn überraschen.

Das Dauerfeuer der Schüsse stockt. Ich schiele über die Mauerkante, sehe einen geduckten Schatten direkt auf mich zulaufen.

»Stehen bleiben, Polizei. Waffe weg!«

Der Schatten bleibt nicht stehen, und als Nächstes blitzt

Mündungsfeuer im Dunkeln auf. Die Kugel schrammt über die Mauer, etwas trifft mich schmerzhaft am Hals. Erschrocken zucke ich zusammen. Nicht darauf achten, ist nur eine Kleinigkeit. Ich atme einmal tief durch, dann stemme ich mich hoch. Ziele. Schieße. Der Schatten bleibt mitten im Lauf stehen, bricht zusammen. Ich habe auf die Schulter gezielt und getroffen. Die Stille nach dem Schuss wird von meinem eigenen hektischen Atmen unterbrochen. Mein Atmen und ein weiteres ersticktes Röcheln von links. Alarmiert laufe ich dem Geräusch entgegen. Am Boden liegt eine zusammengekrümmte Gestalt.

»Tobi, oh Gott, Junge!«

Ich knie mich neben meinen jungen Kollegen.

»Volker, wir brauchen einen Krankenwagen. Ruf den Notarzt, Tobi ist angeschossen worden.« Mein Schrei verklingt zwischen den Lagerhallen.

Verdammt, wo steckt Rodenhausen nur?

Das Atmen hört plötzlich auf. Da ist keine Hand, die sich noch einmal zitternd in meine Kleidung krallt, keine erstickten letzten Worte. So was gibt es im Kino, das hier aber ist das richtige Leben. Kriminalkommissar Tobias Schröder, gerade mal siebenundzwanzig Jahre alt, hört auf zu atmen. Einfach so.

»Scheiße, nein, Junge, du stirbst mir nicht unter den Händen weg«, fluche ich, lege beide Hände auf Tobis Brustkorb und beginne mit der Herzdruckmassage. Tobis Kopf nach hinten, Luft holen, ich presse meinen Atem in die Lunge des Jungen. »Na los, komm zurück. Atme, Tobi, atme!« Zwischen den Stößen auf den Brustkorb schaue ich hoch und brülle: »Himmel, Volker, wo bist du? Wo, verdammt noch mal, bleibt der Notarzt?«

Weitermachen, nicht aufhören, einfach weitermachen. Dreißig Stöße, zweimal beatmen. Dann wieder dreißig Stöße, Luft holen. Meine Arme schmerzen, mir wird langsam schwindelig.

»Komm zurück, Junge! Wird's bald.« Ein Schatten fällt auf mich, da ist Rodenhausen, endlich. Irgendwo weit entfernt schallt ein Martinshorn durch die Nacht. Dreißig Stöße, beatmen.

»Clarissa, es ist vorbei.«

»Nein, nein, ist es nicht. Nicht, solange ich dafür verantwortlich bin.«

***

»Nein!«

Ihr Schrei hallte noch in dem Schlafzimmer nach. Mit zitternder Hand suchte Clarissa nach dem Schalter der Nachttischlampe. Licht, sie brauchte jetzt Licht, nur um sich zu beweisen, dass alles nur ein Traum gewesen war, ein schrecklicher Traum. Einer, der sie jetzt seit mehr als einem Jahr heimsuchte.

Aber warum gerade heute? Warum hier, mitten in der Idylle?

»Albträume sind Dreckskerle, sie halten sich an keine Regeln«, murmelte sie.

Aus Erfahrung wusste sie, dass es keinen Sinn hatte, sofort wieder einschlafen zu wollen. Erst mussten die schrecklichen Bilder in ihrem Kopf verblassen. Genügend Schlaf zu bekommen war in den letzten Monaten ihrer Dienstzeit ein Problem gewesen. Das hatte sich jetzt geändert.

»Mir doch egal«, sagte Clarissa, schlug die Decke zurück, schlüpfte in ihren weichen Bademantel und ging hinunter in die Bibliothek. Das Kaminfeuer glühte noch ein wenig. Mit ein paar dünnen Holzscheiten und einem Anzünder gelang es ihr, das Feuer wieder zu entfachen. In der Küche brühte sie sich einen Becher englischen Pfefferminztee auf. Den Becher nahm sie mit in die Bibliothek. Sie ließ sich in einen der Sessel sinken, zog die Beine hoch, nippte vorsichtig an dem heißen

Getränk und versuchte den Traum zu vergessen. Tobi war in dieser Schicksalsnacht nicht in der Gasse gestorben, er hatte überlebt. Aber vollständig gesund war er noch lange nicht. Zuerst hatte es sogar so ausgesehen, als würde er für immer gelähmt bleiben. Erst vor ein paar Wochen hatten ihn die Ärzte noch einmal operiert. Ja, Tobi hatte Glück im Unglück, keine Frage. Trotzdem waren da die Schuldgefühle, die Erkenntnis, dass die anderen recht gehabt hatten, dass sie einen Fehler gemacht hatte. Sie hätte ein Sondereinsatzkommando anfordern können. Hatte das aber für unnötig gehalten. Sie hatte auf ihr kleines Team vertraut, anstatt die richtig schweren Geschütze aufzufahren. Ihre Hand tastete unwillkürlich zu ihrem Hals, berührte die schmale Narbe, die sie für immer an ihr Versagen erinnern würde.

Zum Glück kann ich morgen so lange schlafen, wie ich will, dachte sie. Clarissa nahm sich ein Buch von dem kleinen runden Beistelltisch neben dem Sessel, das sie wenige Stunden zuvor dort abgelegt hatte. *Ihr Mord, Mylord*, Kurzgeschichten im Stil der klassischen englischen Krimis. Clarissa fand sie herrlich amüsant. Sie begann zu lesen. Während draußen ein fahler Mond das Tal beleuchtete, vertrieben drinnen Tee, Kaminfeuer und Krimi langsam die trüben Gedanken.

Im Polizeipräsidium

»Ach, Tobi, warte doch mal.«

Lisa Bellenberg beschleunigte ihre Schritte, um ihren Kollegen auf dem Flur vor der Kantine einzuholen. Keine allzu große Leistung, dachte Lisa mitleidig, schließlich hatte Tobi auf einer Seite immer noch eine Krücke, und er schleppte sich mehr über den Flur, als dass er ging.

Der Angesprochene drehte sich um und lächelte breit, als er erkannte, wer da gerufen hatte. »Hi, Lisa, ich wollte mir gerade einen Kaffee holen, hast du auch Lust auf einen Becher der schrecklichsten Plörre zwischen Rhein und Mosel?«

»Wie könnte eine Frau einem so verlockenden Angebot widerstehen? Ich habe von Tim gehört, dass du heute wieder im Haus bist. Ist denn alles gut gelaufen mit der letzten OP?«

»Vier OPs innerhalb von dreizehn Monaten. Langsam bekomme ich Routine.«

Lisa ging bewusst langsam neben Tobi den Gang entlang. Sie unterließ es, ihm Hilfe bei den Zwischentüren anzubieten, weil sie wusste, dass er daran arbeitete, alles möglichst selbstständig zu schaffen.

»Und was sagen die Herren in Weiß?«, fragte sie.

Tobias lächelte halbherzig. »Sagen wir mal, sie sind vorsichtig optimistisch. Probleme macht ja nicht mehr die eine Kugel, die mich fast vor den großen Lord gebracht hätte, sondern die zweite. Die war halt sehr nah an den Nervenbahnen runter zu den Beinen. Aber es hat geklappt, ich sitze nicht im Rollstuhl. Ob ich aber je wieder mit dir am Moselufer joggen werde, steht noch in den Sternen. Ich will nicht jammern, mir fehlen nur der Sport und der Außendienst.«

»Kopf hoch, ich stehe dir für eine morgendliche Trainingsrunde jederzeit zur Verfügung.«

»Ja, sicher, weil du mich mit deiner Ausdauer schon immer wie eine fußlahme Schildkröte hast aussehen lassen.«

»Gib dir halt Mühe, wieder auf die Beine zu kommen. Je eher, desto besser.« Lisa lachte gutmütig und zwinkerte ihrem Kollegen zu.

»Mann, bin ich froh, wieder hier zu sein«, seufzte Tobias theatralisch, »ich habe deine aufmunternde Fürsorge echt vermisst.« Sein Grinsen zeigte deutlich, wie sehr er es genoss, mit Lisa herumzualbern.

»So, ich hol mal den Kaffee«, sagte Lisa und trug wenig später zwei Becher an einen Tisch.

»Hab schon gehört, dass deine Chefin gegangen ist. Kam ziemlich plötzlich, oder?«, fragte Tobi mitfühlend, nachdem sie sich gesetzt hatte.

»Das kannst du wohl sagen. Ich hätte nicht im Traum damit gerechnet.«

Tobi trank einen Schluck, verzog angewidert das Gesicht. »Kann es denn sein, dass der noch unterirdischer geworden ist?«

»Das ist nur der Entzug. In zwei, drei Tagen merkst du das gar nicht mehr, dann sind deine Geschmacksknospen wieder abgestumpft.« Lisa lachte leise, dann aber sagte sie ernst: »Clarissa von Michel hat das Gerede hinter ihrem Rücken nicht mehr ertragen. Böse Zungen, die behaupteten, sie sei schuld daran, dass du jetzt auf Krücken durch die Gänge humpelst.«

»Aber das ist verrückt. Ich würde nicht hier sitzen, hätte sie nicht hartnäckig an meiner Wiederbelebung gearbeitet, und zwar so lange, bis endlich der Notarzt da war. Ehrlich, man hat mir erzählt, dass sie noch im Rettungswagen weitermachen wollte und man sie fast beatmen musste, weil sie sich so verausgabt hatte. Immerhin war sie auch angeschossen worden.«

»Weiß ich alles, Tobias, aber ich war damals nicht dabei, ich bin erst zwei Wochen danach in ihre Abteilung gekommen. Also sag du es mir: Ist es wahr? Hat sie einen Fehler gemacht?«

Lisa rechnete es ihrem Kollegen hoch an, dass er ernsthaft über diese Frage nachdachte. »Wir hatten die Kerle unter Kontrolle, verstehst du. Und dann ist die Situation aus dem Ruder gelaufen, das konnte niemand voraussehen. Ich war ihrem Team nur für diesen Einsatz zugeteilt, aber ich habe noch nie jemanden erlebt, der so professionell vorgegangen ist. Drei Kerle der Bande haben sich ergeben, aber der letzte Mann ist durchgedreht und hat angefangen zu schießen.«

»Das war der, den die Chefin erwischt hat?«

»Genau, und deshalb hatte ich einfach nur verdammtes Pech, alles andere ist dummes Gerede.«

Lisa legte Tobias kurz ihre Hand auf den Arm und ließ sie dort für einen Moment liegen. »Danke, das bedeutet mir sehr viel.«

»Gern geschehen, Lisa.«

»Ich muss jetzt los. Aber denk daran: Mach alles, was die Ärzte fordern, damit ich dich schon bald wieder in Grund und Boden rennen kann.«

Lisa ließ Tobias in der Kantine zurück. Das Gespräch mit

ihm hatte sie in ihrem Entschluss bestärkt, das Ausscheiden der Ersten Kriminalhauptkommissarin Clarissa Freifrau von Michel nicht einfach hinzunehmen. Sie würde der Sache nachgehen. Sie wusste nur noch nicht, wo sie anfangen sollte.

Die graue Maus

Clarissa öffnete die Hintertür, um etwas kühle Luft in die Küche zu lassen. Sie hatte Blätterteigtaschen gebacken und einen Dip angerührt. Im Kühlschrank warteten zwei Flaschen Riesling, außerdem ein paar Flaschen Bier, da sie nicht wusste, was die Mitglieder des Krimi-Clubs bevorzugten. Vera hatte extra betont, sie solle sich keine Umstände machen. Aber ein paar gefüllte Blätterteigtaschen und ein Dip mit Schafskäse waren in Clarissas Augen keine Umstände. Eher schon eine Mindestanforderung, schließlich gehörte es sich für eine gute Gastgeberin, einen kleinen Imbiss anzubieten.

Sie legte die Schürze ab und trat nach draußen. Den ganzen Sonntag über hatte es genieselt, aber vor einer Stunde hatte der Regen endlich aufgehört. Jetzt brach sogar einmal kurz die Wolkendecke auf, und ein paar letzte Strahlen der Abendsonne erleuchteten den Garten und das Tal. Das Licht schimmerte auf dem nassen Gras. Was für ein schöner Ausblick, dachte sie. Ich könnte stundenlang hier stehen oder sitzen und nur den Ausblick genießen. Noch während sie sich über die Schönheit und die Weite ihres Tals freute, flitzte etwas Helles zwischen den Beeten hindurch. Clarissa nahm es im Augenwinkel wahr. Sie drehte sich um. Da … da war es wieder. Goldblond, einen halben Meter hoch und sehr, sehr schnell. »Na, wen haben wir denn da?«, sagte sie.

Sie stieß einen Pfiff aus. Und Augenblicke später schlitterte ein Hund hechelnd über ihre Terrassenplatten. »Wo kommst du denn her? Und … sitz!« Zu ihrer eigenen Überraschung gehorchte der Hund aufs Wort. Mit heraushängender Zunge schaute er erwartungsvoll zu ihr hoch. Bei diesem Anblick musste Clarissa lachen. Das lockige Fell fiel dem Hund ein wenig über die frechen schwarzen Knopfaugen, sodass er strubbelig und zerzaust aussah. Clarissa hielt dem Hund ihre flache Hand hin. Der schnupperte kurz an der Handfläche und ließ sich dann am Kopf kraulen. Mit Hunden kannte sie sich ganz gut aus, weil sie viele Jahre mit den Kollegen der Hundestaffel zusammengearbeitet hatte. Sie hatte zwar nie selber ein Tier besessen, das hätte sie bei ihren Arbeitszeiten für unverantwortlich gehalten, aber sie mochte Hunde. Falsch, eigentlich mochte sie sowohl Hunde als auch Katzen, sie hatte in der Hinsicht keine Vorlieben. Warum auch? Bisher hatte sie noch keinen Gedanken an ein Haustier verschwendet. Dieser Hund zu ihren Füßen schien sie geradezu anzustrahlen. Können Hunde lächeln?, dachte Clarissa. Wohl kaum, aber irgendwie strahlte das Tier Zufriedenheit aus.

»Ray! Ray, wo steckst du?«

Der Ruf einer Frauenstimme sorgte dafür, dass der Hund kurz den Kopf drehte und einmal bellte. Dann aber siegte offenbar der Wunsch, weiter gekrault zu werden.

»Ray, so heißt du also. Na, wir sollten deinem Frauchen aber doch Bescheid sagen.« Laut rief Clarissa: »Ihr Hund ist hier bei mir!«

Es dauerte nicht lange, da trat eine Frau durch den kleinen

Torbogen der Bruchsteinmauer, die den Küchengarten umgab. Die Frau war mittelgroß und hielt sich sehr gerade, was ein wenig über ihre wahre Größe hinwegtäuschte, sie wirkte deutlich größer. Clarissa hätte nie gedacht, dass jemand so elegant über ungleichmäßig verlegte, unebene Bruchsteinplatten gehen konnte, noch dazu in Pumps mit schwindelerregend hohen Absätzen.

Die Frau trug ein eng anliegendes grasgrünes Wollkleid mit Rollkragen und darüber einen anthrazitfarbenen Woll-Cardigan, ebenfalls schmal geschnitten, der bis über die Knie reichte. Schlicht, extravagant und sicher nicht billig, dachte Clarissa.

Das Alter war schwer einzuschätzen, jenseits der fünfzig, so viel stand fest. Das Gesicht wurde von einer schmalen, etwas zu großen Nase dominiert. Dazu kamen hohe Wangenknochen und ein gekonntes Make-up mit einem sattroten Lippenstift. Clarissa legte selbst wenig Wert auf Make-up, aber beim Anblick dieses attraktiven Gesichts keimte in ihr der Wunsch nach Wellness-Anwendungen und intensiver Make-up-Beratung auf. Die halblangen Haare der Frau hatten ein strahlend helles Blond und waren auf eine Art frisiert, die irgendwo zwischen windzerzaust und gestylt lag.

»Oh, da ist ja der Kerl. Hallo, ich wollte nicht ungefragt durch Ihren Garten stürmen, aber Ray hat beim Aussteigen wohl ein Kaninchen entdeckt, und da ist er gleich losgestürmt.«

»Er hat aufs Wort gehorcht«, erwiderte Clarissa, »ein gut erzogener Hund, das muss ich schon sagen.«

»Herzlichen Dank, ich hab mir Mühe bei seiner Erziehung gegeben, nur das Jagen von Kaninchen konnte ich ihm noch nicht austreiben. Oh, wie unhöflich, ich habe mich noch gar nicht vorgestellt. Luise Hackenroth, ich gehöre zum …«

»Krimi-Club«, ergänzte Clarissa. »Michel, ich bin Clarissa von Michel. Oder vielmehr Clarissa, ich finde, wir Krimifans sollten uns duzen. Willkommen im Goethehaus, wie meine Cousine Elli es getauft hat.«

Die beiden Frauen schüttelten sich die Hand. Ray sprang aufgeregt herum und umkreiste sie hechelnd.

»Schön, dich kennenzulernen, Clarissa. Ich heiße Luise, und wir können uns gerne duzen. Aber woher weißt du, dass ich zum KC gehöre?«, fragte Luise.

Clarissa deutete auf die Stofftasche, die Luise über der Schulter trug. »Auf der Tasche steht das Logo einer Buchhandlung, und man kann die viereckigen Umrisse von Büchern erkennen. Außerdem wollte mein Besuch um sieben kommen« – aus dem Haus ertönten die Schläge der alten Pendeluhr –, »und wir haben jetzt genau sieben. Ich finde, das sind Indizien genug.«

»Ja, Vera hat schon davon geschwärmt, wie du den Lackaffen in ihrer Bäckerei der Lüge überführt hast. Sie hat nicht übertrieben, was deine Beobachtungsgabe betrifft.«

»Ach was, das waren doch nur ein paar Hinweise, die jeder gesehen hätte«, wiegelte Clarissa ab.

»Das sagst du.«

Weiter kam Luise nicht, weil es jetzt an der Haustür klingelte.

Clarissa deutete auf die Küchentür. »Komm doch bitte rein, ich öffne dann den anderen.«

Sie führte Luise ins Wohnzimmer, um dann, begleitet von Ray, die Haustür zu öffnen. Während sie durch den Flur ging, hatte sie noch einmal das Bild von Luise beim Gang über den Gartenweg vor Augen. So viel zu ihrer Vorstellung, dass die Leiterin der Gemeindebücherei eine graue Maus sein musste. Clarissa von Michel, ermahnte sie sich, du solltest dich mal ganz rasch von ein paar Vorurteilen verabschieden. Luise hat mit einer grauen Maus so wenig gemeinsam wie der Papst mit einem Bikini-Wettbewerb. Zu Ray, der aufmerksam zu ihr hochblickte, sagte sie: »Vielleicht bin ich ja nur ein bisschen eingerostet, ein paar Krimirätsel sollten mir ganz guttun, was meinst du?«

Ray jaulte einmal leise, was wie Zustimmung klang. Sie tätschelte ihm den Kopf. »Kluger Hund!« Mit einem freundlichen Begrüßungslächeln öffnete sie die Haustür, und zum zweiten Mal an diesem Abend traute Clarissa ihren Augen nicht: Vor der Tür stand kein anderer als Mister Tweed.

Der Krimi-Club

»Clarissa, das ist Ferdinand Teichmann. Freunde nennen ihn auch kurz Ferdi«, rief Vera aus einiger Entfernung. Sie war offenbar zusammen mit Mister Tweed zum Forsthaus gefahren und kramte noch draußen in ihrem Kofferraum herum.

»Hallo, Herr Teichmann«, begrüßte Clarissa ihren Gast mit einem amüsierten Lächeln, »ich hatte mich schon gefragt, wer der Mann sein könnte, der mir im Supermarkt hinterherspioniert hat.«

Oberstudienrat im Ruhestand Ferdinand Teichmann wurde so rot wie ein erntefrischer Gala-Apfel.

»Das ist … nun … hm, das war nicht so, wie es aussah«, stotterte der Angesprochene.

»Ach was«, Clarissa lachte, »sagen wir es doch, wie es war: Vera hat Ihnen von mir erzählt, und plötzlich haben Sie beim Einkaufen diese Fremde gesehen, auf die Veras sicher ausführliche Beschreibung gepasst hat, und da wurden Sie neugierig.«

Verlegen nickte Teichmann: »Sie haben es auf den Kopf getroffen, und zu meiner Schande muss ich feststellen, dass ich bei dieser Observation nicht einmal gut gewesen bin. Bitte nehmen Sie meine Entschuldigung an.«

»Ganz sicher gibt es größere Talente, ich meine, was das Oberservieren betrifft. Und Ihre Entschuldigung ist natürlich angenommen.«

»Sagt mal, ihr beiden, wollt ihr noch Ewigkeiten vor der Haustür stehen und Small Talk halten, oder darf ich rein?«, fragte Vera belustigt. »Wie ich sehe, hast du Ray schon kennengelernt, Luise ist also auch schon da, dann wären wir ja vollständig. Bitte schön, Clarissa, Wein und Blumen sind für dich.« Vera drückte Clarissa die Geschenke in die Hand und drängte dann zielstrebig ins Haus. Weg da, jetzt kommt Vera. Zögern war für sie augenscheinlich keine Option. Über die Schulter hinweg sagte sie: »Und hört bloß mit dem Gesieze auf, das macht mich ganz kribbelig.«

»Stimmt, das ist bei unserem Krimi-Club nicht üblich«, bestätigte Teichmann und hielt Clarissa die Hand entgegen. »Ferdi, ich würde mich freuen, wenn du Ferdi sagst.«

Clarissa schüttelte die angebotene Hand. »Clarissa. Herzlich willkommen, Ferdi!«

***

»Die Blätterteigtaschen waren köstlich, Clarissa. Und der Dip erst, du musst mir unbedingt das Rezept verraten«, sagte Luise und tupfte sich mit einer Serviette die Lippen ab, bevor sie an ihrem Weinglas nippte. Vera und Ferdi nickten unisono.

»Herzlichen Dank, ich freue mich, dass es euch geschmeckt hat. Wollen wir in die Bibliothek gehen? Ich habe den Kaminofen schon angemacht. Darf ich euch noch etwas nachschenken?«

»Ich bleibe beim Wasser, ich muss schließlich noch Ferdi nach Hause fahren«, erwiderte Vera.

»Da Vera so freundlich war, mich mitzunehmen, und ich nicht mehr fahren muss, hätte ich nichts gegen ein weiteres Glas Wein.«

Clarissa schaute Luise fragend an, doch die hob abwehrend die Hand. »Das halbe Glas hier reicht mir, ich möchte auch lieber Wasser.«

Nachdem die Getränkewünsche erfüllt waren, ging die ganze Runde in die Bibliothek.

»Der Raum hat aber sehr gewonnen, ich kenne ihn noch von früher, als er Gregors Dienstzimmer war«, erklärte Ferdi. »Toll, dieses englische Ambiente, das mag ich. Vor allem die alten Holzregale, die gab es hier vorher nicht, da standen nur schlichte Archivregale aus Stahl.«

Ferdi sieht heute wieder aus, als käme er gerade von einer Moorhuhnjagd, kein Wunder, dass der Raum nach seinem Geschmack ist. Also hat Elli doch mehr verändert, als bloß einen Schreibtisch zum Sperrmüll zu geben, dachte Clarissa. Sie hatte für das Treffen extra noch zwei Sessel aus dem Wohnzimmer herübergewuchtet. Der Raum mit seinen hohen, dunkelbraun gebeizten Holzregalen und dem prasselnden Feuer erschien ihr passender für den Leseclub als das Wohnzimmer mit seinen Jagdtrophäen. Überhaupt war die Bibliothek zu ihrem Lieblingszimmer geworden.

»Ich schlage vor, wir stellen uns noch einmal kurz der Reihe nach vor. Clarissa soll doch wissen, mit wem sie es zu tun hat«, sagte Vera, nachdem sich die vier vor den Kaminofen gesetzt hatten. Ray, der Clarissa in der letzten halben Stunde nicht von der Seite gewichen war, rollte sich gemütlich zwischen ihr und Luise auf dem Boden zusammen, legte die Schnauze auf die Pfoten und schien mit sich und der Welt im Reinen zu sein.

»Dann fange ich mal an, schließlich bin ich die Neue«,

sagte Clarissa. »Ich heiße Clarissa von Michel, bin einundsechzig Jahre alt und seit genau zwölf Tagen im Ruhestand. Keine Kinder, aktuell kein Mann, aber es gibt einen Neffen. Er ist übrigens Schriftsteller, schreibt sehr erfolgreich Liebesromane statt Krimis. Tja, mehr gibt es eigentlich nicht zu sagen.«

»Im Ruhestand also. Und was hast du beruflich gemacht?«, hakte Ferdinand nach.

»Ich war …« Clarissa wusste selber nicht so genau, warum sie zögerte, einfach zu sagen, dass sie bei der Polizei gewesen war. Vielleicht lag es an dem Albtraum der letzten Nacht, sie wollte einfach nicht mehr an den Dienst denken oder darüber reden. »Ich war in der Verwaltung, ein Schreibtischjob, nichts Aufregendes.« Sie sah leise Zweifel in Ferdis Augen, deshalb beeilte sie sich nachzuschieben: »Daher liebe ich Krimis so sehr. Die sind herrlich aufregend, und man kann wunderbar miträtseln.«

Reichte das schon aus? Zumindest gab es keine weiteren Fragen, stellte Clarissa erleichtert fest. Der unangenehme Moment der Unsicherheit verschwand ebenso schnell, wie er gekommen war.

»Ich mach einfach mal weiter. Mein Name ist Luise Hackenroth. Ich bin mit meinen zweiundfünfzig Jahren offenbar das Küken in dieser Runde. Im meinem ersten Leben habe ich Englische Literatur studiert, bevor ich angefangen habe, mich in der Firma meines Mannes um die internationalen Kontakte zu kümmern.«

Ein Schatten huschte über Luises Gesicht, gleichzeitig bemerkte Clarissa, wie Vera eingehend den Fußboden musterte und Ferdinand etwas brummte, das nach Mitgefühl klang. Sie ahnte, was als Nächstes kommen würde, und sie lag damit richtig.

»Als Jörg vor acht Jahren überraschend starb, habe ich die Firma verkauft und ein Jahr später ehrenamtlich die Leitung der Gemeindebücherei übernommen. Und Ray«, beim Klang seines Namens hob der Hund kurz den Kopf, »hast du ja schon kennengelernt.« Luise streichelte ihren Hund. Clarissa hätte nicht sagen können, wer von den beiden in diesem Moment die Bestätigung nötiger hatte, dass da ein anderes liebevolles Wesen war.

»Ferdinand Teichmann, im ersten Leben BWL-Studium und Wirtschaftsprüfer. Dann noch mal ein Studium, weil Zahlen nicht mein Leben bestimmen sollten. Zum Schluss war ich Oberstudienrat mit den Fächern Deutsch, Englisch und Geschichte. Bis zu meiner Pensionierung habe ich am St.-Gundula-Gymnasium in Obermühlenbach unterrichtet. Ich bin der Vorsitzende des deutsch-englischen Freundschaftsvereins. Niedermühlenbach hat eine Partnergemeinde in Yorkshire. Seit mehr als fünfzehn Jahren lebe ich alleine, nach meiner Scheidung kam ich hier nach Niedermühlenbach.«

Vera legte Ferdinand kurz die Hand auf den Arm. »Ich kann nur sagen, dein Entschluss, in unser Dorf zu ziehen, war ein Gewinn für alle.«

»Das hast du schön gesagt, Vera.«

»Wenn's doch wahr ist. So, dann mache ich das Schlusslicht: Vera Adenau, vierundfünfzig Jahre alt. Schon meine Eltern und davor meine Großeltern besaßen hier in Niedermühlenbach eine Bäckerei. Ich führe also, nein, ich meine natürlich, Wolfgang und ich, wir führen das Geschäft damit in dritter Generation. Wir haben zwei Töchter. Die Zwillinge studieren beide in München – ich glaube, mehr gibt's über mich nicht zu sagen.«

Gibt es bestimmt, dachte Clarissa, denn kein Leben lässt sich einfach in drei Sätzen zusammenfassen. Sie hatte die drei beobachtet, Details registriert, ihre Schlüsse gezogen. Sie hätte zum Beispiel sagen können, dass Veras Mann nur wenig zum Erfolg der Bäckerei beitrug und Vera sehr darunter litt, dass ihre Töchter im fernen München studierten und nicht zum

Beispiel in Trier, von wo aus man viel schneller zu Hause vorbeikommen könnte. Das alles hatten ihr Veras Gesichtsausdruck und der kleine Versprecher im Zusammenhang mit dem Geschäft verraten. Ferdinand dagegen vergötterte Luise, das war offensichtlich, er hing praktisch an ihren Lippen, wenn sie sprach. Und Luise? Wie sehr hat sie das plötzliche Ableben ihres Mannes getroffen? Vera hatte bei seiner Erwähnung kurz das Gesicht verzogen, Ferdinand saß plötzlich sehr angespannt in seinem Sessel. Ich wette, sie mochten ihn nicht, dachte Clarissa. Kein Leben lässt sich einfach in drei Sätzen zusammenfassen, und ich selber bilde da keine Ausnahme. Ich habe auch nichts von Maximilians Unfall erzählt, davon, wie ich mich danach in die Arbeit gestürzt habe, nur um zu vergessen.

»Wie schön, dass du bereit bist, bei uns mitzumachen«, riss Vera sie aus ihren Gedanken. »Wir haben uns immer mal wieder umgehört, ob jemand in Niedermühlenbach Interesse an Kriminalromanen hat. Es gibt zwar unzählige Krimileser und -leserinnen im Ort, aber leider ergab sich nie ein Neuzugang für unseren kleinen Club.«

»Jetzt verratet mir doch bitte einmal, was ihr bei euren Treffen genau macht? Das würde ich schon gerne wissen, schließlich werde ich mindestens die nächsten drei Monate hier in Niedermühlenbach bleiben«, bat Clarissa.

»Das ist schnell erklärt«, begann Luise. »Oft finde ich einen neuen Krimi, den ich dann den anderen beiden vorschlage. Jeder von uns liest innerhalb von zwei Wochen das Buch oder doch zumindest so viel, wie er eben schafft, und dann tauschen wir uns aus. Wie sind die Figuren, gefällt uns der Plot, ab wann hatten wir eine Ahnung, wer der Mörder oder die Mörderin ist? Außerdem gibt es natürlich noch die Bücher, die jeder für sich liest. Wer mag, kann den anderen von diesen Büchern berichten. Unser Club erstellt darüber hinaus die Krimi-Empfehlungen der Bücherei. Das sind kurze Infoblätter zu einzelnen Büchern. Wir geben dabei auch eine Bewertung ab, ein Krimi kann bis zu fünf blutige Messer ergattern. Diese Empfehlungen werden von den Büchereibesuchern sehr geschätzt. Ein Buch, das der Krimi-Club empfiehlt, wird viel häufiger ausgeliehen als andere Bücher.«

»Bis zu fünf blutige Messer, das gefällt mir.« Clarissa lachte.

»Vergiss nicht unseren Plan, dass wir irgendwann ein Krimifestival organisieren wollen, Luise. Unsere Planung dazu steckt zwar noch in den Kinderschuhen, aber es ist durchaus erwähnenswert«, ergänzte Ferdinand.

»Du hast recht, Ferdi, aber ich wollte Clarissa nicht gleich verschrecken«, Luise zwinkerte Ferdinand zu. Der schmunzelte amüsiert, wodurch er schlagartig jünger aussah, fand Clarissa. Laut fragte sie: »Und welches Buch lest ihr zurzeit?«

»Letzte Woche haben wir einen Klassiker abgeschlossen«, erwiderte Luise. »Ellery Queens *Sherlock Holmes und Jack the Ripper.* Ich habe für die Bücherei eine ganze Serie von Ellery-Queen-Romanen geschenkt bekommen. Und den *Jack the Ripper* hatten wir uns herausgepickt. Wir wollten mit *Der Mörder ist ein Fuchs* weitermachen. Heute treffen wir uns aber außer der Reihe, das heißt, wir sind mitten im Buch. Das ist für dich zum Einsteigen nicht so schön, daher würde ich vorschlagen, wir fangen noch mal bei null an. Wir könnten …«

»Entschuldige, Luise, dass ich dir ins Wort falle«, sagte Vera, »aber vielleicht kann Clarissa einfach ein Buch vorschlagen?«

Wenn Luise die etwas rüde Unterbrechung übel nahm, dann ließ sie es sich jedenfalls nicht anmerken. So, als wäre nichts passiert, fuhr sie ungerührt fort: »Wir könnten natürlich einfach ein neues Buch von unserem SUB nehmen, dem Stapel ungelesener Bücher, oder wir machen es so, wie Vera vorschlägt und lassen Clarissa entscheiden.«

»Warum eigentlich nicht? In den letzten Tagen habe ich ein Taschenbuch gelesen, es heißt *Ihr Mord, Mylord*, es sind Kurzgeschichten, in denen Reginald Lord Merridew ermittelt. Der Autor des Buches ist ...«

»Ralf Kramp. Das Buch liegt auch noch bei mir, ungelesen, wie ich gestehen muss. Einige andere Bücher des Autors dagegen habe ich schon gelesen. Dieses hier erschien mir anders«, sagte Ferdinand.

»Es ist auch anders, weil die Geschichten in den Fünfziger-, Sechziger- und Siebzigerjahren spielen und weil die Atmosphäre an die klassischen britischen Kriminalromane erinnert«, sagte Clarissa begeistert. »Dazu kommt noch, dass es in jeder Geschichte herrliche Anspielungen gibt. Zum Beispiel auf die Dreharbeiten von *All Creatures Great and Small*, in Deutschland hieß die Serie *Der Doktor und das liebe Vieh*, die Episoden aus dem Leben von James Herriot. Und eben bei diesen Dreharbeiten ermittelt Lord Merridew.«

»Das klingt doch sehr lesenswert«, lobte Luise, »Ferdinand hat das Buch ja bereits, für Vera und mich werde ich es besorgen. Wir würden uns eigentlich planmäßig schon am nächsten Sonntag wieder treffen, aber ich schlage vor, dass wir dieses Treffen aussetzen und erst in drei Wochen bei mir zusammenkommen. Dann haben wir alle genug Zeit, das neue Buch zu lesen.«

Vera schlug sich plötzlich mit der flachen Hand gegen die Stirn. »Himmel, wisst ihr, was mir gerade eingefallen ist? In der nächsten Woche ist doch schon der Dreiundzwanzigste.«

»Gute Güte, ich muss noch mit dem Chef von Mosel-Tours wegen der Busabfahrt sprechen«, stöhnte Ferdinand.

Ratlos schaute Clarissa von einem zum anderen. »Ich habe keine Ahnung, wovon ihr gerade redet.«

»Wie sollst du auch«, antwortete Luise. »Vera hat uns alle gerade daran erinnert, dass am nächsten Wochenende der

Krimi-Club gar nicht zusammenkommen kann, weil da unsere diesjährige Dorffahrt stattfindet.«

»Ich habe dir doch kurz davon erzählt. Wir organisieren einmal im Jahr einen gemeinsamen Ausflug. Diesmal werden wir zwei Weingüter an der Mosel besuchen. Wir schauen uns die Weinkeller an, haben eine Weinprobe, ein Winzeressen und einen Frühschoppen mit Krimis.« Vera strahlte nur so vor Vorfreude. »Als neues Mitglied des Krimi-Clubs bist du natürlich herzlich eingeladen mitzufahren. Wir haben doch noch Plätze im Bus frei, oder, Ferdinand?«

»Doch, doch, das sollte gehen. Wir würden uns sehr freuen, wenn du bei der Fahrt mit dabei wärst, Clarissa. Du darfst sogar noch eine Begleitperson mitbringen. Das heißt, natürlich nur, wenn du möchtest.«

Die drei schauten Clarissa so erwartungsvoll an, dass sie gar nicht anders konnte, als zuzusagen. »Gerne, ich liebe Moselwein, und was Vera aufgezählt hat, klingt nach einem spannenden Programm.«

»Die Kosten für alle Beteiligten sind auch sehr überschaubar, weil wir das ganze Jahr über mit Aktionen für diese Dorffahrt sammeln. Im Grunde muss jeder nur das Abendessen bezahlen. Übernachtung, Fahrt und Weinprobe sind bereits finanziert«, zählte Ferdinand auf.

»Das kann ich unmöglich annehmen. Ich habe schließlich nichts dazu beigetragen. Nein, nein, ich werde den vollen Betrag zahlen.«

»Kommt überhaupt nicht infrage, Clarissa«, wehrte Vera ab. »Wir haben uns schon vor Jahren auf diese Regeln geeinigt, und du bist jetzt Mitglied im KC. Wo kämen wir denn da hin, wenn wir gerade bei unseren neuen Mitgliedern die Regeln brechen würden?«

Zum Sterben schön

Rückblickend betrachtet hatte wohl alles schon vor mehr als einem halben Jahr angefangen. Damals hatte er begonnen sich zu informieren. Zuerst war es nur ein Gedankenspiel gewesen. Ihm hatte der Mut zum Handeln gefehlt. Dann aber war alles schlimmer und schlimmer geworden. Alle wollten sie Geld, das er nicht besaß.

Die klassische Frage stand am Anfang: Was wäre, wenn? Schließlich wurde aus diesem Gedankenspiel ein konkreter Plan. Der ältere Herr, den er in der Volkshochschule um Rat gefragt hatte, war nicht die Spur von misstrauisch gewesen, dafür aber umso redefreudiger. Eine gute halbe Stunde hatte er zugehört, dann hatte er alles gewusst, was er wissen musste, und sich höflich verabschiedet.

Danach hatte er im Wald gesucht und gehofft, sie zu finden. Für den Rest seines Plans brauchte er noch Zeit, aber sie waren der Schlüssel zu allem. Als er sie im Schein seiner Taschenlampe auf der Lichtung gefunden hatte, hatte er erleichtert aufgeatmet. Keine Ahnung, ob es bestimmte Reifegrade gab, davon hatte der Alte in der VHS nichts gesagt. Aber es kam ihm ja auch nur auf den Inhaltsstoff an, und - zum Teufel auch - er würde einfach die doppelte Menge nehmen, nur so zur Sicherheit.

Wie harmlos sie damals im Wald ausgesehen hatten und wie harmlos sie auch jetzt noch aussahen. Die Monate in der Tiefkühltruhe schienen sie gut überstanden zu haben. Ja, auch in diesem Punkt war sich der Alte ziemlich sicher gewesen: Einfrieren würde nichts an den Inhaltsstoffen ändern. Im Grunde waren sie hübsch. Zum Sterben schön. Behutsam holte er sie aus dem Gefrierbeutel und breitete sie auf ein paar Lagen Küchenrolle aus. Auf keinen Fall sollten sie verderben. Nicht jetzt, wo er so kurz davor war, seinen Plan umzusetzen. Einen tödlichen Plan.

Als er fertig war, überlegte er, was er heute kochen wollte. Eigentlich war es schon ein bisschen zu spät für eine große Mahlzeit. Was Einfaches, ganz sicher keine Sterneküche. Bei dem Gedanken an einen leichten Salat mit gerösteten Pinienkernen knurrte ihm der Magen. Erstaunlich, dachte er, wenn man sich einmal entschieden hat zu morden, ist der Rest ganz leicht.

Das Universalgenie

Der nächste Tag begann feuchtkalt. Fröstelnd stand Clarissa am Küchenfenster und schaute in den Garten. Dichte Nebelschwaden zogen vom Tal herauf, verwandelten die Obstbäume in schemenhafte Umrisse. Der Schuppen am Ende des Gartens verschwand komplett im Grau. Mit beiden Händen umfasste sie den großen Becher Frühstückstee, genoss die Wärme, die der Becher verströmte. Wenigstens war der Tee heiß, was man von dem Heizkörper vor ihr nicht sagen konnte. Clarissa hatte schon vor dem Teekochen das Thermostat auf fünf gedreht, jetzt legte sie prüfend die Hand auf das Metall – eiskalt!

Na prima, dachte sie und tröstete sich dann mit zwei Gedanken: Erstens brannte in der Bibliothek schon der Kaminofen, und auch im Wohnzimmer hatte sie den Kachelofen angefeuert, zwei Räume würden also auf jeden Fall angenehm warm sein. Zweitens wollte Kurt heute vorbeikommen, ein Lichtblick, was die marode Heizung betraf. Zumindest hoffte sie, dass Kurt, das Universalgenie, sich als Lichtblick herausstellen würde. Man soll die Hoffnung nie aufgeben, dachte sie, nur das Duschen werde ich wohl verschieben müssen.

Während sie in den ungemütlichen Morgen schaute, fiel ihr wieder ein, was sie gestern vergessen hatte: Mist, ich wollte doch die drei anderen fragen, wer Oskar Leander Höhlbein-Bröhmke der Ältere war. Egal, aufgeschoben ist nicht aufgehoben, ich werde das schon noch erfahren. Jetzt erst mal anziehen, damit ich Kurt nicht im Morgenmantel die Tür öffnen muss.

***

Es war schon kurz vor halb elf, als es an der Haustür klingelte. Kurt Höhlbein mag ein Universalgenie sein, von einem frühen Arbeitsbeginn scheint er allerdings nichts zu halten, dachte Clarissa. Sie legte das Buch zur Seite ging zur Tür.

»Was meinst du, Hubertus?« Sie schaute zu dem ausgestopften Hirschkopf hoch. »Ob wir uns noch um zusätzliches Brennholz kümmern müssen? – Nicht? Du hast recht, vielleicht läuft die Heizung ja auch schon bald wieder.«

So ein ausgestopfter Hirschkopf ist für halblaut geführte Selbstgespräche kein schlechter Zuhörer, dachte sie amüsiert, der gibt keine Widerworte. Tatsächlich war der Holzvorrat, den Elli in der Waschküche angelegt hatte, in den letzten Tagen merklich geschrumpft. Noch ein Punkt, um den sie sich kümmern sollte.

»Hallo, Frau von Michel, sind Sie zu Hause?« Dem Ruf folgte ein energisches Klopfen. »Frau von Michel?«

Tiefe Bassstimme, männlich, Vollbart, älter als vierzig, Brustkorb wie ein Fass, wahrscheinlich auch einen Bauch – mutmaßte Clarissa auf den letzten Metern zur Haustür. Kurt Höhlbein, der Inbegriff dessen, was der Bayer ein »gestandenes Mannsbild« nennen würde.

Selten hatte sie sich mehr getäuscht. Vor der Haustür wartete kein Mannsbild, sondern eher ein Männlein. Kurt hatte zwar eine Bassstimme, die Barry White die Tränen des Neids in die Augen getrieben hätte, aber der Rest war dünn und unscheinbar. Von wegen Brustkorb wie ein Fass, da war nicht mal ein Fässchen drin. Nur der Vollbart und das Alter passten so in etwa.

»Ha, und ich hatte schon befürchtet, dass Sie spazieren gegangen sind oder so. Sagen Sie ruhig Kurt, mit Herr Höhlbein wird nur mein Opa angeredet. Ach ja, auf Kurti reagiere ich allergisch. Schön, Sie kennenzulernen, Frau von Michel, die Vera hat ja schon 'ne Menge erzählt.«

Glaub ich sofort, dachte Clarissa. Kurt und Vera im Duett, da würde nicht mal Zeit zum Luftholen bleiben. »Schön, Kurt. Kommen Sie herein, meine Heizung sehnt sich schon nach der prüfenden Hand eines Fachmanns.«

»Hat auch ein bisschen länger gedauert. Muss ich mich noch für entschuldigen, aber der Drecksladen in Wittlich hatte keine Seitensiphonpratze. Gregors Schätzchen von einer Heizung hat schon vor vier Jahren Probleme gemacht, also bin ich gleich heute früh um sieben nach Koblenz gefahren und hab dort das Bauteil besorgt. Die Pfeifen in Wittlich brauchen immer Tage, bis die mal was bestellt bekommen. Das hat Gregor, Gott hab ihn selig, schon immer aufgeregt.«

Clarissa wusste zwar nicht, wer mit den »Pfeifen in Wittlich« gemeint war, aber Kurt Höhlbein war ihr auf Anhieb sympathisch.

»Dann hoffe ich mal, dass es auch das richtige Bauteil ist, wo Sie das doch praktisch auf Verdacht besorgt haben.«

Kurt, der eine Art Rollkoffer voller Werkzeug hinter sich ins Haus zog, erwiderte: »Wird schon, Frau von Michel, wird schon. Und so eine Seitensiphonpratze kann man ja immer brauchen.«

Bis vor einer Minute wusste ich nicht mal, dass es das

Wort gibt, dachte Clarissa, aber damit gewinne ich beim Scrabble bestimmt. »Ach, möchten Sie vielleicht einen Kaffee?«

»Bei Kaffee müssen Sie nicht fragen – einfach bringen.« Kurt grinste breit. »Deswegen gehe ich auch nie zur Blutspende, ist zu viel Koffein drin. Höhö!«

***

In den nächsten Stunden sorgte Clarissa für regelmäßigen Kaffeenachschub. Kurt hatte nicht übertrieben, was seinen Koffeinbedarf anging. Ich könnte nach diesen Mengen wahrscheinlich nicht mal mehr einen Schraubenzieher zitterfrei halten, dachte sie. Aber Kurt freute sich über jeden weiteren Viertelliter, den sie zur Baustelle brachte. Und die sah mittlerweile wie ein Schlachtfeld aus. Unzählige Ventile, Rohre, Gewinde und verschiedene Bauteile, die Clarissa nicht mal annähernd benennen konnte, waren auf dem Boden verteilt.

»Das sieht ja wüst aus.«

Kurt wischte sich die Hände an seiner Latzhose sauber und nahm den angebotenen Kaffeebecher an. »Sagen wir mal so, Frau von Michel, ich bin schon zufrieden, wenn am Ende nur zwei, drei Teile übrig bleiben.«

Clarissa schaute ihn entgeistert an.

»War nur ein Scherz, Frau von Michel, war nur ein Scherz. Bislang habe ich die alten Kisten noch jedes Mal zusammenbekommen. Im Moment hab ich das Problem, dass die Heizung wieder laufen würde, aber das warme Wasser zum Duschen ist immer nur kurz da, bevor es in eiskalt umschlägt. Ich meine, Wechselduschen sollen ja gesund sein, Abwehrkräfte und so, aber optimal sieht anders aus.«

»Na ja, dann muss ich eben schnell sein, zumindest bis Sie den Fehler gefunden haben.«

»Ein Kurt Höhlbein gibt so schnell nicht auf.«

Bei der Erwähnung des Nachnamens stutzte Clarissa kurz.

Erst jetzt fiel ihr etwas an diesem Namen auf. »Darf ich Sie mal etwas Persönliches fragen, Kurt? Können Sie mir sagen, wer Oskar Leander Höhlbein-Bröhmke war?«

Kurt seufzte. »Ja, was soll ich sagen, er war mein Uropa. Niemand in unserer Familie ist darüber besonders glücklich. Uropa Oskar war das schwarze Schaf in der Familie. Eine Familie voller Handwerker und Bauern, aber Oskar musste sich unbedingt diesen albernen Doppelnamen ausdenken und den Zusatz ›der Ältere‹, dabei war er ein Einzelkind. Er hat ganz ansehnlich gemalt, aber dann seine Berufung als Dichter gefunden.«

»Tatsächlich? Ich habe noch nie von ihm gehört.«

»Nö, ist auch eher unwahrscheinlich. Er hat ein paar Gedichtbände geschrieben. ›Gefundene Gedanken‹ hat er jeden Band genannt und sie dann durchnummeriert, nicht sehr kreativ. Jedenfalls fand es der Gemeinderat, allen voran unserer damaliger Ortsvorsteher Gisbert Römer, vor ein paar Jahren schick, das Denkmal zu errichten. Wegen der Touristen und so. Römer hat das Denkmal praktisch allein finanziert, deswegen hat es auch kaum Gegenstimmen gegeben. Die Aktion hat das Dorf ja nichts gekostet, man musste nur die Stelle auf dem Marktplatz zur Verfügung stellen.«

»Gisbert Römer«, wiederholte Clarissa nachdenklich. »Ein großer, massiger Mann mit buschigen Augenbrauen?«

»Genau der. Mein Vater und er hatten mal einen heftigen Streit wegen eines Grundstücks. Römer wollte es für ein Gewerbegebiet in Obermühlenbach haben. Mein Vater hat sich geweigert zu verkaufen. Am Ende ist das ganze Projekt geplatzt. Römer musste alles neu planen lassen. Und dann hat sich gezeigt, dass man sich mit so einem besser nicht anlegt. Gisbert Römer ist schwerreich, er hat zig Grundstücke. Sein Geld hat er mit Immobilien entlang der Mosel und in Trier gemacht.«

»Aber was konnte er Ihrem Vater schon antun?«

»Nach dem Streit um das Grundstück wollte er mit dem Denkmal meinem Vater eins auswischen. Ist ihm auch gelungen. Vater ist jedes Mal wütend, wenn er Uropa auf dem Marktplatz sieht. Vergessen Sie nicht: das schwarze Schaf der Familie, für alle sichtbar mitten auf dem Marktplatz. Und Sie glauben ja nicht, was ich mir seitdem beim Stammtisch oder im Kegelverein anzuhören habe. Vorher kannte keine Sau meinen Uropa, den Moseldichter.«

»Und was hat er so geschrieben, der Moseldichter?«

»Fichten wispern, wispern leise. Wind, der weht in Waldes Schneise. Häuser, schwarz glänzend das Dach. Das bist du, mein Mühlenbach. Das bist du, mein Mühlenbach«, rezitierte Kurt ernst.

»Oha … ähm … ja, eindrucksvoll.«

»Ich kenn noch eines auswendig, weil ich immer wieder gefragt werde: Das Glas ist leer, das Glas ist leer. Der Kopf wird schwer. Der Morgenstern steht überm Tal. Drum füll das Glas. Schenk ein. Schenk ein. Wer fragt heut Nacht schon nach der Zahl.« Kurt hob resigniert beide Hände. »Wie gesagt, Uropa Oskar war ziemlich schräg.«

Clarissa unterdrückte ein Lachen. Es war ein zu komisches Bild. Kurt Höhlbein, inmitten von Heizungsbauteilen, wie er diese Gedichte rezitierte. Mit bewusst ernster Miene sagte sie: »Also, so furchtbar finde ich die Texte nicht, da habe ich schon Schlimmeres gehört oder gelesen.«

Ein Lächeln zog über Kurts Gesicht. »Finden Sie? Na ja, es kann halt nicht jeder geschickt mit den Händen sein. So, und jetzt mach ich mich mal wieder an die Arbeit, sonst bleiben am Ende doch noch Teile übrig, weil ich nicht fertig geworden bin. Es kann übrigens sein, dass das eine oder andere kleine Problem bleibt. Ich will sagen: Sie sollten sich auf ein paar Tage … ähm Unannehmlichkeiten einstellen.«

Raus aus dem Stadtleben

Am nächsten Morgen duschte Clarissa kurz, sehr kurz. Als die Wassertemperatur schlagartig zu eiskalt wechselte, stieß sie einen kleinen Schrei aus und beeilte sich, das Wasser zuzudrehen. Ein paar Tage Unannehmlichkeiten … Hoffentlich kriegt Kurt das Ganze bald wieder hin, dachte sie, Spaß macht das wirklich nicht.

Sie trocknete sich rasch ab, zog den Morgenmantel über und lief in den Keller, um die Therme wieder neu zu starten, so wie es ihr Kurt am Vortag gezeigt hatte. Immerhin das klappte auf Anhieb.

Nach dem Frühstück nahm Clarissa ihr Handy und rief Alex an. Vielleicht hat er ja Lust auf eine Weinprobe an der Mosel, dachte sie. Und dazu noch Kurzkrimis und Frühschoppen, da kann er sich gleich anhören, was die Konkurrenz so schreibt.

Alexander Freiherr von Michel, Spitzname Alex, war ihr Neffe, der Sohn ihres verstorbenen Bruders, und im Umkreis von mehreren Hundert Kilometern der einzige Verwandte. Dass Alex mit nicht einmal dreißig Jahren schon mehrere Bestseller geschrieben hatte, machte sie auch ein wenig stolz auf ihren erfolgreichen Neffen.

»Hi, Tante …, ich meine, hallo, Clara!«

»Guten Morgen, Alex! Wie oft muss ich dir noch sagen, dass du die ›Tante‹ aus deinem Wortschatz streichen kannst? Und ›Clara‹ kann ich auch überhaupt nicht leiden, das weißt du doch. Wenn du mich Tante Clara nennst, fühl ich mich steinalt.«

»Sorry, kommt nicht wieder vor. Also sag: Hast du dich in Ellis Ferienhaus gut eingelebt?«

»Die Buschtrommeln müssen ja geglüht haben. Woher weißt du von meinem Aufenthalt hier?«

»Ich habe in den letzten Tagen zweimal mit Elli telefoniert, weil ich bei meiner nächsten Lesereise in Berlin bei ihr und Stefan übernachten werde. Und Elli hat mir von Niederdingenskirchen erzählt. Und dann hat auch deine ehemalige Mitarbeiterin, diese zickige Bellenberg, angerufen.«

»Niedermühlenbach heißt der Ort. Und Lisa ist keine Zicke.«

»Wenn du das sagst. Aber die ist am Telefon immer dermaßen von oben herab. Ich hab ihr doch gar nichts getan. Egal! Erzähl mal: Gefällt es dir in Ellis Forsthaus?«

»Es ist wunderschön hier und sehr entspannend. Weswegen ich anrufe: Ich habe mich gefragt, ob du Lust hättest, in den nächsten Tagen vorbeizukommen. Es gibt am Wochenende eine Fahrt an die Mosel mit Weinprobe, Winzeressen und Krimilesung. Ich darf mitfahren und eine Begleitperson mitbringen, da habe ich an dich gedacht.«

»Das klingt nicht schlecht. Ich wollte mich sowieso bei dir melden. Ich habe da ein Projekt, … also … ich … nee, das erzähle ich dir besser nicht am Telefon.«

»Bist du im Moment mit irgendeiner Veranstaltung zeitlich gebunden?«

»Nö, ich genieße das freie Künstlerleben. Du weißt schon: unzählige Stunden am Schreibtisch sitzen, Fast Food essen und abends mit ein paar Kumpels versacken.«

»Junger Mann, das ist aber ein ganz ungesunder Lebensstil. Ich schlage vor, du packst Kleidung für eine Woche ein und kommst nach Niedermühlenbach. Ich kann dir fürs Schreiben das alte Waffenzimmer anbieten, da hast du deine Ruhe, und zum Übernachten gibt es im Haus gleich zwei Gästezimmer. Platz ist also genug. Du kannst mit mir über dein geheimnisvolles Projekt sprechen, und am Samstag fahren wir gemeinsam mit dem Rest des Dorfes an die Mosel.«

»Warum eigentlich nicht? Meine Kumpels können auch mal eine Zeit lang ohne mich versumpfen. Ich sage dem turbulenten Stadtleben Adieu und genieße die Einsamkeit des Landlebens.«

»Turbulentes Stadtleben? Am Mittelrhein?«

»Jetzt verdirb mir nicht den Spaß, lass mir wenigstens diesen einen Punkt in meiner Schriftsteller-Vita. Die Leser wollen einen Autor, der auch die Abgründe des Nachtlebens kennt.«

»Wie du meinst, mein Lieber. Du kommst also? Dann fahre ich gleich mal einkaufen.«

»Ich packe und stehe spätestens heute Mittag vor deiner Tür, liebe Tante. Oh, sorry, liebe Clarissa. Also bis dann!«

***

Clarissa war gerade dabei, frisch gesiebten Kompost in eines der Hochbeete einzuarbeiten, als sie vor dem Haus ein Auto vorfahren hörte. Sekunden später ertönte ein lautes Hupen. Sie schaute auf die Uhr, es war schon fast halb sechs. Nun, dann würde sie das Beet wohl heute nicht mehr fertig machen können. Mit einem bedauernden Seufzen zog sie die Gartenhandschuhe aus, nahm den Korb mit Werkzeug und trug beides ins Haus. Dass Alex, wenn er zusicherte, am Mittag auf der Matte zu stehen, nicht unbedingt pünktlich sein würde, nun, damit hatte sie schon gerechnet. Aber fünf Stunden Verspätung waren selbst für ihren leicht chaotischen Lieblingsneffen ungewöhnlich.

»Hallo, Clarissa! Mensch, bin ich froh, hier zu sein. Du glaubst gar nicht, wo ich überall herumgefahren bin. Dieses blöde Haus suchst du nämlich in meinem Navi vergeblich.«

Herzlich umarmte Clarissa ihren Neffen. »Komm erst einmal herein. Möchtest du was trinken?«

»Ein Kaffee wäre nicht schlecht.«

Neugierig schaute sich Alex um, während er durchs Haus schlenderte.

»Das ist ja mal ein Hirschkopf.« Staunend blickte er zu der ausgestopften Jagdtrophäe hoch.

»Ich habe ihn Hubertus getauft«, warf Clarissa mit ernster Stimme ein, »er ist kein schlechter Mitbewohner, hört immer geduldig zu und macht so gut wie keine blöden Bemerkungen.«

»Sehr witzig. Mann, ganz schön rustikal hier. Hätte nie gedacht, dass Elli auf so was steht.«

»Ich glaube, achtzig Prozent der Einrichtung hat sie einfach übernommen. Passt ja auch ganz gut zu dem Haus und der Umgebung.«

»Das Goethehaus – der große Dichterfürst inmitten von Wildschweinköpfen und Hirschgeweihen. Was ist das bloß für ein Name für dieses Haus? Was hat sich Elli dabei gedacht?«

»Gregor Goethe – so hieß der Vorbesitzer«, erklärte Clarissa lachend. »Mit dem Namen wollte sie Touristen anlocken.«

»Im Ernst jetzt?« Alex grinste. »Das ist ziemlich berechnend, hätte ich der lieben Elli gar nicht zugetraut. Es tut mir auch leid, dass ich zu spät gekommen bin, aber ich habe mich dreimal verfahren, und dann war da noch eine Kuhherde, die völlig allein auf der Straße stand und die Fahrbahn blockierte.«

»Ach herrje, entschuldige mich kurz, setz dich doch schon mal. Ich muss nur gerade einen Anruf machen.« Sie startete mit einer Hand die Espressomaschine, während sie in ihrem Handy nach der gespeicherten Nummer suchte. »Herr Bartel, Clarissa von Michel hier. Von Michel, Herr Bartel. – Ja, die Mieterin im alten Forsthaus. Ihre Kühe sind wieder mal ausgebrochen. – AUSGEBROCHEN! – Ja. Gerne. Tschüs!« Clarissa hatte so laut ins Telefon geschrien, dass Alex beinahe die Zuckerdose fallen gelassen hätte.

»Mensch, hast du mich erschreckt. Was brüllst du denn so ins Telefon?«

»Bauer Bartel ist schwerhörig. Alle im Ort kennen seine Nummer, weil die Kühe ständig irgendwo auftauchen.«

»Willkommen in der Pampa«, murmelte Alex zwischen zwei Schlucken Kaffee.

»Mecker nicht rum, man hat mir versichert, dass die Kühe harmlos sind, und vor allem, dass sie abends immer brav vor dem Stall auftauchen.«

»Warum dann das Gebrülle mit Meister Bartel?«

»Weil, du neunmalkluger Neffe, Bauer Bartel für seine Tiere haftet. So, komm, ich zeig dir jetzt das Haus und dein Zimmer.«

***

Am Abend saßen die beiden vor dem Kaminofen in der Bibliothek.

»Der Nudelauflauf war köstlich.« Zufrieden lehnte sich Alexander im Sessel zurück. »So lasse ich mir das Landleben gefallen.« Er nahm sein Weinglas vom Beistelltisch und prostete Clarissa zu. »Der Weißwein ist auch toll.«

»Also, mein Lieber, um das mal ganz deutlich zu sagen: Du solltest nie erwähnen, dass ein Wein ›toll‹ ist oder ›lecker‹. Wir wollen uns doch bei der Weinprobe nicht blamieren.«

Mit einem Stirnrunzeln erkundigte sich Alexander: »Und was soll ich sonst sagen, wenn ich mal fragen darf?«

»Er kann exzellent sein oder grandios, er kann facettenreich sein oder deinen Erwartungen nicht entsprechen.«

Alex grinste breit. »Mensch, Clarissa, ich wusste ja gar nicht, dass du so ein feines Gespür für Wein hast. Und was ist das jetzt für ein grandioser Tropfen hier im Glas? Du kannst übrigens ruhig noch mal nachschenken.«

Während Clarissa der Aufforderung nachkam und ihrem Neffen Wein eingoss, erklärte sie: »Es ist ein Riesling, genauer gesagt, ein Devonschiefer-Riesling. Ähnlich wie Grauschiefer-Riesling. Im Grunde ist der Name egal. Auf den Schiefer kommt es meines Wissens an, der speichert die Sonnenwärme am Tag und gibt sie, wenn es kühler wird, an die Rebstöcke ab.«

»Wenn du das sagst, will ich es glauben. Ich meine, ich bin ja Weinkenner. Ich nehme so ein Glas, trinke und sage: Ah, kenn ich, das ist Wein.«

Lächelnd verdrehte Clarissa die Augen, während sich Alex über seinen eigenen Witz amüsierte. »Ich glaube, du solltest bei der Wochenendfahrt vor allem eines tun: Mund halten und trinken, was man dir im Glas vor die Nase stellt. Mit solchen Kalauern kannst du da niemanden beeindrucken.«

»Wie wäre es dann damit: Ein Mädchen und ein Gläschen Wein kurieren alle Not. Und wer nicht trinkt und wer nicht küsst, der ist so gut wie tot.«

»Oha, das ist aber nicht von dir – oder?«

»Aber nein, ich schmück mich doch nicht mit fremden Federn: Niemand anders als der ehrwürdige Johann Wolfgang von Goethe hat das mal geschrieben. Ich dachte, der Spruch passt doch ganz gut zu diesem Haus. Habe ich heute früh noch rausgesucht.«

»Na, mit dem Zitat kannst du jedenfalls deinen Ruf als Schriftsteller untermauern.«

»Ich geb mir Mühe. Und jetzt musst du mir alles erzählen. Wie kommt es, dass du von heute auf morgen pensioniert bist? Was hast du in den letzten zwei Wochen erlebt? Gibt es tolle Männer im Ort, die das Herz einer Kriminalbeamtin erwärmen können?«

Lachend schüttelte Clarissa den Kopf. »So viele Fragen auf einmal. Wo fange ich nur an. Also, ich glaube kaum, dass ich, was Männer betrifft in Niedermühlenbach fündig werde. Und meinen Wechsel in den Ruhestand habe ich monatelang geplant, nur habe ich es für mich behalten und dir, lieber Neffe, nicht auf die Nase gebunden.« Clarissa bemerkte sehr wohl Alex' skeptischen Blick, aber er sagte nichts.

»Abgesehen davon weiß hier niemand, dass ich bei der Polizei gewesen bin. Ich habe allen erzählt, dass ich in der Verwaltung am Schreibtisch gearbeitet habe. Das musst du bitte im Hinterkopf behalten.«

»Dein Wunsch ist mir Befehl, auch wenn ich ihn nicht ganz verstehe. So, und nun bitte den Rest.«

Also berichtete Clarissa, was sie erlebt hatte. Vom Krimi-Club, von Kurt, seinem Uropa, dem Moseldichter und von dem missmutigen Gisbert Römer.

»Ich bin schon gespannt auf die Mitglieder des Krimi-Clubs«, sagte Alex, »das klingt nach einer spannenden Truppe. Vielleicht nehmen die ja sogar einen Autor in ihre Reihen auf, wenn sie doch schon eine Polizistin …«

»Alexander!«

»Sorry, eine Verwaltungsangestellte dabeihaben.«

»Du wirst sie ja kennenlernen. So, mein Lieber, und jetzt

raus mit der Sprache: Was ist das für ein neues Projekt, über das du am Telefon nicht mit mir sprechen konntest?«

Alex strich sich durch seine schwarzen, lockigen Haare, die – wie Clarissa für sich feststellte – durchaus mal einen Friseurbesuch vertragen könnten. »Amelie, meine Agentin, hat mich vor zwei Tagen angerufen. Sie hat einen Verlag an der Angel, der sich für einen Krimi interessieren würde.«

»Einen Krimi? Ich dachte, du schreibst nur diese …«

»Och, Clarissa, ich bitte dich. Ich schreibe historische Liebesromane, und das nicht einmal unter meinem richtigen Namen«, erwiderte Alex.

Clarissa lächelte in sich hinein. Schließlich hatte sie noch gut Alex' Begeisterung in Erinnerung, als sich sein Debütroman zu einem Bestseller entwickelt hatte. »Ich habe da noch ganz andere Töne im Ohr.«

»Ja, sicher. Ich weiß genau, was du meinst. Ich bin jetzt beim achten Roman der Schloss-Falkenreich-Reihe, aber ich kann doch nicht ewig über meine Grafenfamilie schreiben. Dagegen ein Krimi, mit meinem Namen auf dem Cover. Ich weiß nicht, warum ich mich damals habe überreden lassen, unter dem Pseudonym Alexandra von Seifenberg zu schreiben.«

»Weil du nun mal als Kind in Boppard in der Seifenberg-Straße gewohnt hast.«

»Schon gut, das war eine rhetorische Frage. Ich weiß selber, wie ich auf den bekloppten Namen gekommen bin. Genau deswegen will ich doch endlich mal ein Buch mit meinem eigenen Namen im Buchladen sehen, kannst du das verstehen?«

»Ja, kann ich, mein Lieber. Was ich dagegen nicht verstehe, ist, was ich damit zu tun habe.«

»Wenn ich meinen Krimi schreiben soll, brauche ich natürlich Insiderwissen, knallharte Fakten aus dem Polizeileben.

Ich will spannend, aber auch ganz nah am Alltag der Ermittler sein.«

Clarissa nahm ihr Weinglas, nachdenklich ließ sie den Wein im Glas kreisen.

»Tja, Alex, wie soll ich dir das jetzt am schonendsten beibringen?« Sie trank einen Schluck. »Ich versuche es mal so: Was wir bei der Polizei tun, hat mit dem, was du in den meisten Krimis liest oder im Fernsehen siehst, so viel zu tun wie ein Schwein mit einer Digitaluhr.«

»Aber ...«

»Nein, ich meine das ganz ernst. Allein schon die Tatsache, dass da meistens zwei Polizisten im Team unterwegs sind. Nur zwei, die sich auch noch gut kennen und beste Kumpels sind. In Wirklichkeit ist es so: Wenn wir zum Beispiel eine Sonderkommission bilden, gibt es weit mehr Kolleginnen und Kollegen. Dazu kommen Vertreter der Staatsanwaltschaft, manchmal sogar jemand vom Landeskriminalamt, verstehst du, was ich damit sagen will?«

Sie sah, wie Alex in seinem Sessel förmlich in sich zusammensackte. Als hätte man einen Stöpsel gezogen und ihm die Luft rausgelassen.

»Kopf hoch, Alex. Es gibt Tausende Krimis, die nichts mit der wirklichen Polizeiarbeit zu tun haben. Und trotzdem liebe ich sie, vor allem die englischen. Kurz und gut, dein neues Buch ist in bester Gesellschaft.«

»Du hast gut reden.«

»Nein, wirklich. Abgesehen davon helfe ich dir natürlich gerne weiter, wenn du Fragen hast. Aber schreib lieber eine spannende Geschichte und vergiss den Wunsch, möglichst detailreich den Polizeialltag zu beschreiben, das lockt doch niemanden hinter dem Ofen hervor.«

Clarissa sah genau, dass ihr Neffe ihren Rat erst einmal verdauen musste. »Ich mache dir folgenden Vorschlag: Du bleibst ja ein paar Tage, und bestimmt hast du auch schon eine Idee im Kopf. Die schreibst du auf, und ich lese das Ganze. Du bekommst auch eine ehrliche Einschätzung – natürlich nur, wenn du das möchtest.«

Alex' Stimmung hellte sich bei Clarissas Vorschlag sichtlich auf. »Das wäre furchtbar nett. Wo du doch die Fachfrau bist.«

»Dann ist das abgemacht. So ich gehe jetzt schlafen. Wer morgen früh als Erstes wach wird, heizt die Espressomaschine vor.«

»Was denn – kein Wecker, kein Frühsport? Das Landleben hat dich verweichlicht.«

»Du kannst dir ja einen Wecker stellen. Du solltest sowieso mehr Sport treiben, Junge, du bist nicht mal dreißig, und selbst ich komme nicht ins Schnaufen, wenn ich die Treppe mehr als zweimal rauf- und runterlaufe, dabei bin ich mehr als doppelt so alt wie du.«

»Ganz ehrlich, ich bin mitten im Abgabestress für den aktuellen Roman, da kann ich nicht auch noch dauernd ins Fitnessstudio rennen. Abgesehen davon hätte ich auch mit den Besuchen im Studio keine Chance gegen dich. Du bist einfach fitter als ich.«

»So, bin ich das?« Clarissa lächelte. »Jedenfalls weißt du, wie du mir Honig ums Maul schmieren kannst.«

»Blödsinn, Fakten bleiben Fakten.«

»Also stellst du nun den Wecker?«

»Warum sollte ich? Es gibt da ein schönes Zitat: So ein Wecker bringt nur sinnlose Unruhe in den Tagesablauf.«

»Na dann. Gute Nacht, Alex!«

***

»Uaaahhhh!«

Der Schrei ließ Clarissa erschrocken im Bett hochfahren.

»Heilige Scheiße, ist das kalt!«

Beruhigt sank sie zurück ins Kissen. »Ich hab dich gewarnt«, murmelte sie. Gestern hatte sich Alex noch köstlich amüsiert, als sie ihm von den Heizungseskapaden im Forsthaus erzählt hatte. Tja, wer nicht hören will, muss fühlen.

Mit geschlossenen Augen lag sie im Bett und genoss das Gefühl, dass die einzige Verpflichtung des heutigen Tages darin bestand, die drei Rosensträucher zu schneiden und zu düngen. Herrlich!

Wenn ich fürs Mittagessen einkaufe, kann ich bei der Gelegenheit gleich bei Vera reinschauen und Kuchen mitnehmen. Außerdem werde ich ihr noch Bescheid sagen, dass Alex mitkommt, überlegte sie, im Bus ist zwar noch genügend Platz, aber für die Weinprobe und fürs Essen muss eine Extraperson doch angemeldet werden.

Clarissa nahm ihre Armbanduhr vom Nachttisch. Halb neun, eine gute Zeit, um den Tag in Ruhe anzufangen. Mit einem zufriedenen Schnaufen stand sie auf und zog sich ihren Morgenmantel über. Noch während sie die Treppe hinuntertappte, hörte sie ein Auto vorfahren. Ein Blick aus der Haustür: Kurt und sein obligatorischer Rollenkoffer näherten sich. Der Handwerker machte ein so ernstes Gesicht, als würde er in die Schlacht ziehen.

»Guten Morgen, Kurt! Sie sehen aber entschlossen aus.«

»Morgen, Frau von Michel! Heute werde ich dem Drecksding von Heizung mal zeigen, wer hier das Sagen hat. Und wenn ich dem Teil die Leiterplatine aus dem Leib reißen muss.«

»Uhh, dann lassen Sie mich noch schnell duschen, wer weiß, wann das wieder möglich ist. Sie können ja schon mal alles für die Operation am offenen Herzen vorbereiten. Kaffee kommt in wenigen Minuten.«

»Da sag ich nicht Nein, Frau von Michel, Sie wissen ja, wo Sie mich finden.«

Clarissa sorgte in der Küche für Kaffeenachschub, als Alex

hereinkam. Die lockigen Haare waren noch feucht vom Duschen.

»Guten Morgen, Alex! Hatte ich dich nicht gestern gewarnt, was die Dauer des Duschens betrifft?«

»Die größte Gefahr im Leben ist, dass man zu vorsichtig wird, hat Alfred Adler mal gesagt. Tja, das werde ich jetzt noch mal überdenken müssen. Dir auch einen guten Morgen. Ich hoffe, ich habe dich nicht geweckt.«

»Du meinst mit deinem Schrei durchs ganze Haus? Du kannst froh sein, dass ich keine Dienstwaffe mehr trage. Bei solchen Schreien hätten wir früher eingegriffen.«

»Ups, sorry! Oh, ist das da etwa schon Kaffee?«

»Den kannst du haben, aber dann musst du noch einen frischen Becher fertig machen. Milchkaffee, zwei Löffel Zucker. Kurt Höhlbein ist schon unten im Keller und kann es gar nicht abwarten, die Therme zu zerlegen. Ich dusche noch rasch, danach können wir in Ruhe frühstücken.«

Alex nahm den Becher, trank schlürfend und schloss genießerisch die Augen. »Ah, Tod, wo ist dein Stachel. Gott, ist der lecker.«

»Vergiss Kurt im Keller nicht, der wartet auch schon auf seine Koffeindosis. Im Abstellraum geht eine schmale Treppe in den Keller runter«, erklärte Clarissa, »und wenn du danach den Frühstückstisch decken würdest, hätte ich auch nichts dagegen.«

»Aye, aye, Madam!«

***

Clarissa räumte die Spülmaschine ein, während Alex immer noch unschlüssig am Frühstückstisch saß.

»Na los, ab mit dir an den Schreibtisch. Ich möchte deine Idee lesen. Und du musst doch noch einen Schloss-Falkenreich-Roman fertigstellen. Zeit und Ruhe für dein Buch hast du hier garantiert.«

Alex verdrehte theatralisch die Augen. »Gott, diese Hetze. Was hast du denn sonst noch so vor?«

»Ich werde heute kochen, morgen bist du dann an der Reihe. Wir können zusammen spazieren gehen, und ich muss im Garten noch allerhand erledigen. Sieh das hier einfach als Auszeit vom Stadtleben – wenn du Aufregung erwartest, bist du in Niedermühlenbach am falschen Ort, hier …«

»'tschuldigung, Frau von Michel, ich muss mal rasch das Gas abdrehen, wir wollen ja nicht, dass die Bude in die Luft fliegt.« Kurt Höhlbein grinste die beiden kurz an und verschwand wieder aus der Küchentür.

»Ha, von wegen keine Aufregung. Dabei soll ich entspannt schreiben?«

»Genau das, mein Lieber. Du musst einfach lernen, Vertrauen zu haben. Kurt ist ein Universalgenie, hat Vera gesagt. Hoffen wir doch mal, dass sie recht hat.«

»Autsch, verfluchter Mist. Du dummes Drecksding«, tönte es aus dem Keller hoch.

»Universalgenie, aha!« Alex grinste und verschwand vorsorglich rasch aus der Küche, bevor Clarissa noch eine passende Antwort einfiel.

Ein Plan

Er schaute hoch, als sie die Küche betrat. Fast fertig, jetzt musste er es nur noch tun. Unter seinem starren Blick wurde sie ganz nervös. »Hör auf, so zu gucken. Das macht mich ganz kribbelig«, sagte sie und rieb sich mit den Händen über die bloßen Arme.

»Weißt du, was mich nervös macht? Ich sag es dir. Mich macht nervös, was in den nächsten Tagen alles schiefgehen kann. Es gibt so viel, was dazwischenkommen könnte.«

»Aber du hast doch alles bedacht.«

Das sollte wohl beruhigend klingen, aber in seinen Ohren hörte es sich hohl und halbherzig an. »Nur ein Narr glaubt, dass ein Plan wasserdicht sein könnte. Ich bin kein Narr, aber ich kenne auch keinen besseren Plan. Deine Rolle in dem Ganzen kann ich zum Beispiel nicht kontrollieren. Du weißt, was du zu tun hast?« Seine heisere Stimme bekam etwas Lauerndes.

»Natürlich weiß ich das, wir haben es doch unzählige Male

durchgesprochen. Komm, du musst dich mal entspannen.« Ihre Stimme wurde tiefer, lockender. »Komm schlafen, morgen ist auch noch ein Tag.«

Er nahm die Schüssel und stellte sie in den Kühlschrank. »Ja, du hast recht, wir sollten ins Bett gehen. Aber eins stimmt nicht, morgen ist nicht ein Tag, morgen ist *der* Tag.«

Er drückte auf den Lichtschalter, und die große Küche versank im Dunkeln.

Der Angeber

»Huhu, Clarissa, hier drüben. Hier sind wir!«

Als Clarissa mit Alex am Marktplatz aus dem Auto stieg, dauerte es nur wenige Sekunden, bis Vera lautstark auf sich aufmerksam machte. Dabei strahlte die Bäckerin so voller Vorfreude, dass Clarissa gar nicht anders konnte, als selber fröhlich zu lächeln. Selbst Alex, der Vera noch gar nicht kannte, grinste breit. »Na, die hat aber Spaß am Leben.«

»Damit hast du, mein Lieber, es sehr treffend formuliert und auf den Punkt gebracht. Das ist Vera Adenau, die Urheberin der köstlichen Kuchen, die es in den letzten Tagen zum Kaffee gegeben hat.«

»Allein für diese Kuchen liebe ich sie schon jetzt. Sie sieht aus wie die lebendige Vorlage für Raffaels Putten, wenn du mich fragst.«

»Ich frage dich nicht, weil das exakt auch mein erster Gedanke war, als ich sie kennengelernt habe.«

»Da bist du ja, schön, dass du pünktlich bist. Ein paar

Nachzügler wird es immer geben, das haben wir aber eingeplant. Und hallo, wer ist das?« Vera musterte Alex neugierig.

»Das ist Alexander, mein Neffe«, beeilte sich Clarissa in der kurzen Atempause Veras einzuschieben. »Du erinnerst dich, ich hatte euch von ihm erzählt.«

»Natürlich, natürlich. Ich hatte ihn mir nur irgendwie ... ähm ... jünger vorgestellt, keinen erwachsenen, gut aussehenden Mann.« Vera kicherte und reichte Alexander die Hand. »Einfach nicht hinhören, wenn ich so plappere. Ich bin Vera, Vera Adenau.«

»Alexander Frei...« Clarissa stupste ihren Neffen mit dem Elenbogen an, der sofort begriff, was sie wollte. »Freiheraus gesagt, du kannst mich gerne duzen. Und dass ich schon lange Hosen tragen darf und keine zwölf mehr bin, dafür bitte ich um Entschuldigung.«

»Hihi, witzig ist er auch noch, dein Neffe.«

Bevor Vera weiter ausführen konnte, was sie sich genau unter Clarissas Neffen vorgestellt hatte, traten Ferdinand und Luise zu den dreien. »Vera, du musst unbedingt noch mal mit dem Busfahrer die Liste durchgehen, er hat noch eine Frage«, sagte Luise. »Hallo, Clarissa! Wie schön, dass du dabei bist. Und das ist bestimmt dein Neffe, der Schriftsteller.«

Alex lächelte geschmeichelt. »Clarissa hat Ihnen also schon von mir erzählt. Nun ja, einen Buchpreis werden meine Bücher wohl nie erhalten ...«

»Och kommen Sie, Alexander«, sagte Luise, »ich finde den Erfolg der Schloss-Falkenreich-Romane bemerkenswert. Solche Verkaufszahlen kommen nicht von ungefähr, da stecken harte Arbeit und ein großes Talent dahinter. So, und jetzt müsst ihr mich entschuldigen, ich muss noch nach den Kisten mit den Büchern sehen. Wir werden bei der Lesung morgen nämlich einen Buchverkauf zugunsten der Gemeindebücherei veranstalten. Ferdi, hast du Clarissas Polohemd?«

»Aber sicher, hier ist es.« Ferdinand griff in eine Tasche,

zog ein eingepacktes schwarzes Polohemd heraus und überreichte es Clarissa. »Bitte schön, das offizielle Krimi-Club-Polohemd. Ich denke, die Größe wird passen, Luise hat für so was ein Auge.«

»Aber ich bin doch gar kein richtiges Mitglied«, sagte Clarissa überrascht.

»Unfug, wir haben uns so gefreut, dass du mitmachen willst, solange du hier wohnst, da haben wir gleich ein Hemd nachbestellt. Ist zum Glück noch rechtzeitig geliefert worden. Die Hemden können wir heute Abend tragen, dann weiß jeder vor Ort, wer den tollen Ausflug organisiert hat.«

»Herzlichen Dank …« Clarissa zögerte, suchte nach den passenden Worten. »Damit hätte ich nicht gerechnet. Was für eine Ehre. Und was für ein ungewöhnliches Design.«

»Schön, dass es dir gefällt. Ist auch sehr zurückhaltend bestickt, nur die Buchstaben ›KC‹ und fünf kleine blutige Messer. So, ich muss jetzt noch kurz Vera helfen. Wir können ja nachher noch weiterplaudern. Ihr könnt euer Gepäck dort drüben hinstellen, der Busfahrer räumt es gleich in den Laderaum.«

Als Ferdinand gegangen war, grinste Alex seine Tante an. »Fünf kleine blutige Messer? So klein finde ich die gar nicht. Und so schön plastisch gestickt mit dem heruntertropfenden Blut.« Er tippte auf das eingepackte Polohemd. »Du gehörst jedenfalls jetzt offiziell dazu. Willkommen im Club, Tantchen!«

Sie funkelte ihn an. »Untersteh dich, sag noch ein einziges Mal laut Tantchen zu mir, und ich sorge dafür, dass wir für dich einen Kindertisch beim Essen einrichten.«

»Schon gut, schon gut, war nicht böse gemeint. Das war also der Krimi-Club.« Alex deutete auf Luise, die neben drei großen Pappkartons am Bus stand. »Tolle Frau. Die Leiterin einer Gemeindebücherei hätte ich mir irgendwie weniger … spektakulär vorgestellt. Ich glaube, ich muss in der nächsten

Woche einen Leseausweis beantragen. Sie trägt keinen Ring. Weißt du, ob sie einen Freund hat?«

Clarissa nahm ihre Reisetasche vom Boden hoch. »Sei nicht albern. Auf geht's, wir wollen doch nicht die Letzten sein. Und hör auf zu schwärmen, Luise könnte glatt deine Mutter sein. Ich finde, du solltest dir was in deinem Alter suchen.«

»Ich mein ja nur.« Alex lachte und folgte ihr.

***

Im Bus suchte sich Clarissa einen Fensterplatz. Während sie durch den Gang ging, wurde sie von etlichen Mitreisenden neugierig gemustert. Wen wundert's, mich kennt hier ja auch kaum jemand, dachte sie. Doch da irrte sie sich.

»Hoho, wen sehe ich denn da? Grüß Sie, Frau von Michel, das ist ja eine nette Überraschung. Hier hinten! Nur keine Scheu, kommen Sie zu uns, in der Reihe hinter mir ist noch ein Fensterplatz frei.«

Kurt Höhlbeins Bassstimme dröhnte durch den Bus und zog alle Blicke auf sich. Clarissa registrierte, dass sich bei zwei, drei Mitreisenden der Gesichtsausdruck sofort von distanziert in freundlich-interessiert veränderte. Kurt Höhlbeins Freude über ihr Eintreffen bürgte sozusagen für sie.

»Darf ich Ihnen meine bessere Hälfte vorstellen?« Kurt hatte sich halb von seinem Sitz erhoben. »Astrid, das ist Frau von Michel, die zurzeit in Gregors Haus wohnt. Spätestens in der nächsten Woche werde ich das Drecksding von Heizung repariert haben. Ist praktisch eine Frage der Ehre.«

Astrid Höhlbein war eine Mittvierzigerin mit schulterlangem, schwarz gefärbtem Haar und einem sympathischen Lächeln. »Kurt ist in den letzten Tagen richtig geknickt gewesen, weil Ihre Heizung immer noch nicht einwandfrei läuft. Das geht ihm ganz schön gegen den Strich.«

»Das liegt nur daran, dass die Idioten aus Wittlich nicht in die Gänge kommen und die richtige Schlupfmuffen-Dichtung liefern. Aber die können mich mal, ich hab das Bauteil jetzt direkt beim Hersteller im Internet bestellt«, verteidigte sich Kurt.

»Das wird schon«, sagte Clarissa und setzte sich auf den Platz hinter den Höhlbeins. Alex, der Clarissa gefolgt war, verstaute seine Aktentasche in der Hutablage über den Sitzen und ergänzte: »Mir gefällt dieser schlagartige Wechsel von warm auf eiskalt beim Duschen, ich werde das vermissen, wenn Sie fertig sind, Kurt.« Und an Astrid Höhlbein gewandt sagte Alex: »Guten Morgen! Alexander von Michel, ich bin der Neffe, der immer unter der Dusche das Forsthaus zusammenbrüllt, wenn's kalt wird. Hat Ihr Mann bestimmt auch schon erzählt.«

»Hat er tatsächlich, aber ich wollte es ihm nicht glauben. Sagen Sie, Kurt hat erzählt, dass Sie Bücher schreiben. Gibt es die im Buchhandel?«

»Sicher, allerdings nicht unter meinem Namen. Alexandra von Seifenberg …«

»Oh mein Gott! Das darf doch nicht wahr sein. Herzog Rudolph von Falkenreich und seine Gattin Elisabeth-Margarethe. Wunderbar, jetzt sagen Sie nicht, dass Sie die Schloss-Falkenreich-Romane geschrieben haben? Ich fass es nicht. Ich liebe Ihre Bücher. Die Familie, ihre Schicksale – das ist ganz großes Kino. Kurt, habe ich noch kürzlich gesagt, Kurt, ich wundere mich, dass die Falkenreichs nicht längst verfilmt worden sind.«

Alex, der wohl nicht damit gerechnet hatte, ausgerechnet hier im Bus eine glühende Verehrerin seiner Geschichten zu treffen, nickte bescheiden. »Nun, ich hoffe natürlich auch auf eine Verfilmung.«

»Emilie, Petra, das hier ist Alexandra von Seifenberg! Wer

hätte gedacht, dass wir den Autor persönlich kennenlernen dürfen?«

Mehrere Frauen drehten sich zu Astrid Höhlbein um. Einige klatschten Beifall.

»Sie müssen mir unbedingt später noch ein Autogramm geben. Wahnsinn, wenn ich daran denke, dass mein Kurt Ihre Dusche repariert. Ich habe sogar eins Ihrer Bücher im Koffer, ach, das könnten Sie vielleicht sogar signieren.«

»Mach ich sehr gern, versprochen. Aber jetzt darf ich mich doch sicher erst mal setzen, oder?«

»Natürlich«, Astrid Höhlbein verdrehte ihren Kopf, um durch die Lücke zwischen den Sitzen weiterzureden. »Bleiben Sie denn länger in Niedermühlenbach?«

»Mindestens noch bis Mitte nächster Woche, und meine Tante wird noch länger in dem alten Forsthaus wohnen, ich komme sie bestimmt noch mal besuchen.«

»Dann könnten wir doch für den nächsten Besuch eine Lesung im Ratssaal organisieren, was halten Sie davon?«

»Astrid, lass den armen Herrn von Michel doch mal zur Besinnung kommen, du benimmst dich, als säßen die Stones bei uns im Bus«, ermahnte Kurt seine Frau.

»Ach du, stell dir einfach mal vor, dein Lieblingsfußballer würde aus heiterem Himmel hier auftauchen und bei dir im Bus sitzen.«

»Na ja, wenn der Podolski reinkäme, das wäre schon 'n Ding.«

Astrid Höhlbein schielte wieder durch den Spalt. »Ich will Sie auch gar nicht drängen, wir können uns ja später noch mal darüber unterhalten.«

Alex nickte zustimmend. »Machen wir.«

Draußen hörte man lautes Reifenquietschen. Clarissa, die belustigt mitverfolgt hatte, wie Alex auf eine Stufe mit Ex-Nationalspieler Lukas Podolski gehoben worden war, schaute neugierig aus dem Fenster. Neben dem Bus bremste ein goldfarbener Porsche. Kurt, der ebenfalls am Fenster saß, murmelte gut hörbar: »Der hat mir gerade noch gefehlt.«

Clarissa beugte sich vor. »Ist das Gisbert Römer, Kurt?«

»In voller Person, und wie immer liebt er den ganz großen Auftritt.«

Gisbert Römer stieg aus und schaute sich auf dem Marktplatz um. Das sah in Clarissas Augen so aus, als würde er prüfen, ob genügend Publikum seine Ankunft bemerkt hatte. Römer umrundete den Porsche, öffnete mit Schwung die Beifahrertür. Das Nächste, was man sah, waren zwei lange, schlanke Beine in engen schwarzen Röhrenhosen aus glänzendem Latexstoff und weißen Cowboystiefeln. Römer reichte seiner Begleiterin die Hand, um ihr beim Aussteigen behilflich zu sein. Clarissa konnte aus der Entfernung unmöglich das genaue Alter der Beifahrerin schätzen. Aber aufgedonnert war wohl die passendste Beschreibung für die Frau. Das Gesicht wurde von einer viel zu großen Sonnenbrille halb verdeckt. Die hellblonden Haare waren zu einem lockeren Knoten am Hinterkopf zusammengefasst, das enge silbern glänzende Oberteil spannte sich über eine unnatürlich große Oberweite. Komplettiert wurde die Kleidung von einer weißen, bauschigen Daunenjacke.

»Hoppla, wen haben wir denn da? Offenbar Gisberts neue Flamme. Jede Wette, dass die beiden nicht im Bus mitfahren, sondern im Porsche dem gemeinen Volk folgen.«

Clarissa, die Kurt im Stillen zustimmte, musterte Gisbert Römer und seine Begleitung.

Kein Zweifel: Gisbert Römer war der Unsympath am Denkmal gewesen, den Clarissa in der Woche zuvor getroffen hatte. Sie beobachtete ihn, wie er mit weit ausholenden Handbewegungen gestikulierte, während er auf den Busfahrer einredete. Leider konnte sie nicht verstehen, worüber gesprochen wurde, aber dem Fahrer war das, was Römer sagte, nicht recht. Sie sah die kleinen Veränderungen in seiner Mimik: ein

Stirnrunzeln, das verkniffene Lächeln, kurze Antworten. Römer klopfte dem Fahrer auf die Schulter und wandte sich dann anderen Mitreisenden zu. Er verstand die Kunst, herrisch aufzutreten, aber bei Bedarf blitzschnell zu einem breiten Lächeln umzuschalten, was er regelmäßig tat, wenn er von anderen respektvoll gegrüßt wurde.

In Clarissas Augen hatte dieses Lächeln allerdings etwas Herablassendes. Der Graf nimmt die ehrerbietigen Grüße seiner Untergebenen entgegen, genauso wirkte die Szene auf sie. Noch interessanter als Römer war seine Begleitung, die gelangweilt am Porsche lehnte und augenscheinlich niemanden aus dem Dorf kannte. Sie grüßte nicht, vermied jeden Augenkontakt und interessierte sich nur für ihre langen Fingernägel.

»Na, was gibt es da draußen zu sehen?«, fragte Alex und beugte sich vor, um an Clarissa vorbei aus dem Fenster zu schauen. Alex hatte Römers Begleitung auch entdeckt.

»Ach du meine Güte! Er ist ja wirklich gut angezogen. Anzug, Hemd, Krawatte, schöne Farben. Aber sie? Das Outfit hat bestimmt ein Schweinegeld gekostet, aber trotzdem wirkt es billig«, bemerkte er. »Wahrscheinlich muss die Gute sehr flach atmen, sonst passiert ein Unglück. Ich dachte, so ein Styling gäbe es nur in schlechten Filmen. Niedermühlenbach hat doch mehr zu bieten, als man auf den ersten Blick meinen könnte.«

»Höh, höh, möchte bloß wissen, wie Gisbert wieder an diese Dame gekommen ist«, mischte sich Kurt ein, der Alex' Kommentar mitgehört hat. »Seitdem vor ein paar Jahren Gisberts Frau gestorben ist, werden seine Begleiterinnen immer jünger. Da lockt wohl die dicke Brieftasche, unser Gisbert ist schließlich kein Brad Pitt. Und die Wuchtbrumme da draußen ist doch sicher fünfundzwanzig, dreißig Jahre jünger als er.«

»Nur kein Neid, Kurt!« Alex grinste.

»Nee, Herr von Michel, Sie können mir glauben, solche aufgebrezelten Frauen sind mir eher unheimlich.«

»Das hast du schön gesagt, Kurt.« Astrid Höhlbein gab ihrem Mann einen Kuss auf die Wange. »So, und nun hörst du besser auf, nach draußen zu starren. Stell dir nur vor, jemand bemerkt, dass du andere Leute beobachtest. Das wäre peinlich.«

»Schon klar, Hase. Ich schau nicht mehr raus. Ich denke, es geht auch gleich los. Unser Fahrer schließt schon die Ladeklappen ab.«

***

Am Ende kam es so, wie Kurt vermutet hatte. Die letzten Niedermühlenbacher bestiegen den Bus, der zischend seine Türen schloss, und noch bevor der Reisebus losgerollt war, heulte der Motor des Porsches auf und raste über den Marktplatz davon.

»30er-Zone, unser Marktplatz ist eine 30er-Zone, alter Angeber«, brummelte Kurt, was Astrid mit einem halblauten »Reg dich nicht auf und lass dir das schöne Wochenende von dem Kerl nicht verderben« quittierte.

Clarissa hörte beides. Das Ehepaar Höhlbein wurde ihr immer sympathischer. Anders dagegen Gisbert Römer und seine – wie hatte Kurt sie genannt? – Wuchtbrumme. Interessant ist doch, überlegte Clarissa, dass Gisbert Römer es für nötig hält, im eigenen Porsche zu fahren, und trotzdem an dieser Gemeinschaftsfahrt teilnimmt. Weinprobe und Winzeressen kann er jederzeit unten an der Mosel haben, und als Literaturfan würde ich ihn auch nicht einschätzen. Bleibt also die Frage: Warum ist Römer dabei? Ich werde Vera mal fragen – später.

Clarissa schob die Frage beiseite, griff in ihre Handtasche, zog ihren Krimi heraus und war Augenblicke später in Gedanken im feuchtkalten, nebligen London.

Hotel Moselkrug

Das Hotel Moselkrug bot einen herrlichen Ausblick auf den Fluss und das enge Moseltal mit seinen steilen Weinbergen. Hier muss ich unbedingt im Spätsommer noch einmal vorbeischauen, dachte Clarissa. Noch konnte man nur ahnen, wie die mit Weinstöcken dicht bepflanzten Hänge später im Jahr aussehen würden, wenn sie belaubt und voller Trauben wären.

Das ist doch verrückt, in all den Jahren habe ich nicht ein einziges Mal die Zeit gefunden, einen längeren Ausflug an die Mosel zu machen, dabei liegt diese wunderbare Gegend praktisch vor der Haustür. Clarissa trat von ihrem Hotelfenster zurück und rubbelte sich mit einem Handtuch die vom Duschen noch feuchten Haare trocken. Ihr Zimmer war nicht sonderlich groß, aber geschmackvoll eingerichtet. Die hellen Holztöne und der hübsche Wollteppich passten gut zu den dunkel gebeizten alten Holzbalken an der Decke. Ein junges Ehepaar hatte die ganze Reisegesellschaft in Empfang genommen. Emma Bremmer hatte ihre Gäste persönlich begrüßt, während ihr Mann Kai, dessen Vater das benachbarte Weingut besaß, die Koffer ins Haus getragen hatte. Auf den ersten Blick hatte Clarissa gar nicht glauben können, dass das alte, schmale Fachwerkhaus Zimmer für die ganze Gruppe bieten würde, doch dann hatte sich herausgestellt, dass es noch einen Anbau mit weiteren Gästezimmern gab.

Clarissa war ganz zufrieden damit, dass ihr Einzelzimmer im Altbau lag. Sie mochte die schrägen Balken und das Sprossenfenster mit Moselblick. Das Bett war bequem und das Badezimmer zwar klein, aber modern. Nach den Wechselduscherfahrungen der letzten Tage hatte sie die heiße Dusche mehr als genossen. Sie streckte ihren Rücken durch, froh darüber, dass keine weitere Besichtigung mehr auf dem Programm stand.

Clarissa hatte für den Abend eine frische Bluse und eine dünne Wolljacke eingepackt, man konnte schließlich nicht wissen, wie kühl der Gastraum im Weinkeller sein würde. Als sie die Bluse überziehen wollte, fiel ihr Blick auf das eingepackte Polohemd, das sie vom Krimi-Club geschenkt bekommen hatte.

»Ach, was soll's?«, sagte sie halblaut, packte das Polohemd aus und hielt es prüfend in die Höhe. Luise hatte wirklich einen guten Blick für Konfektionsgrößen, so viel stand fest. Das Polohemd würde wie angegossen passen. Auf der linken Brustseite waren lediglich der Schriftzug »KC« und darunter fünf kleine Messer eingestickt. Das Ganze so dezent, dass man es auch für ein Markenlogo halten konnte. Da habe ich schon schlimmere Vereins-T-Shirts gesehen, dachte Clarissa. Kurz entschlossen verzichtete sie auf die Bluse und zog das schwarze Polohemd über. Die weinrote Kaschmir-Strickjacke passte farblich sowohl zur Bluse als auch zum Polohemd. Wenn es heute Abend zu kalt werden sollte, kann ich mich immer noch kurz umziehen, überlegte sie und verließ ihr Zimmer.

»Hallo, Clarissa! Unser Polohemd steht dir ausgezeichnet,

wenn ich das anmerken darf.« In der Nähe der Rezeption befand sich eine Sitzgruppe. Ferdinand hatte hier in einer Tageszeitung geblättert und erhob sich nun höflich, als Clarissa die Treppe herunterkam. Anstelle seiner sonst üblichen Tweedweste und einem Oberhemd trug er ebenfalls das schwarze Polohemd des Krimi-Clubs.

»Ich fühle mich zwar wie eine Hochstaplerin, weil ich doch gar kein richtiges Mitglied bin und nichts zum Gelingen dieses Ausflugs beigetragen habe, aber solange niemand laut Anklage erhebt, will ich mich nicht beschweren«, erwiderte Clarissa lächelnd.

»Anklage erheben? Nein, so sind wir in Niedermühlenbach nicht. Im Ernst, wir freuen uns alle sehr, dass du dabei bist.«

»Ich würde mich vor allem freuen, wenn es bald Essen geben würde. Ich komme um vor Hunger. Wir werden doch sicher erst essen und dann die Weinprobe haben – oder, Ferdinand? Wenn ich auf leeren Magen verschiedene Rieslinge probieren soll, wird mir das nicht gut bekommen.«

»Keine Sorge.« Ferdinand schaute auf seine Armbanduhr. »In einer Viertelstunde sollte es losgehen. Wollen wir zusammen zum Weinkeller rübergehen? Wir müssen auf die andere Seite des Hofes. Ich habe mich schon erkundigt, wo das Abendessen serviert wird. Darf ich bitten?« Ferdinand bot ihr galant den Arm an. Lächelnd hakte sich Clarissa bei ihm unter. Das ist mir schon seit Ewigkeiten nicht mehr passiert, dachte Clarissa, ein Mann bietet mir seinen Arm an. Zusammen gingen sie durch die enge Gasse zur Toreinfahrt des Innenhofs. Das Abendlicht brachte die alten Mauern des Weinguts zum Glühen. Sie genoss diesen Moment, genoss es, mit Ferdinand an ihrer Seite über das Kopfsteinpflaster zu schlendern. Ihr altes Leben als Polizistin schien ihr in diesem Augenblick Lichtjahre entfernt zu sein.

Weinprobe mit Schuss

Die Tür zur sogenannten Weinstube, wie ein schmiedeeiserner Schriftzug an der Hauswand verriet, stand weit offen. Jemand hatte die breite Doppeltür aus Eiche bereits aufgeschlossen. Clarissa und Ferdinand zögerten kurz. »Ob wir schon reingehen dürfen?«, fragte Clarissa.

»Ich wüsste nicht, was uns davon abhalten sollte. Schließlich sind wir Teil des Orga-Teams und …«

Ferdinand wurde von dem Erscheinen eines goldblonden Energiebündels unterbrochen, das mit einem freudigen Aufbellen aus der Tür gerast kam.

»Ray! Sitz!« Clarissa hob eine Hand, und der Hund gehorchte ihr aufs Wort. Hechelnd schaute er zu ihr hoch.

»Braver Hund«, lobte sie und kraulte Ray am Kopf.

»Ich werd verrückt«, staunte Ferdinand, »bei mir springt er immer hoch und freut sich. Was aber leider zur Folge hat, dass ich schon drei Tweedhosen eingebüßt habe.«

»Er darf sich eben nicht alles erlauben. So, wenn Ray hier ist, sollte Luise nicht weit sein.«

Gemeinsam gingen sie die Stufen in den Keller hinunter. An den grob verputzten Wänden hingen alte Werkzeuge aus Eisen und Holz, deren Nutzen Clarissa nicht einmal erraten konnte. Licht spendeten ein paar Lampen, deren schmiedeeiserne Sockel Ähnlichkeit mit mittelalterlichen Fackelhaltern hatten. Am Ende des Ganges gab es eine weitere Tür, und davor war ein Tisch aufgebaut.

»Ach wie schön, da seid ihr ja«, wurden sie von Luise begrüßt, die hinter dem Tisch stand. »Jochen Bremmer, der Seniorchef, war so nett, die Bücherkisten hereinzutragen. Könntet ihr mir wohl helfen und schon mal den Büchertisch vorbereiten? Ich möchte inzwischen drinnen noch ein paar Flyer der Bücherei auf den Tischen verteilen.«

»Aber klar, und das mit den Büchern schaffe ich auch alleine«, erwiderte Clarissa, »Ferdi, hilf du doch Luise mit den Flyern. Habt ihr Vera gesehen?«

»Die wollte nur kurz in die Küche«, sagte Luise. »Ah, da kommt sie ja.«

»Hallo, ihr Lieben! Na, habt ihr auch so einen Hunger? Ich hab geklärt, dass wir zügig mit den Vorspeisen anfangen, aber damit ihr mir in der Zwischenzeit nicht vom Fleisch fallt, habe ich uns diese Platte mit Schmalzbroten organisiert. Bitte schön – greift zu!«

Das ließ sich Clarissa nicht zweimal sagen. Sie nahm sich gleich zwei der kleinen Brotscheiben. Das Roggenbrot schmeckte köstlich. »Herrlich, damit hast du mich gerettet, Vera«, sagte Clarissa, während sie genüsslich kaute. »Mhmm, das ist gut.«

Auch Luise und Ferdi griffen zu, und kurze Zeit später war Veras Teller leer. »So, und jetzt ans Werk, sonst werden wir nicht fertig, bevor die anderen da sind. Kannst du den Seniorchef suchen, Vera?«, bat Luise. »Ich würde gerne noch die

Musikanlage anschließen und brauche dafür ein Verlängerungskabel. So was haben die bestimmt hier.«

»Natürlich, das mache ich, ich muss ja sowieso noch diesen leeren Teller loswerden.«

Während Vera zurück auf den Hof ging und Luise mit Ferdinand im Gastraum der Weinstube die Flyer verteilte, begann Clarissa die drei Bücherkisten auszuräumen und auf dem Tisch ansprechend zu verteilen.

Luise hatte von dem Autorenduo, das am nächsten Tag lesen würde, die aktuellen Bücher besorgt und darüber hinaus gebrauchte Krimis zusammengestellt, die zugunsten der Bücherei verkauft werden sollten.

»Da liegt ja mehr Spannung auf dem Tisch, als ein Normalsterblicher vor dem Einschlafen ertragen kann.«

Clarissa drehte sich zu der Stimme hinter ihr um.

»Wollte Sie nicht erschrecken, ›tschuldigung. Man hat mich gebeten, ein Verlängerungskabel vorbeizubringen.« Der Mann hob lächelnd eine Kabeltrommel hoch, um das eben Gesagte zu unterstreichen. »Und wenn Sie sonst noch was brauchen, zögern Sie nicht, mich zu fragen. Bremmer, Jochen Bremmer, ich bin der Seniorchef hier im Weingut, was nichts anderes heißt, als dass ich mich raushalten und besser nur Weinproben mit den Gästen durchführen soll. Tue ich natürlich nicht – raushalten, meine ich.« Er zwinkerte Clarissa vergnügt zu.

»Clarissa von Michel, ich freue mich schon auf den Abend. Schön, Sie kennenzulernen. Wenn Ihre Weine so gut sind, wie Ihr Hof aussieht, und davon gehe ich aus, wird es ein sehr genussvoller Abend.«

Jochen Bremmer lachte auf. »Na, das will ich doch hoffen. Kennen Sie denn schon einen unserer Weine?«

»Ich habe kürzlich einen 2016er Riesling von Ihnen getrunken. Dabei hat mir die harmonische Frucht gut gefallen. Das, in Zusammenspiel mit der Säure … Ich vermute, dass Sie in Ihrem Weinberg nicht mehr darauf schauen, den größtmöglichen Ertrag pro Hektar herauszuholen? So wie viele andere Winzer auch. Früher konnten es ja gut und gerne hundertdreißig Hektoliter sein. Wo liegen Sie heute – bei sechzig bis siebzig Hektolitern?«

»Ha, ich werd verrückt, Sie kennen sich ja wirklich aus. Meine Fresse, 'tschuldigung für den Ausdruck, da muss ich ja richtig aufpassen, dass ich keinen Unfug erzähle. Und nebenbei, wir produzieren zwischen siebzig und fünfundsiebzig Hektoliter pro Hektar. Das kommt aufs Erntejahr an. 2017 beispielsweise lag das gesamte Moselgebiet bei gut fünfhunderttausend Hektoliter, ein schreckliches Jahr. 2018 waren es neunhunderttausend Hektoliter. Sie sehen, das ist ein Auf und Ab. Wobei ich mich manchmal frage, warum wir uns die Arbeit in den Steillagen noch antun.«

»Weil Weinbau Ihre Passion ist, so wie es meine ist, ab und zu ein Glas zu genießen?«

Bremmer nickte bewundernd. »Frau von Michel, ich würde mich freuen, wenn wir später noch ein Glas zusammen trinken würden.« Er deutete eine leichte Verbeugung an und ging in die Weinstube. Clarissa lächelte still vor sich hin, während sie die letzten Bücher sortierte. Bremmers ansehnliche Erscheinung stand ihr noch vor Augen. Mittelgroß, muskulös, ungefähr in ihrem Alter, braun gebrannt, weißer Vollbart, kaum noch Haare auf dem Kopf und wasserblaue, leuchtende Augen. In einem anderen Jahrhundert wäre Bremmer vielleicht ein verwegener Freibeuter gewesen, jetzt aber war er ein Winzer, der, wie Clarissa erstaunt feststellte, in wenigen Minuten mehr Eindruck auf sie gemacht hatte als viele andere Männer in Stunden.

»Was für ein Abend«, murmelte sie. Ein Glück, dass Alex nicht dabei war, das eben wäre eine Steilvorlage für seine Sticheleien gewesen. Seine Tante, eine flirtende Weinexpertin. Dazu wäre ihm sicher dies oder das eingefallen.

Die Weinstube war gut gefüllt, der Raum summte von Stimmen, leise geführten Unterhaltungen und vereinzelten Lachern. Über allem lag eine erwartungsvolle Spannung in der Luft. Es gab Achtertische, und Clarissa freute sich darüber, dass Kurt und Astrid Höhlbein bei ihr am Tisch saßen. Wahrscheinlich ist das Luises Werk, dachte Clarissa, schließlich gibt es nicht allzu viele Menschen im Ort, die ich bereits kenne. Astrid hatte es sich nicht nehmen lassen, sich direkt neben Alex zu setzen. Dem schien Astrids Begeisterung für seine Bücher ganz recht zu sein, er unterhielt sich angeregt mit ihr über das Schicksal der von ihm erfundenen Grafenfamilie. Eben wollte Clarissa Kurt auf die Arbeiten der kommenden Woche ansprechen, als ein junger Mann an ihren Tisch trat.

»Guten Abend! Entschuldigungen Sie, Luise Hackenroth sagte, ich solle mich zu Ihnen an den Tisch setzen. Hier sei noch Platz.«

»Der Herr Diakon«, begrüßte Kurt den Neuankömmling, »nur zu, setz dich, Bernhard. Kann nicht schaden, einen von eurer Fraktion in der Nähe zu haben. Dein Chef hat ja vor zweitausend Jahren Wasser in Wein verwandelt. Wenn der Wein heute also nicht so toll sein sollte, könnten wir ein bisschen Beistand von oben brauchen, höhö.«

»Sehr witzig, Kurt. Sonntags nicht in die Messe kommen, aber auf Wunder hoffen.« Der Mann wandte sich an Clarissa. »Bernhard Wohlgemuth. Ich bin seit einem Dreivierteljahr Diakon der Gemeinde.«

»Von Michel, Clarissa von Michel. Ich …«

»Oh, ich weiß, wo Sie wohnen«, platzte der junge Diakon heraus. »Verzeihen Sie, ich wollte Ihnen nicht ins Wort fallen, aber Sie sind … nun, wie drücke ich das am besten aus? … so etwas wie das Highlight im Dorfgespräch geworden. Schließlich stand das alte Forsthaus leer, und dann ziehen Sie dort gleich für mehrere Monate ein. Und wie ich sehe, sind Sie sogar schon Mitglied im Krimi-Club.« Wohlgemuth deutete auf Clarissas schwarzes Polohemd.

»So, so, das Highlight im Dorfgespräch?« Clarissa schmunzelte. »Na ja, es gibt Schlimmeres.«

Bernhard Wohlgemuth strich sich verlegen die dunkelblonden Haare aus der Stirn. Sein eher fülliges Gesicht hatte eine bedenkliche Rötung angenommen. »Wirklich, das habe ich nicht abschätzig gemeint, Frau von Michel. Guter Gott, Sie müssen mich für ein schreckliches Klatschweib halten.«

»Aber nein, Sie sind doch Diakon, soweit ich weiß, lässt Rom noch keine ›Weiber‹ zur Weihe zu.« Clarissa versuchte mühsam, ernst zu bleiben. Ihre Bemerkung verstärkte nur noch die Verlegenheit des jungen Mannes.

»Höhö, da hast du dich aber ganz schön in was reingeritten, Bernhard«, prustete Kurt los. »Komm, setz dich.«

»Natürlich … ähm ja, ist wohl besser. Und Frau von Michel, Sie müssen mir glauben, ich liebe das Forsthaus, vor allem wegen seines Gartens. Ein wunderbares Stückchen Erde. Eine Schande, dass das Gewächshaus nicht mehr intakt ist.«

»Sie mögen Gartenarbeit?« Clarissa fand, dass Wohlgemuth lange genug gelitten hatte, und lenkte das Gespräch auf ein anderes Thema als den Dorfklatsch über ihre eigene Person.

»Blumen sind meine große Leidenschaft. Lange konnte ich mich nicht entscheiden: Theologie oder eine Ausbildung zum Gärtner. Am Ende waren mir Menschen doch wichtiger als Pflanzen. Wenn Sie Zeit haben, kommen Sie ruhig mal bei mir vorbei. Ich habe den alten Bauerngarten hinter dem Pfarrhaus an der St.-Hubertus-Kirche wieder auf Vordermann gebracht. Unser Pfarrer muss ja mehrere Gemeinden betreuen, und er lebt in Obermühlenbach, daher darf ich im alten Pfarrhaus wohnen. Das ist … ach herrje, der hat mir gerade noch gefehlt.«

Clarissa drehte sich zur Seite, um zu sehen, wen Bernhard

Wohlgemuth bemerkt hatte. Sie musste dem Diakon recht geben, denn die letzten zwei Plätze an ihrem Tisch wurden von keinem Geringeren als Gisbert Römer angesteuert, während seine Begleiterin noch am Eingang des Saals etwas mit Luise besprach.

»Ach Gott, ich bin an einem Tisch mit unserem Pfaffen-Azubi und mit Kurt, dem Handwerkergenie, gelandet.« Römer verzog das Gesicht zu einem starren Lächeln, wahrscheinlich, um seine Grobheit als kleinen Scherz zu maskieren. »Na, Kurt, willst du heute Abend wieder Gedichte von deinem Opa zitieren?«

Kurt war um eine Antwort nicht verlegen. »Guten Abend, Gisbert, es wird wohl besser sein, wenn du Uropas Gedichte selbst liest, in deinem Alter hat man sie sonst ja doch schnell wieder vergessen. Und wie gut, dass heute Samstag ist, da muss deine Begleitung morgen nicht in die Schule.«

Gisbert Römer wurde vor Wut ganz bleich. Was bei Kurt augenscheinlich eine gewisse Genugtuung auslöste, denn er lehnte sich grinsend zurück. Wer hätte gedacht, dass der liebenswürdige Kurt eine so spitze Zunge hat, dachte Clarissa.

»Gisbert, stell dir vor, es gibt keine anderen Plätze mehr. Ich habe denen gerade gesagt, lange werde ich nicht hier im Durchzug sitzen können. Warum haben wir denn keinen Zweiertisch? « Gisbert Römers Begleitung schnaubte empört, bevor sie sich setzte. Kurt dagegen erhob sich kurz, deutete eine Verbeugung an und sagte: »Guten Abend, Kurt Höhlbein mein Name, wir haben eben noch von Ihnen gesprochen. Darf ich Ihnen meine Frau Astrid vorstellen?« Formvollendet setzte er die Vorstellungsrunde fort, indem er mit der rechten Hand nacheinander auf die Anwesenden deutete. »Und dann haben wir hier am Tisch noch Frau von Michel, die zum Krimi-Club gehört, ihren Neffen Alex, der ein bekannter Schriftsteller ist, und unseren Diakon Bernhard Wohlgemuth.«

»Theresa Wirms. Gisbert, jetzt setz dich doch endlich, was guckst du denn so böse?«

Römer kam nicht mehr zu einer Antwort, denn jetzt ergriff Jochen Bremmer das Wort.

»Meine Damen und Herren, ich freue mich, Sie heute Abend zum Winzeressen und zur Weinprobe begrüßen zu dürfen. Der Herr«, schob er mit einem kurzen Blick auf Gisbert Römer ein, »wenn Sie sich vielleicht auch hinsetzen möchten? Ich würde Ihnen gerne vorab etwas über unsere Weine erzählen, die Sie heute im Glas haben werden. Keine Sorge, ich mache es kurz, denn die Vorspeise wird gleich serviert. Der Herr dort drüben – bitte, wirklich, setzen Sie sich doch, dann können wir beginnen.«

Diese zweite Aufforderung nahm Gisbert Römer endgültig die Möglichkeit, noch irgendetwas auf Kurts Bemerkung zu erwidern. Er presste wütend die Lippen zusammen und nahm Platz.

Kurt dagegen beugte sich zu Clarissa hinüber und flüsterte: »Höhlbein–Römer eins zu null, würde ich sagen. Was der sich immer einbildet.«

Meine Güte, die beiden können sich wirklich nicht ausstehen. Bin gespannt, wie sich der Abend entwickelt, dachte Clarissa, bevor sie sich auf Jochen Bremmers Vortrag über die Weinlagen an der Mosel konzentrierte.

***

In den Pausen, wenn Jochen Bremmer gerade nichts zu dem nächsten Gang des Menüs und dem dazu passenden Wein aus seinem Keller erzählte, unterhielt Kurt die Tischrunde mit lustigen Anekdoten aus seinem Handwerkerleben. Alex berichtete von seiner letzten Lesetour in Süddeutschland, ein Thema, das selbst Theresa Wirms und Gisbert Römer zu interessieren schien. Ansonsten verhielt sich Römer überraschend ruhig. Nach dem Einstieg in den Abend hatte Clarissa schon befürchtet, dass es an ihrem Tisch zu einem handfesten Streit kommen würde. Aber beide Kontrahenten hielten sich mit spitzen Bemerkungen zurück. Römer griff beim Essen herzhaft zu und orderte von jedem Gang noch einen Nachschlag.

»Der isst ja, als gäbe es kein Morgen«, flüsterte Kurt Clarissa zu.

»Aber er trinkt nur Wasser«, flüsterte sie zurück. Was bei einer Weinprobe ausgesprochen ungewöhnlich ist, dachte sie. Am Ende lud Jochen Bremmer alle Gäste ein, an der großen Weinbar noch einen Absacker oder ihren persönlichen Lieblingswein des Abends zu bestellen.

»Ich möchte auf jeden Fall noch etwas Riesling. Und einen Trester, der ist jetzt genau das Richtige nach dem Essen«, schwärmte Alex. »Wem soll ich ein Glas von der Bar holen?« Die ganze Tischrunde stimmte begeistert zu, nur Gisbert Römer schwieg. Alex fragte nach: »Kann ich Ihnen auch etwas mitbringen?«

»Oh, ich liebe Wein. Ich hätte schrecklich gern schon den ganzen Abend mitgehalten. Aber der Arzt hat gesagt, ich soll mit Alkohol vorsichtig sein. Mein Herz, die Tabletten.«

»Ach, Gisbert, die beiden haben recht, der Wein hier schmeckt wirklich sensationell. Ich dachte immer, mir schmeckt nur Roter. Na komm, wie wäre es mit einem kleinen Glas? Da entspannst du dich auch ein bisschen.« Theresa lehnte sich zu Gisbert hinüber und raunte ihm noch etwas zu. Clarissa hätte schwören können, dass es etwas wie »Die Nacht ist noch lang« war, jedenfalls lächelte Römer zum ersten Mal an diesem Abend. Clarissa fand nicht, dass ihn dieses Lächeln sympathischer aussehen ließ.

»Na ja, ein kleines Glas sollte wohl gehen.«

»Möchten Sie Riesling oder den Trester, der hier ausgeschenkt wird?«, fragte Alex. Er zwinkerte ihm zu. »Ich hole Ihnen auch beides.«

»Warum nicht, aber bitte nur zwei kleine Gläser.«

Alex ging zur Bar und kam mit einem Tablett voller Gläser zurück. »Bitte schön, einmal der Trester und der 2018er Riesling für alle. Und für Sie, Herr Römer, zwei kleinere Gläser. Das ist dann so etwas wie eine Mini-Weinprobe mit Schuss. Bitte schön, wohl bekomms.«

Römer nahm den Trester und stürzte ihn hinunter, ohne auf die anderen zu warten. »Ah, ja, der schmeckt gut.« Römer stellte das Glas auf den Tisch und griff nach dem Wein. Diesmal grinste er Theresa lüstern an. »Auf den Abend und die Nacht, Thessi!«

Dass dieser Trinkspruch peinliches Schweigen am Tisch auslöste, schien Römer nicht zu stören. Er trank auch dieses Glas in wenigen Zügen leer. »Ich hätte noch Lust auf ein weiteres Dessert«, tönte er und winkte eine Kellnerin mit einem harschen »Hallo, Bedienung!« zu sich an den Tisch. »Ich weiß, Sie sind nicht für unseren Tisch zuständig, aber fragen Sie doch bitte mal in der Küche, ob es noch eine Portion von der Mousse gibt. Können Sie mir auf die Rechnung setzen.«

Kurt verdrehte nur die Augen, sagte aber sonst nichts weiter zu den Extrawünschen. Während Römer wartete, rutschte er unruhig auf seinem Stuhl hin und her, fuhr schließlich mit einem Finger unter den Krawattenknoten, um ihn zu lockern. Vielleicht ist er doch schon satt?, dachte Clarissa. Geschieht ihm recht, das hat er jetzt von den ganzen Nachschlägen.

Minuten später stand ein neuer Teller vor Römer. Der begann zu essen, hielt kurz inne, legte den Löffel wieder beiseite und öffnete den obersten Hemdknopf. »Himmel, ist das hier stickig. Die sollten mal lüften. Es ist ja unerträglich warm.«

»Komm, Gisbert, so schlimm ist es nicht«, erwiderte Kurt.

Clarissa musste ihm recht geben, die Weinstube war zum Glück nicht zu kühl – aber unerträglich warm?

Immer wieder fingerte Römer weiter an seinem Hemdkragen herum, Schweißperlen standen ihm auf der Stirn. Jeder Mensch hat eben doch ein anderes Wärmeempfinden, dachte Clarissa, wahrscheinlich hat Römer einfach zu viel gegessen.

»Ich geh schon mal aufs Zimmer, Thessi.«

»Ich wollte aber noch einen Espresso von der Bar.«

»Den sollst du dir unbedingt auch noch gönnen.« Gisbert grinste. »Der hält dich munter.« Er schob seinen Stuhl zurück. »Wenn Sie mich alle entschuldigen würden. Gute Nacht!«

Clarissa atmete insgeheim auf, als Römer aus dem Saal stampfte. Er war wirklich kein Mensch, den man auf Anhieb ins Herz schloss.

Theresa dagegen schien von dem fehlenden Charme ihres Begleiters völlig unbeeindruckt zu sein. Sie holte sich ihren Espresso, trank ihn in kleinen Schlucken und plauderte dabei noch ein wenig mit Bernhard Wohlgemuth über einen kürzlich gesehenen Kinofilm. Clarissa schob den Stuhl zurück: »Entschuldigt mich bitte kurz«, sagte sie zu der Tischrunde, »ich glaube, ich hole mir auch noch einen Espresso.«

An der Weinbar wartete Ferdi. »Und wie gefällt dir der Abend, Clarissa?«

»Sehr gut. Das Essen war köstlich und die passenden Weine dazu – eine tolle Idee.«

»Ich würde jetzt gerne einen Espresso bestellen, darf ich auch etwas für dich mitbestellen, Clarissa?«

»Ein Espresso wäre genau richtig.«

Ferdi strahlte sie an, als hätte er gerade im Lotto gewonnen. Ich mag dieses Strahlen, schoss es Clarissa durch den Kopf, ein Gefühl, das sie schon sehr, sehr lange nicht mehr verspürt hatte.

Das Ende eines netten Abends

»Wie haben Ihnen unsere Weine gefallen?«

Clarissa, die kurz nach draußen gegangen war, um frische Luft zu schnappen, drehte sich im Flur überrascht zu der Stimme um.

»Oh, hallo, Herr Bremmer, ich war in Gedanken und hatte Sie gar nicht kommen hören. Herzlichen Glückwunsch, Sie haben ein paar wirklich bemerkenswerte Weißweine in Ihrem Keller.«

Der Winzer nahm das Lob mit einem breiten Lächeln entgegen. »Wie wäre es? Darf ich Sie zurück in den Saal begleiten und Sie an der Bar noch zu einem Glas einladen?«

Clarissa schüttelte den Kopf. »Ich komme gerne mit Ihnen an die Bar, und so verlockend das Angebot ist, aber für heute Abend habe ich tatsächlich genug getrunken.«

Sie schlenderte mit dem Winzer zurück in den Saal, und der ging hinter die Theke, um zwei Gläser einzuschenken. Mineralwasser für Clarissa, einen Weißwein für sich selbst.

Clarissa nahm das Wasser dankbar entgegen. »So gerne ich Wein genieße, ich möchte doch morgen einen klaren Kopf haben.«

»Nun, dann vielleicht ein andermal.«

»Warum nicht? Ich habe ein Ferienhaus in Niedermühlenbach gemietet, und zwar für ein paar Wochen.«

»Perfekt! Da wäre es doch schön, wenn Sie noch einmal vorbeischauen würden. Die Einladung zum Wein steht jedenfalls.«

»Herzlichen Dank! Und was sagt Frau Bremmer zu dieser Einladung?«

Jochen Bremmer lachte auf, und dieses Lachen brachte Dutzende kleine Lachfältchen zum Vorschein. »Sie reden nicht lange drum herum, das gefällt mir. Eine aktuelle Frau Bremmer gibt es nicht. Es gab schon zwei, aber …« Er zögerte kurz. »… sagen wir einfach: Es hat nicht geklappt. Eine meiner Ex-Frauen lebt jetzt oben an der Ostsee, und die andere ist glücklich ein zweites Mal im Nachbarort verheiratet. Wir verstehen uns so gut, dass wir bei einem Weinfest immer noch zusammen Tango tanzen können. Erlauben Sie mir die Frage, ob ich bei einem Weinabend auch Herrn von Michel einladen müsste?«

Jetzt war es Clarissa, die wehmütig lächelte. »Einen Herrn Alex von Michel gibt es zwar, aber der ist mein Neffe. Ich lebe schon seit etlichen Jahren allein, bei mir kam immer die Arbeit zuerst. Und das Gefühl von Freiheit, das ich nicht bereit war, ohne Weiteres aufzugeben.«

»Das muss aber eine tolle Arbeit gewesen sein.«

»Ja, ich war viele Jahre bei der … ähm … bei der Stadtverwaltung.«

Himmel, was rede ich denn da, dachte Clarissa, während sie sah, wie der Winzer irritiert die Stirn runzelte. Wahrscheinlich hatte er eine andere Antwort erwartet.

Noch bevor Clarissa ausführen konnte, warum ihre angebliche »Arbeit bei der Stadtverwaltung« sie so ausgefüllt hatte, wurde die Tür der Weinstube aufgerissen, und mit einem erstickten Laut taumelte Theresa in den Raum. Ihr plötzliches Auftauchen ließ alle Gespräche verstummen.

»Er ist tot! Mein Gott, er ist tot!«

Theresa machte zwei Schritte und blieb stöhnend stehen. Es wirkte, als würde sie jeden Moment das Gleichgewicht verlieren.

»Aufgepasst, Alex, sie wird ohnmächtig«, rief Clarissa.

Alex und Jochen Bremmer sprangen gleichzeitig vor und halfen Theresa, sich auf einen Stuhl zu setzen. Clarissa ging vor der jungen Frau in die Hocke, schaute ihr ruhig ins Gesicht und fragte: »Theresa, hören Sie mich? Wer ist tot?« Noch während sie das fragte, wurde ihr bewusst, dass es nur eine einzige Antwort geben konnte. »Ist Gisbert Römer etwas passiert?«, schob sie deshalb nach.

Theresa nahm das Glas Wasser, das Alex ihr hinhielt, trank hastig und nickte. »Gisbert ist einfach so umgekippt. Er saß auf der Bettkante, und dann …« Ein gequälter Laut entrang sich ihrer Brust. »Er … er ist nach hinten gefallen. Hat sich an die Brust gefasst, sich aufgebäumt. Er … er atmet nicht mehr, also ich glaube jedenfalls, dass er nicht mehr atmet. Dann bin ich schnell losgelaufen. Jemand muss ihm helfen. Was soll ich nur tun?« Theresa presste die Hände aufs Gesicht und schluchzte, dabei klaffte ihr Bademantel auf und gab den Blick auf einen BH aus durchsichtigem Stoff und dunkelroter Spitze frei, der keine Fragen offenließ.

»Heilige Scheiße, so ein Anblick ist nicht gesund für ein schwaches Herz«, tönte es halblaut von der Seite.

»Kurt!«

»'tschuldigung, Schatz, hab ich das gesagt oder gedacht?«

»Das ist nicht witzig, Kurt.«

Clarissa achtete nicht mehr auf Kurt, Astrid und die anderen, die aufgeregt miteinander tuschelten. Sie konzentrierte sich auf die nächsten Schritte. Zu Jochen Bremmer sagte sie: »Rufen Sie sofort den Notarzt, die sollen einen Rettungswagen oder einen Hubschrauber schicken. Theresa, in welchem Zimmer liegt Gisbert Römer?«

»Die Nummer Siebzehn, er hatte die Siebzehn, ich die Dreizehn ... die ... die Tür ist offen«, antwortete Theresa mit stockender Stimme.

Clarissa rannte los. Im Augenwinkel nahm sie wahr, dass Luise, Ferdi und Vera sich ihr anschlossen. Na klar, das Organisationsteam fühlte sich für diesen Ausflug verantwortlich.

Über die Schulter rief Clarissa: »Beeilen Sie sich mit dem Notruf, vielleicht ist es ja noch nicht zu spät.«

***

Sie hasteten über den Hof.

»Zimmer Siebzehn liegt im Neubau«, rief Luise und übernahm die Führung. Clarissa hielt mit Luise Schritt und blieb dicht hinter ihr, aber Ferdi und Vera fielen zurück. Die Tür von Zimmer Siebzehn stand halb offen. Luise stürzte zwar als Erste durch den kleinen Flur in den Raum, blieb aber abrupt stehen. Clarissa schob sich an ihr vorbei und lief direkt zu dem großen Doppelbett, auf dem Gisbert Römer lag. Er sieht so anders aus, schoss es ihr durch den Kopf. Was ist mit seinen Haaren passiert? Der reglose Mann, der auf dem Rücken zwischen den Kissen lag, hatte eine Halbglatze. Natürlich, ich dummes Huhn, Römer trägt ein Toupet, das erklärt auch seine merkwürdige Haarfarbe, die nicht zu den Augenbrauen passt. Clarissa verdrängte fürs Erste die Gedanken an Römers Haare und konzentrierte sich auf die Wiederbelebung.

»Komm, fass mit an, wir müssen ihn vom Bett ziehen und hier auf den Boden legen. Na los!«

Gemeinsam zogen sie Römer auf den Läufer vor dem Bett. Clarissa kniete sich neben dem Reglosen, fühlte kurz am Hals nach einem Pulsschlag – nichts. Entschlossen begann sie mit der Herzmassage.

»Aber wenn er doch nicht mehr atmet …«, sagte Luise.

»Unfug, wichtig ist, dass das Gehirn weiter Blut bekommt, ohne Sauerstoff überlebt man leicht ein paar Minuten. Hoffen wir, dass Theresa sofort losgerannt ist, nachdem es passiert ist, und dass sie keine Zeit vertrödelt hat.«

»Himmel, die Treppen, ich muss mehr Sport machen.« Schnaufend betrat Vera, gefolgt von Ferdi, das Zimmer.

»Lebt er noch?«, fragte Ferdi aufgeregt.

»Ich trau mich jedenfalls nicht festzustellen, dass er tot ist«, erwiderte Clarissa gepresst, während sie weiter den Brustkorb bearbeitete. Dreißig Stöße, zweimal beatmen. Dann wieder dreißig Stöße, zweimal beatmen.

»Ich übernehme die Herzmassage«, sagte Ferdi und kniete sich neben Clarissa. Dankbar und mit schmerzenden Armen überließ sie ihm die anstrengende Herzmassage und beschränkte sich nun auf das Beatmen. Dabei blendete sie alles andere aus: Vera und Luise, die unschlüssig neben dem Bett standen. Das feucht-kalte Gesicht unter ihren Händen. Sie hätte nicht sagen können, wie viel Zeit vergangen war, als die Zimmertür aufgestoßen wurde und eine junge Frau in rotem Anorak mit DRK-Logo auf der Brust, gefolgt von zwei Sanitätern, den Raum betrat.

»Alles klar, machen Sie mal bitte Platz. Ich bin die Notärztin.«

Schnaufend beendete Ferdi die Herzmassage.

»Gibt es irgendwelche Lebenszeichen?«, fragte die Notärztin.

»Nicht seitdem wir mit der Wiederbelebung begonnen haben. Er lag da auf dem Bett und hatte keinen Puls, aber wir wussten nicht, wie lange er schon bewusstlos war. Also haben wir mit der Reanimation begonnen«, erklärte Clarissa.

»Das haben Sie gut gemacht«, lobte die Ärztin, »nicht jeder

ist bereit, so beherzt loszulegen. Jungs, ich brauche den Defi, aber flott.«

Clarissa und Ferdi traten zurück und überließen der Ärztin und den beiden Rettungssanitätern das Feld. Während die Notärztin versuchte, Gisbert Römer wiederzubeleben, standen Ferdi, Vera und Luise unschlüssig herum, weil sie offenbar nicht wussten, was von ihnen erwartet wurde. Sollten sie bleiben oder sich diskret zurückziehen?

Clarissa dagegen nutzte die Zeit und schaute sich um. Auf der Kommode entdeckte sie das Toupet, das Römer dort abgelegt hatte.

Irgendetwas ist hier merkwürdig, dachte sie. Sie kannte dieses Gefühl genau. Da war zum einen diese Anspannung, die sie immer befiel, wenn sie einen Tatort besichtigte. Manchmal stellte sich dabei zusätzlich das Gefühl ein, dass etwas nicht stimmte. Ein falsches Teilchen in einem ansonsten so gut wie perfekten Puzzle. Ohne weiter auf die fragenden Blicke der drei anderen Mitglieder des Krimi-Clubs zu achten, betrat Clarissa das Badezimmer. Alles sah aufgeräumt und unbenutzt aus. Sie warf einen Blick in die Dusche, runzelte nachdenklich die Stirn. Als sie das Bad schon wieder verlassen wollte, fiel ihr Blick auf eine Tablettenpackung, die auf dem Fußboden unter dem Waschbecken lag. Clarissa nahm ein Papiertuch aus dem Spender und hob die Tabletten vorsichtig auf. Verschlossen. Sie zog die Lasche der Packung auf. Vollständig – nicht eine Tablette fehlte in dem Blister. Clarissa verschloss die Packung und ging zu den anderen zurück. Sie hielt der Notärztin die Tabletten hin. »Das lag im Badezimmer. Können Sie mir sagen, was das für Tabletten sind?«

Die junge Ärztin richtete sich auf, warf einen kurzen Blick auf die Beschriftung. »Das sind verschreibungspflichtige Herztabletten. Ich denke, damit ist alles klar. Der Mann war offenbar schwer vorbelastet, wenn er diese Tabletten nehmen musste. Jetzt wundert mich der Herzanfall auch nicht.«

»Ist er … tot?«, fragte Clarissa leise.

Die Ärztin nickte. »Machen Sie sich keine Vorwürfe, Sie haben getan, was man tun konnte. Es tut mir schrecklich leid, aber für Ihren Freund kam jede Hilfe zu spät.«

***

Friedlich und idyllisch hatte das Moseltal am Nachmittag ausgesehen. Clarissa konnte kaum glauben, dass es nur wenige Stunden her war, dass die Sonne die Flusswellen zum Glitzern gebracht hatte. Aber in den letzten Stunden war das Wetter umgeschlagen. Jetzt wehte ein kalter Wind über den Hof, und leichter Nieselregen ließ das alte Kopfsteinpflaster im Schimmer der Laternen basaltschwarz glänzen. Sie zog fröstelnd ihre Wolljacke enger zusammen. »Geht ihr doch schon mal zu den anderen«, sagte sie. »Ich bringe erst noch Theresa in ihr Zimmer. Wer weiß, in welcher Verfassung die Arme ist.«

»Das ist furchtbar nett von dir«, erwiderte Vera.

Geht so, dachte Clarissa, aber sie wollte den wahren Grund für ihre Hilfsbereitschaft nicht preisgeben. Jedenfalls noch nicht. Sie brauchte Gewissheit. Der Jagdhund hatte Witterung aufgenommen.

Als die Mitglieder des Krimi-Clubs die Weinstube betraten, fanden sie Theresa so vor, wie sie sie verlassen hatten. Halb zusammengesunken auf dem Stuhl, flankiert von Jochen Bremmer und Alex. Irgendjemand hatte ihr einen Kognakschwenker in die Hand gedrückt. Hochprozentiges zur Nervenberuhigung.

Die Reisegesellschaft war, soweit Clarissa das einschätzen konnte, vollständig. Wahrscheinlich wollte niemand ins Bett gehen, solange nicht klar war, wie es Gisbert Römer ging. Die Gespräche verstummten, alle blickten erwartungsvoll den Eintreffenden entgegen. Clarissa schüttelte den Kopf.

»Es tut mir leid, aber wir konnten Gisbert Römer nicht

mehr helfen. Er ist an einem Herzinfarkt gestorben, auch die Notärztin konnte nichts mehr tun.«

Theresa ließ das Glas fallen und stieß einen erstickten Laut aus. Das Glas überlebte überraschenderweise den Fall. Alex bückte sich und hob es auf.

»Kommen Sie, Theresa, ich begleite Sie in Ihr Zimmer. Sie müssen sich jetzt hinlegen und ein wenig ausruhen«, sagte Clarissa mitfühlend.

***

Mit zitternden Händen steckte Theresa den Schlüssel ins Schloss. »Gisbert bestand auf getrennten Zimmern. Ich hab das nicht verstanden.« Theresa schluchzte auf. »Für ihn war der äußere Schein so wichtig. Das ist sehr lieb von Ihnen, dass Sie sich so um mich kümmern.«

Die Nummer Dreizehn besaß, so wie Römers Zimmer auch, einen kleinen Flur, der in das eigentliche Zimmer und das angrenzende Bad führte.

Clarissa ging voraus, blieb mitten im Raum stehen und zog aus der Tasche ihrer Wolljacke zwei einzeln verpackte Tabletten. »Hier, die hat mir die Notärztin für Sie mitgegeben. Sie sind harmlos, aber sie werden Ihnen helfen, ein wenig zu schlafen.«

Theresa nahm die Tabletten. »Danke! Ich glaube, ich werde sie gleich nehmen.«

Clarissa öffnete die Badezimmertür. »Soll ich Ihnen ein Glas Wasser holen?«

»Nein, nicht nötig, ich werde wohl noch schnell duschen gehen.«

»Gut. Hören Sie, Theresa, ich weiß, dass Sie jetzt nicht lange reden wollen, aber gibt es Verwandte, die wir benachrichtigen müssen?«

»Ja, da ist ein Bruder, Hermann.« Theresa griff sich stöhnend an die Stirn. »Das alles kommt mir so unwirklich vor. Gisbert und sein Bruder haben, glaub ich, seit Ewigkeiten keinen Kontakt mehr. Ich weiß, dass Gisbert für sein Erbe eine Stiftung gegründet hat. Die Römer-Stiftung für benachteiligte Kinder. Das war ihm so wichtig, das sollte sein Vermächtnis sein. Ich habe immer gesagt, das wird noch Jahrzehnte dauern, Gisbert, und jetzt … jetzt … ist er …« Theresa schlug die Hände vor das Gesicht und schluchzte. Clarissa legte den Arm um die junge Frau. Theresa beruhigte sich. »Entschuldigen Sie mich jetzt bitte.«

»Wenn Sie möchten, klopfe ich an und hole Sie zum Frühstück ab, dann brauchen Sie nicht auf die Zeit zu achten.«

»Das ist wirklich nett von Ihnen.« Theresa lächelte verzagt, ging dann an Clarissa vorbei ins Badezimmer.

»Bis morgen dann«, sagte Clarissa und ging in den Flur.

»Ja … und danke für alles!«

Theresa hatte kaum die Badezimmertür hinter sich geschlossen, als Clarissa herumwirbelte und lautlos wie ein Schatten zurück ins Zimmer schlich. Systematisch und routiniert prüfte sie die Minibar, die Gläser und warf dann noch einen Blick in den pinken Rollkoffer. Im Badezimmer rauschte die Dusche, trotzdem behielt Clarissa die Türklinke im Auge, jederzeit bereit hinauszuhuschen. Als sie sicher war, nichts übersehen zu haben, schlich sie nach draußen und zog die Tür leise ins Schloss. Nachdenklich schürzte sie die Lippen. In Theresas Zimmer war sie nicht fündig geworden, aber sie stand ja auch erst ganz am Anfang.

***

Es war lange nach Mitternacht, als schließlich nur noch die Mitglieder des Krimi-Clubs an einem Tisch in der Weinstube saßen.

»Was für ein Abend«, seufzte Vera. »Mir persönlich war

Gisbert Römer zwar nie sonderlich sympathisch, aber so einen Tod hat er nicht verdient.«

»Na ja, wenn man ehrlich ist, gibt es Schlimmeres, als auf dem Bettrand zu sitzen und beim Anblick eines großen Busens in roter Reizwäsche einen Herzanfall zu bekommen«, entgegnete Luise. Sie schaute in die Runde. »Allerdings kann ich mir nicht vorstellen, dass wir morgen früh …«

»Heute früh, es ist schon Viertel vor eins«, korrigierte sie Ferdi.

»Also gut, dass wir heute einen heiteren Frühschoppen und eine Krimilesung durchführen.«

Clarissa hatte ihren eigenen Gedanken nachgehangen, jetzt sagte sie: »Gisbert Römer hat einen Bruder, den wir informieren sollten.«

»Natürlich, du hast recht. Wir sitzen hier rum und machen uns Gedanken über einen Frühschoppen«, entgegnete Ferdi. »Römers jüngerer Bruder, Herrmann Römer, wohnte lange Zeit in Trier und ist vor ein paar Jahren in das Neubaugebiet von Obermühlenbach gezogen. Ich weiß das, weil mein Direktor im St.-Gundula-Gymnasium ein unmittelbarer Nachbar von Römer wurde. Woher weißt du das denn?«

»Ich habe Theresa gefragt. Wir sollten den Bruder anrufen.«

»Das kann ich übernehmen«, bot Vera an.

Ein Angebot, das Clarissa erstaunte, schließlich war es keine leichte Aufgabe, eine Todesnachricht zu überbringen, niemand wusste das besser als sie.

»Nun schaut nicht so entgeistert, Gisbert Römer war oft genug bei uns in der Bäckerei, und im Gegensatz zu Kurt habe ich auch keinen Uropa, auf dem Römer immer rumgehackt hat. Außerdem habe ich für den Mütterverein schon Trauerbesuche im Dorf gemacht. Ich weiß, was ich zu sagen habe.«

Luise nickte anerkennend. »Feiner Zug von dir, Vera. Dann werde ich gleich vom Zimmer aus noch den beiden Autoren schreiben und die Lesung verschieben. Dem Busfahrer sage ich auch Bescheid. Was haltet ihr davon, wenn wir das Ganze in zwei Wochen im Pfarrsaal nachholen? Vielleicht können wir sogar Jochen Bremmer überreden, an dem Abend ein paar seiner Weine zu verkaufen.«

»Gute Idee«, lobte Ferdi, »dann werde ich mit Bremmer das Finanzielle klären.«

»Und ich räume nach dem Frühstück die Bücher ein«, sagte Clarissa.

»Ach, Kinder, was für ein unrühmliches Ende für einen wunderbaren Abend«, seufzte Vera.

Home, sweet home

»Home, sweet home«, sagte Alex, als er in den Flur des Forsthauses trat und die beiden Reisetaschen abstellte. »Na, Hubertus, alles klar, alter Junge? Du hast echt was verpasst. Aber bitte beschwer dich nicht, du wolltest ja hier alleine abhängen.«

»Weißt du, dass du das gerade alles laut gesagt hast?« Clarissa kam hinter ihrem Neffen ins Haus. Sie blieb stehen und holte einmal tief Luft. Schön war es hier. Schön und still. Sie mochte die Ruhe, die dieses Haus verströmte, ihm war eine einladende Stimmung zu eigen, die nichts Bedrückendes hatte. Ganz anders die Rückfahrt im Bus. Da war die Enttäuschung mit Händen greifbar gewesen. Herrje, so viel Vorarbeit für ein Wochenende – und dann das.

»Soll ich schon mal den Kamin in der Bibliothek anmachen?«, bot Alex an. »Du siehst ein bisschen betrübt aus. Ich könnte uns Tee kochen.«

»Tee möchte ich gerne, aber erst später. Und ja, ich bin ein wenig traurig. Ich hatte mich schon auf die Krimilesung gefreut. Vor allem aber tun mir die drei anderen leid. Sie hatten dieses Wochenende so schön vorbereitet.«

»Ja, der Krimi-Club hat sich wirklich ins Zeug gelegt, und sowohl die Besichtigungen als auch das Abendessen waren toll.«

»Zu diesem Weingut würde ich gerne noch mal hinfahren.« Clarissa lächelte gedankenverloren.

Der Stimmungsumschwung fiel ihrem Neffen sofort auf. »Sag mal«, Alex zog eine Augenbraue hoch, »bilde ich mir das nur ein, oder hat dir Winzer Bremmer schöne Augen gemacht?«

»Unfug, wir haben nur ein wenig miteinander geplaudert«, entgegnete Clarissa. Das fehlte ihr gerade noch, dass Alex mit seinem lockeren Mundwerk über diesen reizenden Menschen spöttelte. Und um vom Thema abzulenken, ergänzte sie schnell: »Bring doch bitte die Taschen nach oben, ich würde gerne noch kurz an die frische Luft gehen.«

Alex verzichtete auf weiteres Nachbohren, grinste aber von einem Ohr zum anderen, als er die Taschen aufnahm, um sie in das obere Stockwerk zu tragen.

Der Tag war zu trüb und zu regnerisch, um draußen im Garten zu arbeiten. Clarissa nahm eine dicke Strickjacke von der Garderobe, zog ihre Barbourjacke darüber und holte die festen Wanderschuhe aus dem Schrank. Sie musste jetzt allein sein. Sie brauchte Ruhe und vor allem Zeit zum Nachdenken.

***

Als sie zwei Stunden später wieder zurückkam, fand sie Alex in der Bibliothek. Ihr Neffe saß in einem der Ohrensessel vor dem Kamin und schrieb in ein dickes Notizbuch, einen großen Becher Tee neben sich auf dem Beistelltisch.

Als sie eintrat, hörte er auf zu schreiben und verschloss seinen Füller.

»Ich wollte dich nicht stören«, sagte Clarissa.

»Du störst doch nicht. Ich dachte, ich schreibe mal meine Eindrücke über die Weingüter auf. Kann gut sein, dass meine Grafenfamilie irgendwann etwas mit Wein zu tun haben wird, da ist es ganz nützlich, wenn man ein paar Fakten und Bilder notiert hat. Alexandra von Seifenberg muss ja noch weitere Romane abliefern. Möchtest du jetzt Tee? Ich habe mir gerade erst einen zweiten Becher aufgegossen, das Wasser müsste noch heiß sein.«

»Ein Tee wäre jetzt genau das Richtige. Ich muss vorher nur noch kurz einen Anruf machen.«

Alex stand auf. »Da lass ich dich mal alleine.«

Clarissa setzte sich vor den Kamin, nahm ihr Handy und wählte die Mobilnummer von Lisa Bellenberg.

»Hallo, Lisa! Ich bin's. Clarissa.«

»Mensch, Chefin, das ist ja eine Überraschung. Wird dir die Idylle schon zu viel?«

»Nein, ich genieße es hier sehr. Leider hat die Idylle gestern einen Knacks bekommen. Ich glaube, dass hier ein Mord geschehen ist.«

»Du nimmst mich auf den Arm?«

»Nein, ich meine das todernst.« In den nächsten Minuten erzählte Clarissa, was am Wochenende geschehen war. Am Ende schloss sie ihren Bericht mit der Feststellung: »Nach der Notärztin kam noch ein praktischer Arzt aus dem Nachbarort und hat den Totenschein ausgestellt. Offiziell ist Gisbert Römer an Herzversagen gestorben.«

»Und was soll ich jetzt tun?«

Clarissa entging nicht der zurückhaltende Tonfall, mit dem ihre ehemalige Mitarbeiterin diese Frage stellte. Sie hatte auch nicht erwartet, dass Lisa jubelnd den Ermittlungsapparat der Mordkommission in Bewegung setzen würde.

»Lisa, ich verstehe schon, dass du nicht alleine losziehen kannst, um zu ermitteln, nur weil ich ein merkwürdiges Gefühl bei einem Todesfall habe. Aber vielleicht könntest du ein paar Erkundigungen einholen. Weißt du, ich kann doch so einen ungeheuerlichen Verdacht nicht einfach für mich behalten, nur weil ich nicht mehr im Dienst bin.«

»Ich versteh schon. Ich werde auf jeden Fall klären, was mit dem Toten geschehen ist. Morgen früh kann ich mit Kriminalhauptkommissar Rodenhausen sprechen, pardon, Erster Kriminalhauptkommissar – er besteht darauf, seit er deinen Posten übernommen hat.«

»Das war zu erwarten, nicht wahr?«

»Natürlich, aber genauso klar ist, dass er sich mächtig anstrengen muss, um dich zu ersetzen.« In Lisas Stimme schwang jetzt Trotz mit.

»Keine falsch verstandene Loyalität, Lisa. Volker ist jetzt dein Chef, und er ist ein guter Polizist. Leg dir nicht selber Steine in den Weg.«

»Ich weiß schon, was ich tue. Ich melde mich, sobald ich mehr weiß.«

»Gut! Und denk daran, du bist hier jederzeit willkommen. Ich würde mich freuen, wenn du vorbeischaust.«

Kriminachhilfe

Das Forsthaus bot mehr als genug Platz für zwei Bewohner, sogar genug, um sich – sofern man das wollte – aus dem Weg zu gehen. Heute ist so ein Tag, dachte Clarissa, im Grunde habe ich von Alex den ganzen Vormittag über kaum etwas gesehen. Mit aller Kraft schob sie einen Bruchstein zur Seite, um ihn an die richtige Stelle in der Trockenmauer des Gartens zu bugsieren.

In der letzten Woche hatte sich zwischen ihr und Alex so etwas wie eine Routine eingespielt, fast so, als würden Tante und Neffe bereits seit Jahren zusammenwohnen. Alex war ein guter Koch, und es machte ihm nichts aus, für eine Mahlzeit verantwortlich zu sein. So ergab es sich, dass er sich mehrmals um die Hauptmahlzeiten kümmerte, während Clarissa für das Frühstück, den Nachmittagskaffee und das Abendessen sorgte. Auf diese Weise hatten beide reichlich Zeit, um die Dinge zu tun, die ihnen am Herzen lagen. Clarissa pflegte hingebungsvoll den Gemüsegarten, Alex schrieb weiter an seinem achten Schloss-Falkenreich-Roman.

Seinem lässigen Auftreten zum Trotz war er, was das Schreiben anging, ein wahres Arbeitstier. Jemand, der sehr gewissenhaft und konsequent sein tägliches Pensum an Manuskriptseiten abarbeitete. Er mochte zwar häufig über das lockere Künstlerdasein sinnieren, doch Clarissa begriff sehr schnell, dass ihr Neffe damit nur eine Fassade erschuf. Warum er diese Fassade aufbaute, diesen Schein von Laissez-faire, wusste sie nicht. Vielleicht sagte ihm die Rolle eines Künstlers mehr zu als die eines Handwerkers. Fakt war: Drei Romane im Jahr schrieben sich nicht, indem man alles einfach so laufen ließ. Drei Romane im Jahr verlangten straffe Organisation und harte Arbeit.

Alex hatte bereits vor dem Wochenende die halbe Wand im ehemaligen Jagdzimmer mit Notizzetteln, Hinweisen zu Kapiteln und Skizzen der großen romanübergreifenden Handlungsstränge beklebt. Heute früh, als er noch geschlafen hatte, hatte sich Clarissa seine Notizwand angeschaut. Keine Frage: Was das Schreiben anging, war Alex sehr diszipliniert, das musste sie zugeben. Die Schloss-Falkenreich-Romane von Alexandra von Seifenberg waren ein großer Erfolg. Einen Best-seller zu schreiben war eine Sache, sieben Stück davon eine ganz andere.

Umso unbehaglicher fühlte sie sich bei dem Gedanken an das Exposé und die Leseprobe seines ersten Kriminalromans. Alex hatte alles ausgedruckt und ihr feierlich überreicht. Beides hatte sie inzwischen gelesen, und sie war wenig begeistert. Ich werde es ihm sagen müssen. Das Ganze hinauszuzögern ist keine Option, und vor allem ist es ihm gegenüber nicht fair, dachte sie. Während sie den nächsten Stein aus der Schubkarre hob, nahm sie sich vor, das Thema noch heute beim Nachmittagskaffee anzusprechen. Alex wollte ja bereits morgen oder übermorgen abreisen, um sich mit seiner Agentin zu treffen. Ich muss es ihm vorher sagen, dachte Clarissa. Außerdem hatte sie das unbestimmte Gefühl, dass ihr in den kommenden Tagen für konstruktive Krimikritik nur noch wenig Zeit bleiben würde. Hoffentlich konnte Lisa etwas erreichen.

***

Um vier Uhr wollten die beiden gemeinsam eine Tasse Kaffee trinken und dazu ein Stück Kuchen essen. Was Veras Backkünste anging, waren sie sich einig. In jeder anderen Stadt hätten die Kunden vor der Bäckerei Adenau Schlange gestanden, um ihren wunderbaren Kuchen kaufen zu können.

Als die alte Wanduhr im Haus vier schlug, stellte Clarissa den Spaten zur Seite, ging hinein und betrat die Küche.

Alex hatte schon zwei Becher Kaffee vorbereitet. »Möchtest du dazu ein Stück Aprikosenstreusel oder eine Apfeltasche?«

»Aprikosenstreusel wäre schön. Bei der ganzen Umgraberei und den Arbeiten an der Trockenmauer muss ich mir um mein Gewicht wohl keine Sorgen machen.«

Dankbar nahm Clarissa den Kuchenteller entgegen, den ihr Alex reichte.

Anstatt zu essen, sagte sie: »Alex, ich weiß nicht, wie ich es dir möglichst schonend beibringen soll. Also sag ich es besser, ohne lange drum herum zu reden: Die Krimiidee ist Schrott.«

Scheinbar ungerührt kaute Alex weiter an seinem Kuchenstück und antwortete dann leichthin: »Schrott? Ich habe es befürchtet. Mach dir keine Sorgen, dein Urteil ist nicht der Todesstoß mitten ins Autorenherz.«

Clarissa suchte im Gesicht ihres Neffen nach Anzeichen von Betroffenheit, von Widerspruch, Ärger oder Enttäuschung, aber er sah so gelassen aus, als hätte sie gerade verkündet, dass es morgen wahrscheinlich regnen würde.

»Du bist nicht sauer auf mich, weil ich das so deutlich sage?«

Alex schüttelte den Kopf. »Nein, bin ich nicht. Ich hatte selbst schon so eine Ahnung. Weißt du, wenn sich eine Seite nur zäh schreiben lässt, dann stimmt etwas nicht, und schon das Exposé und die kurze Leseprobe haben sich wirklich gezogen, das kann ich dir versichern. Aber ich habe mir gedacht: Okay, stell dich nicht so an, das liegt daran, dass es ein ganz neues Genre für dich ist. Ich hätte wohl mehr auf mein Bauchgefühl hören sollen.«

»Ach, Junge, das tut mir jetzt wirklich leid, zumal ich weiß, wie viel dir das Ganze bedeutet. Aber dieser Plot ... ein ehemaliger BKA-Beamter, der für eine unbekannte Verbrecherorganisation zum Auftragskiller wird und der sich am Ende – obwohl er zwischendurch kalt lächelnd getötet hat – als Doppelagent entpuppt, seine Tarnung aufgibt, um die Schwester des obersten Bosses zu retten, in die er sich verliebt hat ...« Clarissa blies die Wangen auf und schüttelte bedauernd den Kopf. »Schon die Inhaltsangabe des Exposés macht wenig Lust, den ganzen Roman zu lesen. Versteh mich bitte nicht falsch, die ersten Seiten der Leseprobe sind atmosphärisch dicht, diese Szene im Keller, wo der Boss ein paar Abtrünnige verhört – was du da beschreibst, das ist schon stark. Nur ist es sehr brutal, ja, abstoßend – ich fürchte, das will niemand lesen.«

»Also war's das dann wohl. Mir bleibt nur die Flucht in den nächsten Drei-Bücher-Vertrag, um auch noch Schloss Falkenreich Nummer neun, zehn und elf zu schreiben«, seufzte Alex.

»Nein, Quatsch. Du hast dir doch gerade selber die Antwort gegeben.«

»Hab ich das? Oje, dann habe ich mir wohl nicht zugehört.« Alexander runzelte angestrengt die Stirn.

»Du hast gesagt, die Seiten wären zäh gewesen. Muss das

unbedingt heißen, dass du keinen Krimi schreiben kannst? Es könnte doch auch daran gelegen haben, dass du nicht wusstest, *was* du schreiben solltest, oder dass dir das Thema nicht lag.« Wieder kam Clarissa nicht dazu, das aufgespießte Kuchenstück zu essen. Sie ließ die Gabel sinken, die sie schon halb zum Mund geführt hatte. »Ich habe mir etwas überlegt, schließlich will ich nicht deine Arbeit in Grund und Boden reden und dich anschließend mit den Trümmern alleine lassen. Bis heute Abend solltest du dir mal überlegen, welche Art von Krimi du persönlich besonders magst. Was liest du gerne? Welche Krimis im Fernsehen haben dir besonders gut gefallen? Nach dem Abendessen setzen wir uns in die Bibliothek und reden darüber.«

»Im Ernst? Du meinst, das Thema Krimi ist für mich noch nicht zu Ende?«

»Auf keinen Fall! So, und jetzt werde ich schnell aufessen und dann noch ein bisschen graben.«

***

Als Clarissa aus der Waschküche ins Freie trat, riss ihr eine Windböe die Tür aus der Hand. Das Türblatt knallte gegen die Hauswand. Erschrocken zuckte Clarissa zusammen. Mit einem ärgerlichen Brummen stellte sie den schweren Korb mit Brennholz auf das Pflaster und verriegelte die Tür. Typisches Aprilwetter, dachte sie, auch wenn es erst Ende März ist. Verrückt, wie schnell sich das Wetter ändern kann. In den Nachrichten war sogar von einer Sturmfront die Rede, die in den kommenden Stunden über die Region hinwegziehen soll. Wenn man bedenkt, dass ich heute Nachmittag noch in der milden Frühlingssonne draußen gearbeitet habe …

Das Wetter intensiv mitzuerleben war etwas, das sie hier in Niedermühlenbach schätzen gelernt hatte. Bei ihrer Polizeiarbeit hatte es Tage gegeben, da war sie kaum aus dem Büro herausgekommen. Welches Wetter gerade geherrscht hatte, war an solchen Tagen belanglos gewesen. Jetzt aber lebte sie viel mehr in und mit der Natur. Dass sie mit einem prüfenden Blick in den Himmel recht gut abschätzen konnte, wie sich das Wetter entwickeln würde, erfüllte sie mit einem gewissen Stolz. Ihr Vater hatte ihr das beigebracht, als sie ein junges Mädchen gewesen war, und sie hatte nichts von den damaligen Lektionen vergessen. Heute Abend aber hätte jeder Trottel erkennen können, dass sich dunkle Gewitter- und Sturmwolken am Himmel zusammenbrauten.

In der Bibliothek empfing sie eine wohltuende Wärme, wie sie nur von einem Kaminfeuer ausgehen konnte. Clarissa stellte den Holzkorb ab und schaute zu ihrem Neffen, der in einem der Ohrensessel saß. Tief versunken in ein Buch.

»Den nächsten Holznachschub kannst du holen, Alex.«

Der Angesprochene schaute hoch. »Aber ich habe dir doch angeboten, das Holz reinzuholen, und du hast gesagt, nein danke, du wärst noch keine achtzig«, verteidigte er sich.

»Da wusste ich noch nicht, dass sich draußen eine Sturmfront zusammenbraut und es wirklich ungemütlich ist. Du hast recht, ich habe vorhin dein Angebot ausgeschlagen, aber den Fehler begehe ich nicht ein zweites Mal.«

»Fordere viel von dir selbst und erwarte wenig von anderen. So wird dir Ärger erspart bleiben. Konfuzius.« Alex zwinkerte ihr zu.

»Pass auf, dass du nicht gleich ein Holzscheit über deinen vorlauten Schädel gezogen bekommst.« Spielerisch drohte sie ihm mit einem Scheit, bevor sie die Ofentür öffnete und das Holz in die Glut warf. Dann setzte sie sich in ihren eigenen Sessel, nahm ihren Becher vom Tisch und trank einen Schluck Tee. Im warmen Licht der beiden Stehlampen und des Feuers wirkte der Raum besonders behaglich.

»Und, wie weit bist du mit deinen Überlegungen gekommen, hast du dir schon Gedanken gemacht, wie dein Krimi aussehen könnte?«

Alex hielt das Buch hoch, in dem er gerade las. »Francis Durbridge *Der Fall Salinger.* Herrlich altmodisch, was die Handlungsorte der Geschichte betrifft, und – zumindest soweit ich es bisher gelesen habe – klug aufgebaut in Bezug auf die Spannung.«

»Ah, ich verstehe, du verlierst gerade dein Herz an die Klassiker. Kennst du die Paul-Temple-Hörspiele, die der WDR früher produziert hat? René Deltgen und Annemarie Cordes haben Paul Temple und seine Frau Steve gesprochen. Dazu die geniale Musik, die eigens für diese Hörspiele komponiert wurde. Ich habe vor ein paar Jahren mehrere Folgen auf CD gekauft. Auch da könnte man sagen: Das ist herrlich retro und zeitlos spannend.«

»Werde ich mir anhören«, versprach Alex. »Vielleicht haben mich ja die Schloss-Falkenreich-Romane … ich weiß nicht, wie ich es nennen soll … verdorben ist der falsche Ausdruck. Es ist nun mal so, dass ich mir einen blutigen Thriller oder einen psychopathischen Serienmörder nicht so richtig vorstellen kann. Wenn ich das doch schon selber nicht lesen will, werde ich es auch nicht schreiben können. Deswegen taugte auch mein erster Entwurf nichts, das ist mir jetzt klar geworden.« Alex hob das Buch noch einmal hoch. »Das hier ist anders. Verstehst du, was ich meine?«

Clarissa lachte leise. »Ich verstehe gut, was du meinst. Und ich bin davon überzeugt, dass man es einer Geschichte anmerkt, ob der Autor das Ganze gern geschrieben hat. Sprich ruhig mal mit Luise, sie wird dir bestätigen, dass Cosy-Krimis voll im Trend liegen. Also nur zu – denk dir was aus, was du selber gerne lesen würdest.«

»Das werde ich tun, ganz sicher.«

Im Zweifelsfall – Mord

Es dauerte zwei Tage, bis sich Lisa wieder meldete. In diesen zwei Tagen bemühte sich Clarissa ernsthaft darum, nicht weiter an den Toten zu denken, was ihr aber nicht wirklich gut gelang. Selbst die Arbeit im Garten, die Spaziergänge und das Lesen in der Bibliothek erfüllten sie nicht mit der Freude und Genugtuung, wie in den Wochen zuvor. Immer wieder kreisten ihre Gedanken um Gisbert Römer, sah sie vor ihrem inneren Auge seinen leblosen Körper auf dem Doppelbett liegen. Dazu kam, dass Alex am Dienstagnachmittag abgefahren war, weil er das Treffen mit seiner Agentin in Frankfurt nicht absagen wollte. Alex ist ein wirklich angenehmer Mitbewohner, dachte Clarissa, als sie das wenige Frühstücksgeschirr schnell mit der Hand abwusch. Noch während sie überlegte, ob sie gleich ins Dorf zum Einkaufen fahren sollte, dudelte irgendwo im Wohnzimmer ihr Handy. Clarissa lief schnell in den Raum, sah ihr Smartphone aber nicht auf Anhieb. Erst als sie einige Zeitungen auf dem Couchtisch zur Seite schob, fand sie es, doch da hatte der Anrufer längst aufgelegt. Zum Glück gab es die Anrufliste. Erleichtert erkannte Clarissa Lisas Durchwahl im Präsidium. Während sie zurückrief, setzte sie sich auf das Sofa, streifte die Schuhe von den Füßen und zog die Beine unter sich.

»Guten Morgen, Sie sprechen mit Kriminalkommissarin Lisa Bellenberg. Was kann ich für Sie tun?«

»Hallo, Lisa! Hier ist Clarissa. Du hast mich gerade angerufen.«

»Oh ja, guten Morgen! Ich kann leider nicht lange reden, weil wir gleich eine Besprechung haben. Aber ich wollte mich doch zumindest kurz melden, weil du sicher auf meinen Rückruf wartest.«

»Stimmt natürlich, also sag schnell, was hast du erreicht?«

»Im Grunde nicht viel. Der Tote ist eingeäschert worden …«

»Hoppla, das ging aber flott.«

»Nach achtundvierzig Stunden ist es möglich und auf Wunsch der Familie auch gemacht worden.«

»Okay, das heißt aber auch, dass es eine zweite Leichenschau gegeben hat.«

»Genau – und das war es, was ich dir vor allem sagen wollte. Ruf das Gesundheitsamt an, frag nach Dr. Kittberg, Thomas Kittberg. Ich habe ihn schon vorgewarnt, dass du dich melden wirst.«

»Und sonst?«

»Ach …« Lisa schnaufte verbittert. »… Rodenhausen hat, nachdem er die beiden Arztberichte gelesen hatte, abgewunken. Als ich ihm von deinem Verdacht erzählt habe, hat er wörtlich gesagt: ›Ich würde mir wünschen, dass weder Amateure noch Pensionäre sich in unsere Arbeit einmischen.‹«

Genervt schloss Clarissa die Augen, genau diese Reaktion hatte sie befürchtet.

»Es tut mir schrecklich leid, dass ich nicht mehr tun kann,

Clarissa. Ich muss jetzt echt los. Lass uns noch mal telefonieren.«

»Ist gut, Lisa. Lieben Dank für alles!«

Nach dem Telefonat blieb Clarissa noch auf dem Sofa sitzen. Volker Rodenhausen hat Besseres zu tun, als zu springen, wenn ich Hopp rufe, dachte sie, aber sein Kommentar mit den Pensionären ist unverschämt. Sie richtete sich auf und straffte energisch die Schultern. »Na gut, Clarissa von Michel«, murmelte sie, »dann hörst du jetzt wohl besser mal auf, dich zu bedauern.« Es gab eine Menge zu tun. Sie würde dabei Hilfe brauchen, und sie wusste auch schon, wen sie ansprechen würde.

Zunächst einmal war Dr. Kittberg an der Reihe. Über die Website des Gesundheitsamtes fand sie die Telefonnummer.

»Gesundheitsamt, Büro von Dr. Kittberg, Mandy Rosen, guten Tag!«

»Guten Tag, Frau Rosen! Mein Name ist von Michel. Dr. Kittberg erwartet meinen Anruf.«

»Tatsächlich? Er ist zurzeit in einer Besprechung.«

»Würden Sie ihm bitte ausrichten, dass ich angerufen habe? Sehen Sie meine Nummer im Display? Er kann mich jederzeit zurückrufen.«

Clarissa legte das Handy auf den Couchtisch. Wie gerne hätte sie gerade eine Dienstbezeichnung genannt: Wäre sie noch Leiterin des Kommissariats, hätte Dr. Kittberg wahrscheinlich seine Besprechung unterbrochen. Gedankenverloren schaute sie aus dem Fenster in das weite Tal hinter ihrem Haus. Das Wetter war noch unentschlossen, die alten Eichen und Buchen hinten am Waldrand ragten aus dem Bodennebel empor, aber der Himmel sah hell und recht klar aus. Mit etwas Glück würde es ein schöner Tag werden. Angesichts der friedvollen Stille kamen ihr die Gedanken an Tote, Totenscheine und Leichenschauen absurd vor.

Das Telefon spielte Dave Brubecks *Take five*, ein Klingelton, den Alex in der letzten Woche eingestellt hatte, weil er den alten zu schrill gefunden hatte. Ein einfaches Schellen würde auch reichen, dachte sie und nahm den Anruf an.

»Von Michel, hallo?«

»Kittberg, Gesundheitsamt. Sie baten um einen Rückruf.«

»Das ging aber schnell, herzlichen Dank!«

»Gern geschehen, Ihre Mitarbeiterin hat sich schon bei mir gemeldet. Normalerweise reden wir nicht über Einzelheiten einer Untersuchung, aber in Ihrem Fall … Kriminalkommissarin Bellenberg hat ziemlich deutlich gemacht, dass eine Kooperation wünschenswert wäre.«

Clarissa verzichtete darauf klarzustellen, dass Lisa nicht mehr ihre Mitarbeiterin war. Schließlich wusste sie auch gar nicht, was Lisa dem Arzt erzählt hatte.

»Es geht mir gar nicht um Einzelheiten. Ich habe den Toten gefunden und versucht, ihn zu reanimieren, daher auch mein Interesse.«

Der Arzt am anderen Ende brummte nur zustimmend, offenbar waren ihm die Gründe für Clarissas Neugierde egal.

»Die Notärztin hat Herzversagen festgestellt, und das steht auch so auf dem Totenschein, würden Sie dieser Einschätzung zustimmen?«

»Absolut, vor allem angesichts der Vorerkrankung. Da es auch keine Zweifel an der Todesursache gab, haben wir hier auf eine Obduktion verzichtet. Der Mann war schwer herzkrank, und dann ist es eben gekommen, wie es einmal kommen musste – die Pumpe hat versagt.«

»Es gab ansonsten keine äußerlichen Anzeichen für eine Gewaltanwendung, Einstiche von Spritzen, irgendetwas? Sie wissen schon, worauf ich hinauswill.«

»Sie meinen, jemand könnte nachgeholfen haben? Halte ich für ausgeschlossen. Der Tote war ja noch in einem passablen Zustand, deshalb haben wir auf äußere Spuren geachtet, aber keine gefunden.«

»Danke! Mehr wollte ich nicht wissen. Da war also nichts, was Ihnen Kopfzerbrechen bereitet hat?«

»Gern geschehen. Und um Ihre Frage zu beantworten: Nein, gar nichts. Wie ich schon sagte: Der Mann war herzkrank und sturzbetrunken.«

»Moment mal, was sagen Sie da?«

»Sie haben schon richtig gehört. Ich prüfe grundsätzlich immer den Blutalkoholwert. Wobei wir eines bedenken müssen …«

»Ja, was denn?«

»Die Ethanolneogenese. Sie wissen schon, in Leichen bildet sich Alkohol aufgrund der Fäulnis und Verwesung, wir reden von sogenannten Fäulnisalkoholen. Ich halte mich ans Lehrbuch und entnehme bei der postmortalen Alkoholbestimmung in der Regel eine Blutprobe aus der magenfernen Oberschenkelvene. Und dabei zeigte sich ganz klar, dass der Tote tief ins Glas geschaut hatte. Kein Wunder, er ist auf einem Weingut gefunden worden, und vor Ort hatte es eine Weinprobe gegeben, habe ich nachgelesen. Also da ist es nicht beim Probieren geblieben, sag ich Ihnen. Das waren locker 1,5 Promille plus minus ein bisschen. Aber der Mann saß nicht am Steuer, und die Prohibition ist auch Geschichte. Sonst noch Fragen?«

»Nein, ganz herzlichen Dank, Herr Dr. Kittberg, das war schon alles.«

Entschlossen stand Clarissa auf. Sie benötigte jetzt einen großen Bogen Papier und einen Stift, um ein paar Fakten aufzuschreiben. Das war ihre Art, sich Klarheit zu verschaffen. Und Klarheit würde sie brauchen, denn sie war einem Mörder auf der Spur.

***

»Schön, dass ihr alle drei Zeit hattet, heute Abend zu kommen«, sagte Clarissa. Vera, Ferdi und Luise saßen in der Bibliothek und schauten sie erwartungsvoll an.

»Als du heute angerufen hast, um mich zu bitten, den Krimi-Club zusammenzutrommeln, hast du nicht gesagt, worum es geht.« In Veras Stimme schwang eine Mischung aus Vorwurf und Neugierde mit.

»Clarissa wird uns bestimmt gleich verraten, warum wir heute Abend herkommen sollten«, sagte Luise, der Veras Stimmung nicht entgangen war. Geduld gehörte offensichtlich nicht zu den Stärken der Bäckerin.

»Hast du eine Idee für die Leseveranstaltung in zwei Wochen?«, fragte Ferdi.

»Nein, Ferdi, mit der Veranstaltung im Pfarrsaal hat meine Bitte an euch nichts zu tun. Und ja, Luise, natürlich werde ich euch sagen, warum ich euch sehen wollte. Nur am Telefon wollte ich darüber nicht sprechen. Du wirst gleich sehen, warum.«

Clarissa nahm von dem Tisch eine Papierrolle. Sie hatte die alte Tapete oben im Abstellraum gefunden. Genug Papier, um darauf groß und deutlich die einzelnen Stichpunkte aufzuschreiben. Sie ging zu einem Bücherregal, klemmte den oberen Rand der Tapete unter zwei dicke Bücher und rollte einen guten Meter Papier nach unten ab. Auch das untere Ende beschwerte sie mit zwei Büchern. Sie trat einen Schritt zurück und überflog noch einmal ihre Notizen vom Vormittag, bevor sie sagte: »Ich möchte mit euch über Gisbert Römer sprechen. Genauer gesagt, über seinen Tod.«

»Du musst dir keine Vorwürfe machen, Clarissa, du warst die Erste von uns, die reagiert hat. Ferdi und du, ihr beide habt alles getan, was möglich war«, sagte Luise.

»Luise hat recht. Ich hätte mich nie getraut, Gisbert mit Mund-zu-Mund-Beatmung wiederzubeleben, das gebe ich offen zu«, ergänzte Vera.

»Die Wiederbelebung hätten wir uns sparen können. Mittlerweile bin ich mir ziemlich sicher, dass Gisbert Römer schon nicht mehr zu retten war, als wir ihn auf dem Bett gefunden haben. Nein, ich habe euch gebeten vorbeizukommen, weil ich eure Hilfe brauche. Ich brauche euch, um herauszufinden, warum Römer gestorben ist.«

»Aber die Frage nach dem Warum hat der Arzt doch eindeutig beantwortet«, sagte Ferdi und runzelte verwirrt die Stirn. »Gisbert Römer hatte einen Herzinfarkt.«

»Ja, er hatte einen Herzinfarkt. Aber ich glaube, es war Mord.«

Die drei anderen starrten Clarissa an. Luise war die Erste, die ihre Sprache wiederfand. »Ich vermute mal, du hast gute Gründe, so etwas zu behaupten.«

Clarissa schüttelte den Kopf. »Um ehrlich zu sein, gibt es da nur ein paar Ungereimtheiten, über die ich mir Gedanken mache. Ich habe das deutliche Gefühl, dass da etwas nicht stimmt.«

»Ungereimtheiten!« Vera blies die Wangen auf und stieß die Luft mit einem Schnauben aus. »Auf der Jahresfahrt des Krimi-Clubs geschieht ein Mord, behauptest du, aber dafür gibt es keine Beweise, sondern nur Ungereimtheiten?«

»Vera, bitte!« Ferdi legte beschwichtigend seine Hand auf Veras Arm. Doch sein Versuch, sie zu beruhigen, bewirkte nur das Gegenteil.

»Was sollen denn die Leute sagen? Das ist doch ein Desaster für das Image unserer Dorffahrten. Schrecklich! Clarissa, ich bin sehr froh, dass du bei uns bist. Wir drei freuen uns darüber. Aber so eine Anschuldigung ist doch eine schwerwiegende Sache. Sei mir nicht böse, aber ich frage mich, wie du nur auf solche Behauptungen kommst.«

»Ich verstehe, dass das für euch ein Schock sein muss. Aber ich habe bei meiner Arbeit gelernt, auf mein Bauchgefühl zu hören und eben auf Ungereimtheiten zu achten.«

»Bei deiner Arbeit? In der Stadtverwaltung?« Vera schüttelte missbilligend den Kopf.

Clarissa seufzte. »Nein, Vera, nicht bei der Stadtverwaltung, sondern bei der Polizei. Ich war mehr als dreißig Jahre lang Polizistin, und ich habe in den letzten zwölf Jahren bis zu meinem Ruhestand als Erste Kriminalhauptkommissarin das K 11 Kapitaldelikte geleitet. Oder anders gesagt: Ich war die Chefin der Mordkommission. So, jetzt wisst ihr es.«

Die Stille danach war mit Händen greifbar. »Heilige Scheiße!«, entfuhr es Ferdi schließlich, und Luise begann zu kichern.

»Oh, Vera, wenn du jetzt dein Gesicht sehen könntest – herrlich. Da haben wir also einen echten Profi in unserem Krimi-Club. Gibt es sonst noch etwas, was du uns verschwiegen hast, Clarissa?«

»Meinen vollen Namen. Er lautet Clarissa Freifrau von Michel, aber auf Adelstitel gebe ich nicht viel«, erklärte Clarissa lächelnd, »mein Vater war immer dagegen, dass ich zur Polizei gegangen bin. Das würde nicht zur Stellung unserer Familie passen. Als ob unsere Familie etwas Besonderes gewesen wäre. Jedenfalls lasse ich meistens den Adelstitel weg.«

»Ich fass es nicht«, stöhnte Vera, »du bist eine richtige Polizistin und dazu noch adelig. Wenn Gregor Goethe wüsste, wer jetzt in seinem Haus wohnt – was sag ich –, wenn das erst mal im Dorf die Runde macht.«

»Mir wäre es sehr lieb, wenn ihr drei es für euch behalten würdet. Wie gesagt, ich mache mir nichts aus Titeln, und mein ehemaliger Beruf geht andere im Dorf nichts an.«

»Geht klar, versprochen«, versicherte Ferdi und schaute dabei Vera streng an. »Nicht wahr, Vera? Das behalten wir alle drei für uns.«

»Also ich kann schweigen wie ein Grab.« Vera lächelte verschmitzt und drohte Fredi spielerisch mit dem Finger. »Wage ja nicht, etwas anderes zu behaupten, Ferdinand

Teichmann. Natürlich halte ich den Mund. Vor allem, wenn ein KC-Mitglied darum bittet. Ich muss mich bei dir entschuldigen, Clarissa, für das, was ich vorhin gesagt habe.«

»Musst du nicht, ich verstehe dich schon. Du möchtest nicht, dass der Krimi-Club mit einem Skandal in Verbindung gebracht wird. Aber der Einzige, der für einen Skandal verantwortlich ist, ist der Mörder, und wir werden das nicht aus der Welt schaffen, indem wir die Hände in den Schoß legen.« Clarissa sah die anderen drei an und fand nur Zustimmung in ihren Mienen.

Ferdi räusperte sich. »Ähm, wo du gerade vom Hände-in-den-Schoß-Legen sprichst: Wie sieht es denn mit der Polizei aus, sollten wir deinen Verdacht … ähm … nicht melden?«

Clarissa hob resigniert die Hände. »Habe ich längst getan. Ich habe eine ehemalige Mitarbeiterin informiert, damit sie mit meinem Nachfolger Volker Rodenhausen redet. Sie hat die Antwort erhalten, ich zitiere: ›Amateure und Pensionäre sollen sich nicht in unsere Arbeit einmischen.‹«

»Nein, so was. Na, der macht es sich ja leicht«, empörte sich Vera. »So was können wir doch nicht auf uns sitzen lassen. Amateure und Pensionäre. Ha!«

»Genau, Vera. Und nachdem jetzt geklärt ist, dass wir uns alle noch lieb haben, habe ich mal eine Frage«, mischte sich Luise ein. »Die Stichpunkte da drüben auf der Tapete – sind das die Ungereimtheiten, die dir Bauchschmerzen machen?« Luise hatte die Zeit genutzt, um Clarissas Notizen zu lesen.

»Exakt. Lasst mich kurz zusammenfassen, was ich merkwürdig fand. Denkt an Samstagabend. Gisbert Römer sitzt bei mir am Tisch. Seine Begleiterin Theresa Wirms ist deutlich jünger als er. Am Tisch macht er eine peinliche Anspielung auf eine lange Liebesnacht mit ihr, dazu passt auch die Reizwäsche, in der Theresa später auftaucht.«

»Ja, an die erinnere ich mich gut.«

»Ferdi, bitte, lass Clarissa reden«, sagte Vera.

Der quittierte ihren Einwurf mit einem Seitenblick, schwieg aber, weil er ebenfalls neugierig auf Clarissas Ausführungen war.

»Also, Römer geht auf sein Zimmer«, fuhr Clarissa fort, »Theresa trinkt noch einen Espresso. Ferdi, stell dir bitte einmal vor, du hättest gleich ein Stelldichein mit einer gut aussehenden jüngeren Frau. Was würdest du tun, während du in deinem Zimmer wartest?«

»Also ich … ähm … tja, was würde ich tun?« Errötend schaute Ferdi auf seine tweedbekleideten Knie, dann auf den Teppich. Es war offensichtlich, dass ihm diese Frage mehr als unangenehm war.

»Entschuldigung, ich wollte dich nicht in Verlegenheit bringen. Ich wage mal die Behauptung, du würdest dafür sorgen, dass du frisch und attraktiv wirkst. Und Römer?« Clarissa tippte auf das erste Stichwort: *Toupet.*

»Römer nimmt sein Toupet ab und zieht sich einen altmodischen Pyjama an.« Clarissa deutete auf die nächsten Punkte, die sie notiert hatte. »Er duscht nicht, er putzt sich nicht die Zähne. Im Bad war alles trocken, kein Handtuch wurde benutzt. Und der Kulturbeutel stand im Zimmer, die Zahnbürste war ebenfalls trocken.«

Clarissa sah, dass die drei anderen nachdenklich wurden. »Stimmt, das Toupet lag auf der Kommode«, stimmte Luise zu. »Also deshalb bist du im Bad verschwunden«, sagte Vera.

»Ich frage euch: Bereitet man sich so auf eine Liebesnacht vor? Ich fand das merkwürdig. Und dann lagen da die Tabletten auf dem Boden. Wieso hat Römer Tabletten ins Bad mitgenommen? Er hat sie nicht geschluckt, sie waren noch vollständig.«

»Vielleicht wollte er später noch eine nehmen, vor dem Einschlafen oder so«, erwiderte Ferdi.

»Ein Punkt für dich. Das ist eine denkbare Erklärung«, sagte Clarissa.

»Hast du sonst noch was?«, fragte Luise. »Da steht als letzter Punkt *Dr. Kittberg Alkohol.* Was meinst du damit?«

»Ja, das ist jetzt ganz merkwürdig. Gisbert Römer ist eingeäschert worden. Vorher – so ist es gesetzlich vorgeschrieben – muss es eine zweite Leichenschau geben. Ich habe mit dem zuständigen Arzt Dr. Kittberg gesprochen. Auch er bestätigte ein Herzversagen als Todesursache, aber er hat auch festgestellt, dass Gisbert Römer, wie er es nannte, zum Todeszeitpunkt sturzbetrunken war. Nur hat Römer, wie wir wissen, den ganzen Abend über keinen Alkohol getrunken. Erst ganz zum Schluss hat Alex ihn überredet, ein kleines Glas Riesling und einen Trester zu probieren. Davon kann aber niemand sturzbetrunken werden.«

»Verrückt!« Vera rieb sich sie Stirn. »Vielleicht hat Gisbert später zugeschlagen, als er allein war?«

»Ohne Glas und ohne Alkohol? Die Minibar war unbenutzt und in seiner Tasche gab es keine Flaschen. Bei Theresa im Zimmer das gleiche Bild.«

»Du hast Theresas Zimmer durchsucht?«, fragte Ferdi und schien davon ehrlich beeindruckt zu sein.

Clarissa verzog entschuldigend das Gesicht und hob beide Hände. »Ich war neugierig. Deswegen habe ich sie zu ihrem Zimmer begleitet. Auch bei ihr gab es keine benutzten Gläser und vor allem nichts Auffälliges im Koffer oder im Zimmer.« Clarissa zeigte auf die Tapete. »Das sind die Fakten, jetzt wisst ihr, welche Ungereimtheiten ich meine.«

Es wurde still in der Bibliothek. Das Kaminfeuer knackte leise, im Wohnzimmer schlug die alte Wanduhr. Draußen im Garten schrie heiser ein Nachtvogel. Luise beendete das nachdenkliche Schweigen, indem sie mit der flachen Hand auf die Lehne ihres Ohrensessels schlug. »Kinder, Clarissa hat recht, da ist was faul. Ich denke, die Ärzte werden sich nicht getäuscht haben, Gisbert Römer starb an Herzversagen. Aber …«

»Aber was?«, fragte Vera.

»Aber wir sollten herausfinden, wie man ein Herzversagen auslösen kann.«

»Mord durch Herzrasen – das hatten wir im Krimi-Club auch noch nicht«, sagte Ferdi.

Ermittlung bei Zwiebelkuchen

Am nächsten Morgen verschlief Clarissa. Sie überhörte das sanfte Piepsen ihres Weckers, den sie sich am Abend vorher gestellt hatte, und wachte entspannt und ausgeschlafen auf. Zum Glück musste sie keinen Termin einhalten. Dass sie später frühstückte als ursprünglich geplant, machte ihr nichts aus. Im Gegenteil, sie hielt das Verschlafen für ein gutes Zeichen. In den letzten Nächten hatte sie nämlich ausgesprochen schlecht geschlafen, sich unruhig hin und her gewälzt und war dennoch morgens regelmäßig sehr früh wach geworden. Sie überlegte, warum sie in der letzten Nacht tief und fest geschlafen hatte. Sicher lag es daran, dass sie den drei anderen endlich die Wahrheit gesagt hatte und dass sie nicht mehr voller Spannung auf die Rückmeldung von Lisa warten musste.

Ausgeruht und voller Tatendrang machte sich Clarissa auf den Weg an die Mosel. Diesmal im eigenen Wagen, was ihr Gelegenheit bot, die Fahrt und die wunderbare Mosellandschaft noch mehr zu genießen als während der Busreise.

Zweimal hielt Clarissa an Aussichtsparkplätzen an, stieg aus und gönnte sich ein paar Minuten, um das Flusstal und die Weinberge auf sich wirken zu lassen.

Als sie schließlich ihr Auto auf dem Hof des Weinguts Bremmer parkte, schlug eine ferne Kirchenuhr Viertel nach eins. Anders als am Wochenende war die Eichentür zur Weinstube verschlossen. Clarissa wollte gerade um das Gebäude herum zur Rezeption gehen, als Jochen Bremmer aus einem Nebengebäude trat. Er trug zwei aufeinandergestapelte Weinkisten. Kurz blinzelte er wegen der Sonne, als er aber erkannte, wer dort auf dem Hof stand, zog ein erfreutes Lächeln über sein Gesicht.

»Das ist aber eine feine Überraschung. Guten Tag, Frau von Michel! Schön, Sie zu sehen.«

»Guten Tag, Herr Bremmer! Ich muss mich entschuldigen, dass ich Sie so unangekündigt überfalle, ich habe angerufen, aber da lief nur der Anrufbeantworter. Also bin ich direkt losgefahren. Ich brauche Ihre Hilfe.«

»Sekunde, bin sofort für Sie da.« Der Winzer stellte die beiden Weinkisten in den geöffneten Kofferraum eines Kombis. »So, wie kann ich Ihnen helfen?«

Während der Fahrt hatte Clarissa lange darüber nachgedacht, wie sie ihr Anliegen am besten vorbringen konnte, und sich am Ende dafür entschieden, dem Winzer reinen Wein einzuschenken. Wobei sie bei der Doppeldeutigkeit dieses Wortspiels selber hatte grinsen müssen.

»Ich bin heute vorbeigekommen, weil ich gerne noch einmal mit Ihrem Personal in der Küche sprechen wollte. Es geht um den verstorbenen Gisbert Römer.«

Bremmer nickte. »Sie haben Glück. Klaus, unser Koch, ist eben gekommen, weil er das Essen für die Reisegesellschaft vorbereiten will, die wir morgen erwarten. Wir haben am Wochenende wieder ein volles Haus, was nicht immer selbstverständlich ist.« Nachdenklich rieb er sich über die Stirn und fragte: »Aber warum wollen Sie mit unserem Koch sprechen?«

Jetzt war der Moment gekommen, um reinen Wein einschenken. »Ich war nicht ganz ehrlich zu Ihnen, Herr Bremmer«, gestand Clarissa. »Als wir uns unterhalten haben, fragten Sie, ob es einen Herrn von Michel geben würde ...«

»Es gibt also doch jemanden, und es war nicht Ihre Arbeit, die Sie von einer Beziehung abgehalten hat?«, fragte der Winzer enttäuscht.

Sein Bedauern freute Clarissa mehr, als sie selber für möglich gehalten hätte. Sie schüttelte lächelnd den Kopf: »Nein, in diesem Punkt war ich absolut ehrlich zu Ihnen. Ich war mal verheiratet, aber mein Mann starb schon zwei Jahre nach unserer Hochzeit bei einem Verkehrsunfall. Es ist nur so: Die Arbeit, die mir immer wieder in eine langfristige Beziehung hineingegrätscht ist, war keine Stelle bei der Stadtverwaltung. Ich habe viele Jahre lang die Mordkommission geleitet - ich war bei der Kriminalpolizei.«

»Sieh mal an, habe ich also recht gehabt.« Der Winzer schlug sich mit der flachen Hand vergnügt auf den Oberschenkel. »Ich habe meinem Sohn noch erklärt, dass ich es bemerkenswert fand, mit welcher Selbstverständlichkeit Sie an dem Abend das Kommando übernommen haben. Ich habe ihm gesagt, Junge, habe ich ihm gesagt, die Frau von Michel ist es gewohnt, Anweisungen zu geben. Entweder war sie in der Stadtverwaltung ein ganz hohes Tier, oder sie wollte nicht verraten, was sie wirklich getan hat. Mal ehrlich, welcher Beamte in einer Stadtverwaltung geht schon so in seiner Arbeit auf, dass er keine Beziehung eingehen kann?«

»Erwischt! Ich hoffe, Sie nehmen mir die kleine Lüge nicht übel. Ich wollte an diesem Abend nicht über Mord und Totschlag plaudern.«

»Vergeben und vergessen. Ein Herr von Michel hätte mich offen gestanden mehr getroffen.«

»In solchen Dingen bin ich uneingeschränkt ehrlich. Da kenne ich nur Schwarz und Weiß, Herr Bremmer.«

»Jochen. Gehen wir doch bitte zum Du über.«

»Sehr gerne. Ich heiße Clarissa mit Vornamen. Mein vollständiger Name ist übrigens Clarissa Freifrau von Michel, wo wir schon einmal bei der Wahrheit sind.«

Sie reichten einander die Hände.

Er schaute ihr in die Augen und sagte: »Clarissa. Meine Güte, eine echte Adlige also?«

»Siehst du, deswegen lasse ich den Zusatz normalerweise weg.«

»Ach, vergiss meine Bemerkung. Ist mir nur so rausgerutscht.«

»Schon gut. Weswegen ich heute hier bin: Könntest du mich zu deinem Koch bringen? Ich fürchte nämlich, dass bei dem Todesfall nicht alles mit rechten Dingen zugegangen ist.«

»Eine attraktive Frau mit einem tollen Namen und so ein scheußliches Thema. Aber gut, dann komm mal mit, Clarissa. Hast du schon gegessen? Nein? Gut, ich weiß, dass unsere Küche heute Zwiebelkuchen vorbereitet hat, wie wäre es mit einem Mittagessen? Darf ich dich einladen? Wir haben vorne im Hotel einen kleinen Gastraum für die Mittagsgäste.« Bremmer bot ihr den Arm an.

»Warum eigentlich nicht«, sagte sie und hakte sich bei ihm unter. Und in weniger als einer Woche ging sie zum zweiten Mal an der Seite eines Mannes untergehakt über diesen Hof.

Wenn ich ehrlich bin, macht der Gang über das Pflaster an der Seite von Jochen ebenso viel Spaß wie mit Ferdi, dachte sie vergnügt. Dass es da gleich zwei Männer gab … Nun, Jochen flirtet schon heftig, aber es liegt ja an mir, wie weit ich darauf eingehen will.

***

»Das Essen war wunderbar. Einen so leckeren Zwiebelkuchen habe ich schon seit Jahren nicht mehr gegessen. Nur schade, dass ich noch mit dem Auto zurück nach Niedermühlenbach fahren muss, zu einem solchen Zwiebelkuchen müsste man ein Glas trockenen Weißwein genießen.«

»Wem sagst du das!« Jochen lachte. »Anders als viele glauben, trinken wir Winzer nicht den ganzen Tag unseren eigenen Wein. Ich muss heute Nachmittag noch im Weinberg arbeiten. In den Steillagen muss man höllisch aufpassen, wohin man tritt. Das macht man besser mit einem klaren Kopf.«

»Ich möchte dich auch nicht von der Arbeit abhalten, Jochen. Glaubst du, dein Koch hätte jetzt Zeit, ein paar Fragen zu beantworten?«

Jochen Bremmer trank sein Wasser aus und stand auf. »Natürlich, komm mit, ich bringe dich in die Küche. Aber verrate mir doch bitte, worum es dir genau geht.«

»Gisbert Römer hat einen Herzinfarkt erlitten. Er war herzkrank und musste entsprechende Medikamente einnehmen, deshalb haben die Ärzte auch keine Zweifel daran, dass das die Todesursache ist. Aber ich bin davon überzeugt, dass er ermordet wurde. Möglicherweise wurde er ja vergiftet.«

»Mit unserem Essen!«, rief Jochen empört.

Clarissa legte ihm beschwichtigend eine Hand auf den Arm. »Ich glaube nicht, dass jemand aus eurer Küche seine Finger im Spiel hatte. Aber ich muss mir Gewissheit verschaffen, was das Essen betrifft.«

»Dann komm mal mit. Aber ich kann nicht sagen, dass mir das Spaß macht.«

Clarissa folgte ihm durch den Gastraum in die Küche. Erfreut registrierte sie, dass eine der Kellnerinnen, die am vergangenen Wochenende an ihrem Tisch bedient hatte, heute ebenfalls arbeitete.

»Das ist Anke Verlau, eine unserer Servicekräfte, und der große, schlaksige Kerl da vorne ist Klaus Gerleucht, unser

Koch«, erklärte Jochen. Dann stellte er sich mitten in den Raum und sagte laut an alle gerichtet: »Herrschaften, darf ich euch vorstellen, das ist Clarissa von Michel. Sie war früher bei der Polizei und sie hat am letzten Wochenende den Toten in Zimmer Siebzehn gefunden. Frau von Michel hat ein paar Fragen an euch. So, Clarissa, jetzt bist du dran.«

In der Küche arbeiteten neben Anke und Klaus noch eine Spülkraft und ein weiterer Koch. Alle vier schauten sie erwartungsvoll an.

»Ich möchte sicher sein«, begann Clarissa, »dass Gisbert Römer eines natürlichen Todes gestorben ist. Haben Sie, Anke, vor dem Servieren die Teller der einzelnen Gänge in irgendeiner Art und Weise den Tischen zugeordnet, sodass man hätte ahnen können, welchen Teller Gisbert Römer bekommt?«

Die junge Kellnerin schüttelte den Kopf. »Wir achten nur darauf, dass die Teller möglichst schnell bei den Gästen sind, damit das Essen nicht kalt wird. In der Regel serviere ich an einem Tisch alle Teller gleichzeitig. Ansonsten gibt es keine feste Reihenfolge, bei wem ich beginne. Das hängt nämlich auch davon ab, was an den anderen Tischen passiert. Ich achte mit meinen Kolleginnen darauf, dass wir uns nicht gegenseitig im Weg stehen. Ich erinnere mich zum Beispiel, dass ich Ihnen als Erste am Tisch die Suppe serviert habe. Bei dem Hauptgericht dagegen habe ich bei einem jungen Mann begonnen, weil Jana gerade in Ihrer Nähe stand.«

Clarissa dachte nach. »Die Beilagen wurden in großen Schüsseln auf den Tisch gestellt, aus denen haben wir uns alle bedient. Gab es denn irgendetwas, das Gisbert Römer ganz alleine serviert bekommen hat? Ich habe nicht die ganze Zeit darauf geachtet, was er gegessen hat. Gab es Sonderwünsche?«

»Nein, keine.« Anke biss nachdenklich auf ihre Unterlippe. »An Ihrem Tisch gab es auch keine Allergiker, die auf eine bestimmte Zutat oder Beilage verzichten wollten.«

»Der Nachtisch«, mischte sich Klaus ein. »Da gab es doch diesen Zusatzwunsch nach einem weiteren Dessert.«

Richtig, Gisbert Römer hatte sich noch eine Sonderportion Mousse bestellt, fiel Clarissa wieder ein.

»Diese zusätzliche Schale Schokomousse …«

»… kam direkt aus meinem Kühlschrank. Ich mache immer ein paar Portionen mehr, weil wir am Ende eines Abends noch mit den Servicekräften zusammen einen Imbiss essen. Die Schokomousse hatte ich in einer großen Schüssel. Sven, mein Kollege, hat eine Portion auf einem Teller angerichtet, nicht wahr, Sven?«

Der andere Koch nickte: »War keine große Sache, bisschen abdekorieren und dann nach draußen.«

»Jep, so war es«, stimmte Klaus zu. »Den Rest haben wir später gegessen.«

Wieder eine Sackgasse, dachte Clarissa. »Anke, Sie haben die neue Dessertportion genommen und sie direkt zu uns an den Tisch gebracht? Oder sind Sie zwischendurch noch stehen geblieben? Haben Sie die Portion beispielsweise noch an der Bar abgestellt?«

Clarissa sah, dass die Kellnerin nachdachte, im Kopf ihre einzelnen Schritte durchging. Das war gut, viel besser als eine vorschnelle Antwort. Clarissa entging aber auch nicht der Seitenblick, den Anke mit Klaus, dem Koch, austauschte. Fast, als wollte sie sich mit ihm abstimmen, auch das Richtige zu sagen. Schließlich meinte Anke: »Ich … ich bin mir nicht sicher. Ich glaube, ich habe das … ähm gar nicht serviert. Es war ja doch ziemlich hektisch an diesem Abend.«

»Dann habe ich nur noch eine letzte Frage an Sie: Haben sich Gisbert Römer oder seine Begleiterin, die in Zimmer Dreizehn wohnte, irgendetwas aufs Zimmer bestellt?«

»Nee, so etwas bieten wir gar nicht an. Wir kümmern uns um das Essen für den Gastraum vorne und die große Weinstube. Die Zimmer haben eine Minibar, aber die Gäste können sich keine Getränke oder eine Mahlzeit aufs Zimmer bestellen«, erwiderte Klaus.

»Ich danke Ihnen allen, dass Sie meine Fragen so bereitwillig beantwortet haben«, sagte Clarissa.

Jochen, der die ganze Zeit alles stumm verfolgt hatte, stieß erleichtert die Luft aus. »Also, an uns hat es dann wohl nicht gelegen, gut so. Komm, möchtest du noch etwas trinken, vielleicht einen Kaffee?«

»Eine Tasse Kaffee wäre toll.«

Jochen drehte sich um. »Anke, wärst du so lieb und würdest du uns schnell zwei Tassen Kaffee machen? Wir sind draußen auf der Bank.«

Jochen nahm aus dem Haus ein paar Kissen und eine karierte Decke mit nach draußen. Fürsorglich breitete er die Decke über Clarissas Beinen aus. »So kräftig ist die Märzsonne schließlich auch nicht«, murmelte er und erntete dafür von Clarissa einen dankbaren Blick. Als die Kellnerin die beiden dampfenden Tassen brachte, nahm Clarissa ihre in beide Hände und blies vorsichtig auf den heißen Kaffee, bevor sie einen Schluck trank.

»Wie geht es jetzt weiter?«, fragte Jochen.

»Oh, eigentlich ist es immer dasselbe: Man sucht nach der Mordwaffe und nach möglichen Verdächtigen, die ein Motiv haben könnten. Wer könnte wen auf welche Weise umgebracht haben? Es sind immer die gleichen Fragen, und doch ist jeder Fall anders. Bei Römer muss man zum Beispiel nicht nach einem Erben fragen. Römer hat offenbar eine Stiftung ins Leben gerufen. Keine Chance für geldgierige Verwandte. Ach, aber eine Sache interessiert mich noch, wobei das geht mich eigentlich nichts an …«

»Nur zu, du hast doch schon viele Fragen gestellt.«

»Sind Klaus und Anke ein Paar?«

»Was? Die beiden? Nee, das wüsste ich. Wie kommst du darauf?«

»Mir schien, als gäbe es da eine Verbindung. Ist nur so ein Gefühl.«

»War es das, was dich an deiner Arbeit fasziniert hat, der eigenen Intuition nachzugehen?«

Clarissa ließ sich mit einer Antwort Zeit, sie genoss die Märzsonne auf dem Gesicht und trank noch einen Schluck Kaffee. Das war eine gute Frage. Sie merkte, wie Jochen sie aufmerksam und interessiert, aber nicht eine Antwort einfordernd musterte. Das gefiel ihr.

»Nach all den Jahren bei der Polizei weiß ich, wie wichtig das eigene Bauchgefühl ist. Und wer nicht ermitteln will, sollte nicht zur Polizei gehen. Was mich angetrieben hat, war immer der Wunsch, die Täter zur Strecke zu bringen. Bei jedem Verbrechen gibt es Opfer, manchmal sind auch diese Opfer nicht ganz unschuldig, manchmal kann man den Täter in gewisser Weise verstehen – aber immer geht es um Gerechtigkeit, es geht darum, dass wir Gesetze haben, die wir einhalten müssen, weil das am Ende unsere Freiheit sichert.«

»Wow, eine große Antwort auf eine einfache Frage. Ganz ehrlich, so habe ich noch nie über die Arbeit einer Polizistin nachgedacht. Danke, dass du deine Gedanken mit mir geteilt hast.«

»Es kommt auch darauf an, die richtigen einfachen Fragen zu stellen. Und dafür hast du eindeutig Talent.«

»Dann stelle ich doch schnell noch eine: Wann werde ich dich wiedersehen, Clarissa?«

Clarissa lachte. »Siehst du, das ist auch eine sehr gute Frage. Ich habe gehört, dass du bei der Lesung in Niedermühlenbach Wein ausschenken wirst. Was hältst du davon, wenn du an dem Tag schon früher ankommst, so gegen Mittag? Ich könnte uns etwas kochen, und wir könnten ein bisschen spazieren gehen, bevor das Ganze anfängt.«

»Eine Verbrecherjägerin, die auch noch kocht …«

»… und ein feines Gespür für Wein hat. Deshalb wirst du, Jochen, auch den Wein zum Essen mitbringen.«

Jochen lehnte sich zurück und lächelte zufrieden: »Abgemacht, ich freue mich darauf.«

Clarissa schaute ihn von der Seite an. »Ich mich auch, Jochen Bremmer. Ich mich auch.«

Ein protziges Haus

Am Abend traf sich der Krimi-Club erneut, diesmal in Luises Haus. Clarissa hatte keine Schwierigkeiten, das Haus zu finden. Zwischen den wenigen Einfamilienhäusern am Dorfrand stach der moderne, verschachtelte Flachbau heraus wie ein rosa Pudel in einem Rudel Polizei-Schäferhunde. Die meisten Neubauten rechts und links bemühten sich, den ländlichen Charme der alten Häuser im Dorf aufzugreifen. Clarissa sah mehr als einen holzverkleideten Giebel und viel Fachwerk. Luises Haus dagegen machte nicht einmal den Versuch, sich einzupassen. Große, verspiegelte Fensterscheiben in schwarzen Rahmen und eine grellweiße Fassade sorgten dafür, dass man dieses Haus schon von Weitem bemerkte.

Als sie auf den Klingelknopf drückte, ertönte im Hausinneren ein mehrstimmiger Gong, gefolgt von einem kurzen Bellen. Der Gong klang Ehrfurcht gebietend, das Bellen dagegen freudig erregt. Ray wollte wohl mitteilen, dass da jemand vor der Tür stand. Augenblicke später öffnete Luise.

»Ah, Clarissa, komm herein … Ray, nein, mach Platz.« Von hinten war der Hund herangeschossen gekommen, auf dem glatten Steinboden war es allerdings genau genommen mehr ein Schlittern als ein Heranstürmen. Gehorsam bremste er vor Clarissa ab und ließ sich von ihr den Kopf kraulen. »Die anderen müssten auch jeden Moment da sein. Geh doch bitte vor. Geradeaus kommst du direkt ins Wohnzimmer. Ich hole nur noch rasch aus der Küche die Getränke. Möchtest du etwas essen? Ich habe ein paar Häppchen vorbereitet, weil ich nicht wusste, ob jemand von euch Hunger hat.«

»Ich habe heute Mittag im Weingut Bremmer gegessen, aber das ist ja schon Stunden her. Ich esse gerne etwas«, erwiderte Clarissa und ging wie gewünscht ins Wohnzimmer. Ray folgte ihr, tänzelte um sie herum und freute sich offensichtlich, sie zu sehen. Das Wohnzimmer war – Clarissa fand kein anderes Wort – protzig. Der Raum erstreckte sich über zwei Ebenen. Im oberen Bereich stand ein langer Esstisch aus schwarz poliertem Stein, umgeben von weißen Lederstühlen. An diesem Tisch würden gut und gerne zwölf Personen Platz finden. In der unteren Ebene stand etwas, das Clarissa zunächst für ein sehr großes Aquarium hielt. Ein Aquarium ohne Wasser und Fische. Bei näherem Hinsehen erkannte sie, dass es sich wohl um einen Kaminofen handeln musste. Der war umgeben von einer hellen Polsterlandschaft, groß genug, um einer Fußballmannschaft die Möglichkeit zum Relaxen zu geben.

Staunend sah sich Clarissa um. Luise, die mit einem Tablett zurückkam, bemerkte dieses Staunen sehr wohl. »Dieser Raum war das Lieblingszimmer meines verstorbenen Mannes. Ich habe nichts daran verändert, weil ich mich einfach nicht überwinden konnte, die sündhaft teure Einrichtung rauszuwerfen. Das kam mir falsch vor. Wer kann schon solche Sofa-Monster in einem normal großen Raum aufstellen? Aber wohlgefühlt habe ich mich hier nie. Als mein Mann noch lebte, hatte ich immer das Gefühl, Teil der Einrichtung zu sein – die Hausfrau, umgeben von Luxus. Ich war sozusagen ein Stück des Gesamtensembles.«

Das Wohnzimmer jedenfalls erzählte viel über seinen früheren Besitzer, und es war keine Geschichte, die Clarissa sonderlich gut gefiel.

Luise seufzte und sagte dann: »Ich bin froh, dass es vorbei ist.«

»Weil dein Mann gestorben ist?«

Luise lächelte schief. »Nein, weil ich endlich einen Käufer gefunden habe, der diese protzige Bude kaufen will. Und zwar mit dem gesamten Mobiliar, ausgenommen die Sachen in meinem Arbeitszimmer, die gefielen ihm nicht. Du wirst gleich sehen, warum.«

Das Arbeitszimmer war so groß wie Wohnzimmer und Küche des Forsthauses zusammengenommen. Der Unterschied zu der übrigen Hauseinrichtung, die Clarissa bisher gesehen hatte, hätte nicht größer sein können. Warme, sonnige Farben statt Weiß und Schwarz. Die sonnengelb gestrichenen Wände schienen geradezu zu glühen, auf dem Boden honigbraunes Parkett, überall lagen kleine Wollteppiche, die dem Raum Gemütlichkeit verliehen. Luise hatte große Bücherregale so aufgestellt, dass sie den Raum in verschiedene Bereiche einteilten: In einer Ecke stand eine Sitzgruppe im modernen skandinavischen Stil, helles Holz, kombiniert mit sandfarbenen und roten Polstern. Ein Design, das in Clarissas Augen zeitlos war. An einem großen Panoramafenster befand sich ein antiker Schreibtisch aus Eichenholz mit kunstvoll verschnörkelten Beinen, auf dem ein Stapel Bücher und ein aufgeklappter Laptop lagen.

»Der Schreibtisch hat meinem Großvater gehört. Der Tisch ist das einzige Möbelstück, das ich damals mit in dieses Haus nehmen konnte«, erklärte Luise, »bei allen anderen Möbeln hat mein Mann einen unglaublichen Aufstand gemacht.

Das würde nicht ins Haus passen, was sollen seine Geschäftspartner sagen, blablabla. Am Ende hatte ich keine Kraft mehr zu protestieren. So, genug gejammert. Bitte setz dich doch, mach es dir gemütlich. Was möchtest du trinken? Tee, Kaffee, ein Glas Wein? Wahrscheinlich nicht, du musst ja noch fahren. Ich habe selbst gepressten Apfelsaft, den bringt mir immer eine Bäuerin in die Bücherei mit.«

»Eine Apfelsaftschorle wäre jetzt genau das Richtige.«

»Kommt sofort. Nimm dir auch schon einmal einen Teller Kartoffelsalat. Die kleinen Frikadellen sind mit Chili, ich hoffe, sie sind mir nicht zu scharf geraten. Ich …« Der Gong tönte durchs ganze Haus. »Das sind bestimmt die anderen. Wie gesagt, bitte bedien dich. Ich bin gleich wieder zurück.«

Clarissa setzte sich auf das Sofa und mischte sich in einem hohen Glas Apfelsaft und Mineralwasser. Was für ein Haus, dachte sie, während sie sich neugierig umblickte. An der Wand hing ein großes Bild: Zwei Frauen in langen weißen Sommerkleidern, mit Strohhüten auf dem Kopf, schlenderten an einem Sandstrand entlang, das Meer an diesem Strand war bis auf kleine, anrollende Wellen ruhig, und der blaue, sonnige Himmel weit und endlos. Clarissa kannte das Bild, es war ein Werk von Michael Ancher, einem der berühmten Maler, die im dänischen Skagen Ende des 19. Jahrhunderts gelebt und gearbeitet hatten.

Das Bild strahlte Ruhe und gleichzeitig eine unbestimmte Sehnsucht nach Licht und Meer aus. Noch ein Bausteinchen im Bild, das ich mir von Luise gerade mache, dachte Clarissa.

Weiter kam sie mit ihren Überlegungen aber nicht, weil die restlichen Mitglieder des Krimi-Clubs das Arbeitszimmer betraten.

Nach einer kurzen Begrüßung saßen alle in der Runde und schauten Clarissa erwartungsvoll an.

»Also erzähl, Clarissa, gibt es was Neues? Hast du bei Bremmer etwas herausfinden können?«, fragte Vera, während sie sich eine großzügige Portion Kartoffelsalat auf den Teller lud.

»Leider bin ich genauso klug wie vorher. Ich habe mich lange mit Jochen Bremmer unterhalten, der nicht sehr erbaut darüber war, dass Gisbert Römer womöglich über seine Küche vergiftet wurde.«

»Und wurde er vergiftet?«, fragte Ferdi neugierig dazwischen.

»Lass Clarissa doch zu Ende erzählen, Ferdinand«, sagte Luise.

»Ja, ich denke schon, dass er vergiftet wurde, aber wohl nicht mit Essen aus der Küche des Weinguts. Die einzelnen Gerichte wurden keinem speziellen Gast zugeteilt, alle am Tisch haben von den gleichen Beilagen gegessen. Das Einzige, was Gisbert Römer zusätzlich serviert bekam, war ein weiterer Nachtisch. Das Mineralwasser am Tisch kam aus Flaschen, aus denen sich mehrere Gäste bedient haben. Die beiden separaten Getränke hat Alex an der Theke besorgt. Die Bedienung an der Theke wusste nicht, für wen er die Gläser geholt hat. Nein, ich denke, die Getränke können wir ausschließen.«

»Ha, das Dessert also«, sagte Vera triumphierend.

»Nein, Vera, auch nicht das Dessert. Denn aus der großen Schüssel Schokomousse hat sich später am Abend noch das gesamte Küchenpersonal bedient, und von denen ist niemand gestorben. Also, die Frage ist doch, wie hat Gisbert Römer einen Herzinfarkt bekommen? Ich vermute mal, dass es nicht die Aufregung vor der Liebesnacht mit Theresa war, so wirkungsvoll ist keine Reizwäsche. Ich hatte bisher auf eine Art Medikament oder ein Gift getippt, aber wir wissen, dass Gisbert Römer in seinem Zimmer nichts zu sich genommen hat. Außerdem habe ich erfahren, dass die Hotelküche kein Essen und keine Getränke aufs Zimmer liefert. Die Möglichkeit fällt also auch aus. Die Minibar, das habe ich an dem Abend noch nachgesehen, war vollständig. Bei Römer stand die gleiche

Anzahl von Flaschen in dem kleinen Kühlschrank wie in meinem Zimmer.«

»Man könnte den Bestand ergänzt haben, und der Mörder hat das Glas, aus dem Gisbert getrunken hat, wieder gespült und abgetrocknet, sodass es aussah, als ob nichts benutzt worden wäre«, überlegte Luise laut.

Clarissa dachte kurz über das Gesagte nach. »Das wäre durchaus möglich«, stimmte sie zu, »aber alle Flaschen hatten Kronkorken, und eine solche Flasche zu präparieren ist sicher nicht leicht. Außerdem: Wie sollte der Mörder sicherstellen, dass Römer die richtige Flasche nimmt?«

»Womit wir wieder einmal bei Theresa wären«, sagte Ferdi, »und das beantwortet auch noch nicht die Frage nach dem Toupet und dem Pyjama. Himmel, wir drehen uns im Kreis.«

Dazu gab es nicht viel zu sagen. Für eine Weile aßen alle stumm weiter. Mehrmals setzte Clarissa zum Sprechen an und schwieg dann doch wieder. Schließlich sagte sie: »Es gab da einen merkwürdigen Moment heute. Ich hatte den Eindruck, dass eine der Kellnerinnen eine heimliche Beziehung zu einem der Köche hat, irgendetwas haben mir die beiden verschwiegen. Aber Jochen Bremmer weiß nichts von einer Beziehung zwischen den beiden, ich habe ihn gefragt.« Clarissa seufzte. »Ich fürchte, wir müssen ganz von vorne anfangen. Ich würde gerne wissen, wie Gisbert Römer gewohnt hat. Wir brauchen insgesamt mehr Informationen.«

»An was für Informationen hast du gedacht?«, fragte Luise.

Diese Frage hatte Clarissa für sich schon beantwortet und dabei überlegt, wer etwas wissen könnte. »Ferdi, du hast doch erzählt, dass dein Direktor ein Nachbar von Römers Bruder ist …«

»Ja, das ist richtig. Und außerdem kenne ich die Sekretärin von Römer Immobilien, sie ist eine ehemalige Schülerin von mir.«

»Perfekt! Kannst du versuchen, möglichst viele Fakten über Gisbert Römer und seine Familie zusammenzustellen? Wir müssen auch unbedingt wissen, ob Römer Feinde hatte. Gab es enttäuschte Geschäftspartner, geprellte Kunden, irgendjemanden, der wütend auf ihn war? Er soll auch eine Stiftung gegründet haben, die sein Geld bekommt, auch darüber wüsste ich gerne mehr.«

Ferdinand nickte nachdenklich. »Das ließe sich wahrscheinlich machen.«

»Ferdi, du bist zu bescheiden. Wir alle wissen doch, dass du dich gerade in solchen Wirtschaftsfragen auskennst wie kein Zweiter von uns. Wenn einer so etwas herausbekommt, dann du«, sagte Vera.

Ferdi lächelte verlegen. »Schon gut, Vera, nur ist das im richtigen Leben etwas schwieriger als in einem Buch.«

»Wenn du einen Kontakt zu der Sekretärin hast, kann ich auch mir ihr sprechen«, bot Clarissa an.

»Ich schau mal, was möglich ist. Aber du weißt ja, ich bin schon in der Observierung eine Niete. Vielleicht klappt es bei einer … ähm Vernehmung ja besser.«

»Geschenkt, mein Lieber«, entgegnete Clarissa. Es machte ihr nichts aus, Aufgaben zu verteilen. »Luise, siehst du eine Möglichkeit, mehr über Theresa Wirms herauszufinden?«

Die Angesprochene nickte.

»Und was soll ich machen?«, fragte Vera eifrig. »Ich kenne praktisch jeden im Ort. Was möchtest du wissen?«

»Dazu wollte ich gerade kommen. Wir müssen uns möglichst schnell in Römers Wohnung umschauen. Fällt dir dazu etwas ein?«

»Klar. Es ist übrigens ein Haus, keine Wohnung. Gisbert Römer wohnte in einem Haus in der Bachstraße.«

»Am liebsten würde ich da noch heute Abend nachsehen. Wir haben schon viel zu viel Zeit verloren. Die ersten achtundvierzig Stunden sind eigentlich bei einer Ermittlung entscheidend, wir hinken also weit hinterher.« Clarissa seufzte. »Ich habe einfach nicht mehr die Möglichkeiten, so schnell zu agieren wie früher.«

Ein Leuchten ging über Veras Gesicht. »Da gibt es doch die Jule, das ist die Tochter von der Corinna, einer sehr guten Schulfreundin von mir, die viele Jahre mit dem Thomas Kranzbein zusammen war, der, der jahrelang die Hühnerzucht am Mühlenbach hatte, bevor das große Feuer …«

Nach einer Weile wurde Clarissa bewusst, dass sie Veras Redestrom in Gedanken ein- und ausblenden konnte, es gelang ihr jedoch nicht, irgendeine brauchbare Information herauszufiltern. Während sie noch überlegte, wie sie das ihrer neuen Freundin taktvoll mitteilen könnte, tat ihr schon Luise den Gefallen.

»Vera! Kannst du bitte auf den Punkt kommen?«, stöhnte sie.

»Oh, entschuldige, ich dachte, du kennst den Thomas.«

Luise verdrehte die Augen. »Vera, Süße, was genau willst du uns sagen? Fass mal zusammen.«

»Jule hat bei Gisbert Römer geputzt. Das hat mir Corinna heute im Laden erzählt. Natürlich sind alle ganz betroffen, weil Gisbert jetzt tot ist, und Jule, die ja nebenbei noch …«

»Vera!«

»Okay, okay. Ich weiß, wo der Haustürschlüssel liegt.« Vera grinste in die verblüfften Gesichter. »Ja, da staunt ihr jetzt – oder? Also, weil die Jule immer so vergesslich ist, hat sie einen Ersatzschlüssel unter einem Blumentopf auf der Terrasse deponiert. Gisbert wusste davon gar nichts, das hat Jule ihm nie verraten.«

»Und das alles erzählt dir besagte Corinna einfach so in der Bäckerei?«, fragte Clarissa ungläubig.

Vera ließ sich Zeit mit der Antwort. Sie biss genüsslich ein Stückchen von ihrem Brot ab, aß es in Ruhe auf und meinte dann: »Nee, ich musste sie schon mit ein paar Fragen dazu bringen, was zu erzählen. Aber in allen guten Krimis wird das Haus des Ermordeten untersucht, da dachte ich mir, euch würde das auch interessieren.«

»Du kannst doch nicht mit einem Ersatzschlüssel in das Haus eines Fremden eindringen«, sagte Ferdi.

Vera kaute und schluckte, bevor sie antwortete: »Was würdest du denn machen, eine Fensterscheibe einschlagen? Ich denke, wenn Clarissa das Haus sehen will, sollten wir uns auf den Weg machen. Wir können alle zusammen fahren, ich bin mit unserem neuen Transporter da.«

Ferdi schüttelte immer noch entgeistert den Kopf, aber Clarissa zwinkerte Vera zu. »Du bist unmöglich, Vera Adenau.« Und im Stillen dachte sie: Geschieht dir recht, Volker Rodenhausen. Irgendjemand muss jetzt aktiv werden, und du bist draußen. Von wegen Amateure und Pensionäre sollen sich nicht in die Polizeiarbeit einmischen.

Spurensuche

Der neue Transporter der Bäckerei Adenau war nicht zu übersehen, und das lag nicht nur daran, dass er direkt unter einer Straßenlaterne parkte.

»Himmel, Vera, wer hatte denn diese Idee?«, fragte Luise entgeistert. »Nein, sag es nicht. Ich weiß schon, du bist selber darauf gekommen, und Wolfgang hatte keine Einwände.«

»Stimmt«, bestätigte Vera. »Und es ist doch wirklich toll geworden, oder?«

Nun ja, dafür müsste man »toll« neu definieren, dachte Clarissa. Der Transporter sah … knusprig braun aus, denn auf den Seitenwänden und dem Dach war fotorealistisch ein überdimensionales Roggenbrot abgebildet. Letztlich war der ganze Wagen ein einziges großes Kasten-Roggenbrot auf Rädern. Dazu kam, dass auf der Seite in weißer verschnörkelter Schreibschrift stand: *Brot und Kuchen, die sind lecker, kaufst du sie im Dorf beim Bäcker. Drum zögere nicht und handle schlau, kauf ein bei Bäcker Adenau.*

»Wie findet ihr den Werbespruch? Den habe ich mir auch selber ausgedacht.« Vera strahlte die anderen an.

»Nun … etwas lang, aber … ähm … eingängig«, urteilte Ferdi, wobei Clarissa genau sah, dass er ebenso wie sie selber und Luise größte Mühe hatte, nicht lauthals zu lachen.

»Echt? Hätte er kürzer sein müssen?«

Luise legte den Arm um Vera und sagte: »Vielleicht denkst du beim nächsten Transporter noch mal darüber nach. Dein Streuselkuchen ist jedenfalls besser als dein Talent zur Werbetexterin.«

»Aber es erzeugt Aufmerksamkeit.«

»Ohne Zweifel, Vera, ganz ohne Zweifel«, versicherte ihr Ferdi. »Das Auto … ähm … vergisst man nicht so schnell wieder.«

Dieser Zuspruch rückte Veras Welt offenbar wieder ins Lot. Mit einem glücklichen Strahlen entriegelte sie die Türen. »Dann steigt mal ein, der fährt nämlich ganz großartig.«

»Auf geht die wilde Fahrt im Brot-Mobil. Ich komme mir vor wie in einem Kinderbuch«, raunte Luise Clarissa zu. »Mich wundert nur, dass sie nicht Bernd das Brot als Kühlerfigur hat.«

»Sei bloß still«, gab Clarissa zurück, »bring sie nicht auf dumme Ideen.«

Die Fahrt dauerte nicht lange. Schon nach wenigen Minuten sagte Vera zu Clarissa: »Die nächste Straße rechts ist die Bachstraße.«

»Dann park doch am besten gleich hier«, bat Clarissa.

»Aber warum? Weiter vorne ist sicher auch noch Platz.«

»Ich will es mal so ausdrücken: Ich würde nur ungerne dein rollendes Kastenbrot direkt vor dem Haus des Toten parken, in das wir vorhaben illegal einzudringen«, erklärte Clarissa geduldig.

»Oh – stimmt.« Eins musste man Vera lassen: Ihr machte es nie etwas aus zuzugeben, dass jemand anders recht hatte.

Luise schnaubte leise und verdrehte die Augen. Clarissa flüsterte: »Wird schon gut gehen, im schlimmsten Fall wird Vera alle Zeugen bewusstlos quasseln.«

»Mädels«, Vera hob mahnend den Zeigefinger, »ich kann euch hören.«

»Ein Gehör wie ein Luchs«, murmelte Luise, und Clarissa fing an zu kichern. Es brach einfach aus ihr heraus, und kurze Zeit später lachte der ganze Krimi-Club mit.

***

Das Haus, in dem Gisbert Römer gewohnt hatte, entpuppte sich als schlichtes, grau verputztes Einfamilienhaus, umgeben von einer dichten, hohen Hecke und einem vernachlässigten Garten. Insgeheim hatte Clarissa etwas Glamouröseres erwartet. Ein Haus wie das von Luise – das hätte gut zu Römer und seinem goldenen Porsche gepasst. Aber dieses hier? Clarissa fischte eine Taschenlampe aus ihrer Handtasche und ließ den Strahl über den Rasen wandern. Hier standen ein paar bemooste Gartenzwerge, und in den großen Blumentöpfen waren wohl schon im letzten Jahr etliche Grünpflanzen gestorben.

»Gisbert hat das Haus für seine Mutter eingerichtet«, wusste Vera. »Sie hat hier ein paar Jahre gewohnt, bevor sie nach Bernkastel-Kues in ein Pflegeheim kam. Danach ist sie, glaube ich, recht bald gestorben. Jedenfalls ist Gisbert hier selber eingezogen.«

Und hielt es nicht für nötig, etwas an der Außengestaltung zu ändern, dachte Clarissa. Nein, dieses Haus und der trübselige Garten passten nicht zum großspurigen Auftreten Römers.

»Es sieht dunkel und unbewohnt aus, aber ich weiß nicht,

ob das richtig ist, was wir hier tun. Was, wenn jemand vorbeikommt und wir erwischt werden? Oder wenn jemand die Polizei ruft?«, murmelte Ferdi.

Clarissa wollte gerade entgegnen ›Ferdi, ich bin die Polizei‹, als ihr klar wurde, dass das ja nicht mehr stimmte.

Bevor sie irgendetwas sagen konnte, antwortete schon Luise: »Hör auf zu unken, Ferdinand. Du kannst ja hier draußen bleiben und aufpassen.«

»Während der Krimi-Club richtige Ermittlungen durchführt? Im Leben nicht.«

Clarissa atmete einmal tief durch. So unrecht hat Ferdi gar nicht, dachte sie. Was ich hier tue, wäre für Volker bestimmt Wasser auf seine Mühlen. Ach was, er hat es nicht anders gewollt. Irgendjemand muss sich doch um die Ermittlungen kümmern. Das alles ging ihr durch den Kopf, während sie um das Haus herumschlichen, um auf der Terrasse nach dem Schlüssel zu suchen.

»Ach herrje, hier stehen ja Dutzende von Töpfen, davon hat Corinna aber nichts gesagt«, stöhnte Vera, als der Lichtstrahl der Taschenlampe über eine riesige Ansammlung von Kübeln und Töpfen strich.

Clarissa schob alle Gedanken an ihren ehemaligen Kollegen oder mögliche Konsequenzen dieses nächtlichen Ausflugs zur Seite und konzentrierte sich auf das Problem, den Schlüssel zu finden.

»Lasst die ganz großen Töpfe außen vor. Niemand kann so einen Topf mit einer Hand anheben, um mit der anderen einen Schlüssel hervorzuholen. Die ganz kleinen wären zu unsicher als Versteck, weil man sie zu schnell verschiebt«, sagte sie zu den anderen.

»Guter Gedanke, dann bleiben ja nicht viele übrig«, erwiderte Luise, »nur die vier da vorne.«

»Moment noch«, sagte Clarissa und reichte jedem ein Paar Einweghandschuhe aus ihrer geräumigen Handtasche. »Zieht die hier an, wir wollen doch nicht überall unsere Fingerabdrücke hinterlassen. Sicher ist sicher.«

Entschlossen ging Luise zu einem der Töpfe und hob ihn an. »Leuchte mal hierhin, Clarissa.«

Sie fanden den Schlüssel unter dem dritten Topf.

***

Im Haus war es still, und es roch ein wenig muffig, weil in den letzten Tagen wohl niemand gelüftet hatte. Clarissa schaltete die Taschenlampe aus und das Flurlicht an.

Erschrocken über die plötzliche Helligkeit kniff Vera die Augen zusammen. »Ist das eine gute Idee, Clarissa?«

»Besser normale Lampen als eine umherhuschende Taschenlampe. Wenn das jemand von draußen sehen sollte, denkt er garantiert an Einbrecher.«

»Mir wäre es trotzdem lieb, wenn wir nicht allzu lange hierbleiben würden«, sagte Ferdinand und trat nervös von einem Fuß auf den anderen.

»Werden wir nicht, wir schauen uns nur kurz um«, beruhigte Clarissa ihn. »Also, wir teilen uns auf. Ferdinand, du suchst so etwas wie ein Arbeitszimmer, vielleicht finden sich da schon Informationen über Römers Berufstätigkeit. Luise, du schaust im Schlafzimmer und im Bad nach, ob du außergewöhnliche Medikamente findest. Achte vor allem auf Verpackungen, die direkt von einer Apotheke kommen, also nicht die üblichen standardmäßigen Präparate von einem Arzneimittelhersteller. In so einem unversiegelten Apotheken-Röhrchen könnte man leichter etwas beimischen.«

»Und ich? Was soll ich tun?«, fragte Vera.

»Wir beide nehmen uns die Küche und das Wohnzimmer vor.«

Entschlossen folgte Clarissa dem Flur und fand auf Anhieb die große Wohnküche. Sie schaltete auch hier das Licht ein, sah, dass die Rollläden heruntergelassen waren, und blickte sich um. Eines stand fest, die Küche war die Quelle des muffigen Geruchs im Haus. Das lag nicht nur am fehlenden Lüften. Der Mülleimer quoll fast über, und in der Spüle stapelte sich schmutziges Geschirr.

»Du meine Güte, die Verwandten von Gisbert haben es aber wirklich nicht eilig mit dem Aufräumen. Wenn die noch ein bisschen länger warten, bekommen die Teller da vorne Beine und fliehen vor dem Geruch aus dem Haus«, tadelte Vera kopfschüttelnd.

»Ja, vermutlich ging es denen in erster Linie um die Bestattung und den ganzen bürokratischen Kram.«

»Aber das gehört sich nicht, so machen wir das nicht in Niedermühlenbach, das ist unanständig.«

Clarissa schaute kurz zu Vera. Es war anrührend, zu sehen, wie sehr Vera an den althergebrachten Traditionen hing. »Du hast schon recht, das gehört sich auch außerhalb von Niedermühlenbach nicht, Vera.«

»Gut, dann haben wir das ja geklärt. Und jetzt?«

Tja, das war die große Frage. Wonach suchten sie eigentlich?

Es war Vera, die die Antwort lieferte. »Ich weiß. Schauen wir doch erst mal, ob Gisbert diese Schweinerei alleine zu verantworten hatte oder ob es Gäste gab.«

»Sehr gute Idee«, stimmte Clarissa erleichtert zu. Bei näherem Hinsehen erkannten sie, dass es in dem Tellerstapel zwei große Teller und zwei Salatschalen gab, außerdem standen noch ein kleinerer flacher Teller voller Krümel und ein Kaffeebecher auf der Spüle. Clarissa hob den Becher an und schaute hinein. In dem Becher schwappte ein Rest Kaffee, der von weißlichen Schlieren durchzogen war. Sie schnupperte vorsichtig daran, konnte aber nichts Ungewöhnliches feststellen. Ergänzt wurde die Sammlung von einigen Gläsern. Verschiedene Wassergläser, aber nur ein Weinglas, dachte Clarissa.

»Also für mich sieht es so aus, also ob hier zwei Personen gegessen hätten«, stellte Vera fest, nachdem sie das Geschirr in Augenschein genommen hatte.

»Ganz richtig, Watson«, sagte Clarissa, »nur Gisbert Römers weiblicher Besuch hat dabei Wein getrunken. Schau, auf dem Weinglas ist am Rand ein wenig Lippenstift.«

»Theresa Wirms?«

»Vermutlich, wobei ...« Da war etwas, ein aufblitzender Gedanke, kurz und nicht greifbar. Clarissa konzentrierte sich wieder auf den Geschirrstapel. »Ich würde sagen, sie ist nicht über Nacht geblieben. Am nächsten Morgen hat Gisbert Römer alleine gefrühstückt.« Clarissa wies auf den flachen kleinen Teller mit den Brötchenkrümeln und auf den Kaffeebecher.

»Das könnte dann am Samstag gewesen sein«, sagte Vera nachdenklich und hob dabei kurz den Deckel des Mülleimers an. Eine faulige Wolke schwebte in der Luft, Vera zuckte zurück. »Mutter Maria, das stinkt ja entsetzlich«, rief sie und ließ den Deckel sofort wieder fallen. Der Gestank stand wie eine Wand in der Küche, trotzdem trat Clarissa zu Vera und öffnete den Deckel erneut.

»Lass mal sehen, so wie das riecht, hat Römer wahrscheinlich Fleischreste weggeworfen.«

Clarissa nahm von der Spüle eine Gabel und schob damit einige Kaffeepads und eine alte Bananenschale zur Seite. »Da schau mal an«, murmelte sie. Vor ihr im Abfalleimer lagen zwei Pizzakartons. Sie griff beherzt zu und holte die beiden Kartons hervor. Augenblicklich verstärkte sich der üble Geruch aus dem Mülleimer, sodass sie angewidert das Gesicht verzog und schnell den Deckel zuklappte.

»Glaubst du, die Kartons sind wichtig?«

»Mal sehen«, erwiderte Clarissa. Vorsichtig stellte sie die

Kartons auf den Boden und klappte sie auf. Zwei Pizzakartons mit eingetrockneten Fettflecken und ein paar Resten im Deckel. Sie hockte sich davor. »Eine Pizza Quattro Stagioni und eine Pizza Hawaii«, stellte sie fest.

»Wow, das erkennst du an den Resten im Deckel? Nicht möglich!«

Clarissa schaute hoch und grinste: »Nee, das steht auf dem angeklebten Notizzettel am Deckelrand. Da hat jemand mit Kugelschreiber ›Quattro St.‹ und ›Hawaii‹ hingekritzelt. Wahrscheinlich, damit es beim Abholen schneller geht.«

Vera kicherte leise. »Mensch, Clarissa, für einen Moment hab ich wirklich geglaubt …« Sie unterbrach sich, schüttelte leicht den Kopf und fragte begierig: »Steht da noch mehr?«

Clarissa legte den Kopf schief und schaute genauer hin: »Ja, … warte mal … da ist noch der Rest einer Handynummer zu sehen und der Name Wirms.«

»Hah, dann hat also Theresa das Essen bestellt.«

»Und was sagt uns das?«

»Ähm, ja was?«

»Leider nichts, außer dass sie keine Lust hatte, selber zu kochen.«

»Mist!«

Clarissa wollte die Kartons schon wieder zuklappen, als ihr ein Käse-Pilz-Rest am Deckel auffiel. Der sieht ja merkwürdig aus, dachte sie unwillkürlich. Irgendwie anders als ein Champignon. »Vera, schau doch bitte mal in den Schubladen oder im Schrank nach, ob du Gefrierbeutel findest.«

Vera öffnete systematisch Schubladen und Schranktüren und wurde fündig. »Hier, gehen die?«

»Die sind perfekt«, sagte Clarissa, fischte mit der Gabel den Käse-Pilz-Rest vom Innendeckel und bugsierte ihn vorsichtig in eine der Plastiktüten.

»Ist das wichtig?«, fragte Vera.

»Wenn ich das wüsste«, murmelte Clarissa geistesabwesend. Im Kopf ging sie bereits mögliche Ansprechpartner durch, die ihr helfen konnten. Sie stand auf. »Komm, wir gehen zu den anderen, mal sehen, was die gefunden haben.« Sie legte die Pizzakartons zurück in den Mülleimer.

Auf dem Flur kam ihnen Luise entgegen. »Und, habt ihr was?«

»Clarissa hat eine Probe aus einem Pizzakarton mitgenommen«, erklärte Vera und klang dabei so stolz, als hätte sie persönlich den Einfall gehabt, den Restmüll zu untersuchen.

Luise schaute Clarissa fragend an. Die zuckte vage mit den Schultern. »Wahrscheinlich unwichtig, aber ich will sichergehen. Hast du was gefunden?«

Luise schüttelte den Kopf. »Gar nichts, wobei, das stimmt so nicht. Der Badezimmerschrank ist vollgestopft mit Medikamenten. Gisbert Römer ging es wirklich nicht gut, der Schrank sieht aus wie das Warenlager einer Intensivstation. Aber alle Tabletten sind in den Herstellerkartons und diesen typischen Blisterverpackungen. Und weil ihr in der Küche so lange zu tun hattet, habe ich mir inzwischen auch schon das Wohnzimmer angeschaut. Da steht nichts außer einer altbackenen Sitzgruppe mit hellbraunem Cordbezug, die ins Museum des schlechten Geschmacks gehört. Dann gibt es noch einen großen Flachbildfernseher, nichts Außergewöhnliches. Weiter nichts. Da fehlt sogar die obligatorische Altherren-Bar mit Weinbrand.«

»Dass Römer herzkrank war und sich wenig um sein Wohnambiente gekümmert hat, wissen wir ja bereits«, erwiderte Clarissa. »Dann schauen wir doch mal, was Ferdinand für uns hat. Weißt du, wo er ist?«

Luise zeigte auf eine angelehnte Tür. »Da durch und dann nach links. Ich habe Ferdi zunächst begleitet, bevor ich mir die Pillenvorräte angesehen habe.«

Als sie den Raum betraten, schaute Ferdinand hoch. In der

Hand hielt er eine Hängeregister-Mappe. »Also hier hat jemand vor uns schon mal Akten sortiert.« Ferdi deutete auf mehrere Stapel Unterlagen, die auf dem Boden vor einem fast leeren Schrank lagen.

»Ich denke, Römers Familie wird hier mit dem Ausräumen angefangen haben, außerdem suchen die meisten Verwandten bei einem Toten als Erstes das Testament oder eine Patientenverfügung. Muss ja auch gemacht werden«, sagte Vera.

»Ich habe hier in dem mittleren Stapel etwas Wichtiges entdeckt. Die Hängeregistratur scheint so etwas wie Römers persönliche Aktenablage zu sein. Anscheinend hat er alles, was ihm besonders wichtig war, in Hängeregistern aufbewahrt und nicht in Aktenordnern. Ich hatte mir die Papiere zunächst nur flüchtig angesehen, Infos zu der Stiftung habe ich zwar nicht gefunden, aber bei einer der Mappen fiel mir der Reiter *Gerichtsverfahren 2018* ins Auge. Clarissa, du suchst doch nach Menschen, mit denen Römer Streit hatte, da passen Gerichtsverfahren ganz gut, dachte ich.«

»Großartig, das ist genau das, was wir brauchen«, sagte Clarissa. »Und hast du etwas Brauchbares gefunden?«

Ferdi grinste triumphierend. Fast konnte man sich den kleinen Jungen vorstellen, der er einmal gewesen war. Das Grinsen ließ ihn mit einem Schlag um Jahre jünger aussehen. »Gisbert Römer hat 2018 drei große Prozesse geführt. In einem ging es um eine Investorengruppe, die ein Hotel-Restaurant übernommen hat, ein Deal, den Römer vermittelte. Am Ende musste er aber seine Provision einklagen.«

»Das wird den Investoren nicht gefallen haben. Hast du Namen für uns?«

»Das ist das Problem, hier steht nur eine Kanzlei, die die PBK Partnergesellschaft vertreten hat, das müssten wir im Internet nachsehen. Und das Hotel-Restaurant, das übernommen wurde, hieß Zur Silbereiche. Hier steht, dass der Besitzer ein Herr namens Frank Gerleucht war.«

Clarissa runzelte die Stirn, irgendetwas klingelte da bei ihr. Hatte sie diesen Namen nicht erst kürzlich gehört? Wo war das nur gewesen? Sie konnte sich nicht daran erinnern, später würde sie noch einmal in Ruhe darüber nachdenken. »Sonst noch was?«

»Ja, der zweite Prozess richtete sich gegen Gisbert Römer, also, in dem Fall war er der Beklagte. Ein Oliver Verlau forderte mehr als zweihundertsechzigtausend Euro von ihm, weil ein Immobilienprojekt gescheitert war, und dafür machte er Römer verantwortlich.«

Angesichts der Summe stieß Vera einen leisen Pfiff aus, und Luise fragte: »Und? War Römer schuld?«

Ferdi zögerte. »Hier steht nichts von einem Urteil, nur die handschriftliche Notiz *Abgeschmettert!*«

»Klingt nicht so, also ob dieser Verlau was von seinem Geld zurückbekommen hätte«, sagte Luise.

»Jesus, Maria und Josef, was bin ich blöd«, entfuhr es Clarissa. Die anderen drei schauten sie überrascht an.

»Ferdi, schreib dir doch bitte die beiden Prozessdaten auf, und dann lasst uns zusehen, dass wir hier Land gewinnen.« Während sie schon alle in Richtung Haustür strebten, fügte sie noch hinzu: »Und, Ferdi, kannst du wohl morgen möglichst viel über die beiden Prozesse herausfinden?«

»Natürlich«, Ferdi nickte. »Ich habe euch doch erzählt, dass die Sekretärin bei Römer Immobilien eine ehemalige Schülerin von mir ist. Mona heißt sie. Da frag ich gleich morgen nach. Mir wird schon ein Grund einfallen, warum ich sie nach all den Jahren plötzlich anrufe. Aber warum das Ganze?«

»Weil ich glaube, dass wir fündig geworden sind. Wir haben das, was wir suchen.«

Nachtgedanken

Als Clarissa allein im Auto langsam den Feldweg zum Forsthaus entlangfuhr, überdachte sie noch einmal die Erkenntnisse ihrer Spurensuche. Sie fuhr aus zwei Gründen fast im Schritttempo: Zum einen hatte sie es nicht besonders eilig, zum anderen war es so neblig geworden, dass man kaum fünf Meter weit sehen konnte. Mittlerweile war ihr der Weg zum Forsthaus so vertraut, dass sie sich über den Nebel weiter keine Sorgen machte.

Sorgen bereitete ihr nur der Mord an Gisbert Römer. Clarissa seufzte, sie hasste es, wenn sie ausgebremst wurde, obwohl sie eine vielversprechende Spur hatte. Aber ihr blieb gar nichts anderes übrig, als auf den nächsten Morgen zu warten. Die anderen drei hatten sie auf der Rückfahrt bedrängt, doch mehr zu erzählen, aber sie war stur geblieben und hatte geschwiegen. Erst die Fakten klären, dann über Anschuldigungen sprechen. Wie schnell passierte es, dass man falsche

Schlüsse zog. Ein einmal ausgesprochener Verdacht hielt sich hartnäckiger als ein alter Kaugummi auf dem Teppichboden.

Der Krimi-Club wollte sich gleich morgen Nachmittag wieder treffen, vor allem, weil Ferdi hoffte, bis dahin mehr Informationen von seiner ehemaligen Schülerin und heutigen Sekretärin von Römer Immobilien zu erhalten.

Clarissa lenkte ihr Auto neben das Haus, obwohl dieses in dem Nebelgrau kaum zu erkennen war. Als sie ausstieg, hörte sie in der Ferne ein Käuzchen rufen und sonst … nichts. Sie atmete einmal tief durch: Wie wundervoll war es hier, trotz des scheußlichen Wetters. Einmal mehr ertappte sie sich dabei, wie sie mit Widerwillen an ihre Stadtwohnung dachte. Sie schloss die Haustür auf. Wie jedes alte Haus hatte auch das Forsthaus seinen ganz eigenen Geruch, ganz schwach nur, aber doch mittlerweile sehr vertraut. Der Gedanke, in wenigen Wochen alle ihre Sachen wieder einzupacken, versetzte ihr einen Stich. Noch lief ihre Vereinbarung mit Elli, aber in Kürze würde sie ihre Kusine anrufen müssen, um ihr mitzuteilen, wie es weitergehen sollte. »Weißt du, Hubertus, im Garten gibt es noch so viel zu tun«, sagte sie und schaute zu dem Hirschkopf hoch. »Wenn dir ein guter Grund einfällt, warum ich noch nicht so bald mit Elli telefonieren sollte, dann sag es ruhig.« Clarissa lächelte. »Dachte ich mir schon, dass du mal wieder schweigst.«

Ich muss wirklich aufpassen, dass ich nicht sonderbar werde. Wie hatte es doch neulich in dem Cartoon geheißen, den sie kürzlich im Internet gesehen hatte? *Sie können ruhig mit ausgestopften Tieren sprechen, das ist schon okay. Problematisch wird es, wenn sie Ihnen antworten.*

»Na, so weit bin ich noch nicht«, sagte Clarissa laut und beschloss, den Abend mit einem Absacker im Wohnzimmer zu beenden. Mit Elli kann ich wirklich ein andermal telefonieren. Sagen wir mal in zwei Wochen.

Das neue Ehrenmitglied

Als Clarissa am nächsten Morgen nach dem Frühstück bei ihrem zweiten Becher Tee saß, rief Jochen Bremmer an.

»Guten Morgen, Clarissa! Entschuldige bitte, dass ich so früh anrufe, aber ich treffe mich gleich mit zwei Großhändlern und wollte unbedingt vorher versuchen, dich zu erreichen. Du hattest mir ja deine Mobilnummer gegeben, es ist dir doch recht? Ich meine, wenn es gerade nicht passt …«

»Natürlich passt es mir, was redest du denn da. Hätte ich dir meine Mobilnummer gegeben, wenn ich nicht wollte, dass du anrufst? Was hast du auf dem Herzen?«

Die Anspannung aus Jochens Stimme verschwand, und Clarissa hätte schwören können, dass er gerade strahlend lächelte. »Ich habe mich mit meiner Schwiegertochter unterhalten, weil mir deine Frage nicht mehr aus dem Sinn ging. Du wolltest wissen, ob Klaus und Anke ein Paar sind, weißt du noch?«

»Und – sind sie es?«

»Genau deshalb rufe ich an. Meine Schwiegertochter ist fest davon überzeugt. Ich selber hätte das nie bemerkt. Ich wusste, dass Klaus eine feste Beziehung hat, aber die ist offenbar schon seit längerer Zeit Geschichte. Ja, Klaus und Anke sind ein Paar. Da hat dich dein Eindruck nicht getäuscht. Aber warum ist das eigentlich so wichtig? Dass es innerhalb des Küchen- und Servicepersonals mal eine Beziehung gibt, ist doch ganz natürlich, schließlich haben sie alle sehr ungewöhnliche Arbeitszeiten. Es ist einfacher, wenn man jemanden findet, der im gleichen Bereich arbeitet.«

Clarissa überlegte einen Moment, ob sie Jochen vertraute. Nein, falsch. Sie hatte schon Vertrauen zu ihm, aber wollte sie ihren Verdacht mit ihm teilen? Spontan entschied sie sich dagegen. »Jochen, ich verspreche dir, dass ich dir alles erzähle. Diese heimliche Beziehung war nur etwas, was mir aufgefallen ist, mehr nicht. Es hat bestimmt gar nichts zu bedeuten. Sobald ich mehr weiß, erfährst du es – versprochen!«

»Ist gut. Damit kann ich leben. Vor allem, wenn du dann schon recht bald wieder anrufst.« Erneutes Lächeln in der Stimme. »Jetzt muss ich aber los, die beiden Großhändler warten. Pass auf dich auf, Clarissa!«

»Du auch auf dich. Und danke für deinen Anruf!«

Diesen Morgen wollte Clarissa dafür nutzen, Klarheit und Struktur in ihre Gedanken zum Tod von Gisbert Römer zu bringen. Außerdem war da noch die Recherche bezüglich der geheimnisvollen Investorengruppe, die von Gisbert Römer verklagt worden war. Und wenn ich schon einmal dabei bin, kann ich auch noch versuchen, etwas über den Verkauf des Hotels Zur Silbereiche herauszufinden, überlegte sie.

Sie nahm ihren Becher Tee mit hinüber in die Bibliothek und startete ihren Laptop.

Zwei Stunden später hatte sie drei Seiten ihres Notizblocks vollgeschrieben. Clarissa lehnte sich zurück und streckte den Rücken durch. Ich muss an die frische Luft, dachte sie. Sie schaute auf die Uhr. Kurz vor Mittag. Bis die drei anderen kämen, war noch genug Zeit. Eines steht fest, dachte sie, als sie ihren Laptop zuklappte, es ist ein Wunder, dass Gisbert Römer nicht schon früher etwas passiert ist. So wie ich das sehe, hat es genügend Menschen gegeben, die ihm die Pest an den Hals gewünscht haben. Um das herauszufinden, musste man nur in der Berichterstattung der letzten Jahre zwischen den Zeilen lesen.

Da waren die Immobilienprojekte, die vollmundig angekündigt worden waren, und auf der anderen Seite die Bürgerinitiativen, die sich genau gegen diese Projekte formiert hatten. Mahnende Pressemeldungen von Umweltverbänden berichteten, dass die geplanten Bauvorhaben keinerlei Rücksicht auf schützenswerte Arten nahmen. Es gab Ortsvorsteher und Bürgermeister, die von Heuschreckenmentalität sprachen. Keine Frage: Gisbert Römer hatte sich in den zurückliegenden Jahren den Ruf erworben, bei seiner Arbeit keine Gefangenen zu machen, der Mann war offenbar stets mit dem Feingefühl eines Bulldozers vorgegangen.

Wie Römer in Niedermühlenbach Ortsvorsteher werden konnte, ist mir ein Rätsel, dachte Clarissa. Oder er hat sich erst in den letzten Jahren verändert, ist erst nach und nach zynischer, härter und unbarmherziger geworden. Clarissa dachte an die Gerichtsprozesse. Römer war dabei selbst ins Aus gestellt worden. Vielleicht hat er erst danach angefangen, keine Rücksicht mehr zu nehmen?

Noch während sie überlegte, ob ihr möglicherweise Vera mehr zu diesem Aspekt sagen konnte, klingelte es an der Haustür.

»Himmel, natürlich, heute ist ja Freitag. Das wird Kurt sein«, sagte sie und schüttelte über sich selber den Kopf. Hier draußen im Forsthaus begann sie jegliches Gefühl für die Wochentage zu verlieren.

***

Schon eine Viertelstunde später hatte Kurt im Keller wieder einmal eine ansehnliche Sammlung an Bauteilen auf dem Fußboden ausgebreitet. Dankbar nahm er den Kaffeebecher an, den Clarissa ihm reichte.

»Ich verspreche Ihnen, Frau von Michel, dass ich heute das letzte Mal bei Ihnen bin, zumindest soweit es um dieses Schätzchen hier geht. Nach meinem heutigen Besuch wird die Therme wieder laufen, als wär nichts gewesen.«

»Ach herrje, und ich habe mich so an die heiß-kalten Wechselduschen gewöhnt. Aber Scherz beiseite, Kurt, Sie sind hier jederzeit herzlich willkommen. Und wer weiß, vielleicht hat meine Cousine Elli im Haus noch ein paar Aufgaben, die ein geschickter Handwerker mal angehen müsste.«

»Da will ich nicht Nein sagen. Vor zwei Jahren hat meine Frau mich dazu bringen wollen, dass ich meine Firma umbenenne, weil so ein junger Bankheini ihr eingeredet hatte, dass Facility Management viel besser klingt. Aber ohne mich! Ich wusste nicht mal, wie man das richtig schreibt. Und um ehrlich zu sein, mir reicht es doch, wenn die Leute sagen: Der Kurt kann das. Gehen Sie mir weg mit den ganzen englischen Begriffen und diesem Managergerede. Ich weiß, was ich tue und wovon ich besser die Finger lassen sollte. Wenn also noch was anstehen sollte, meine Handynummer haben Sie ja.«

»Ich werde mich auf jeden Fall bei Ihnen melden. Darf ich Ihnen aber vielleicht noch eine private Frage stellen?«

»Nur zu. Bei Frauen, deren Heizung ich gerade zum dritten Mal komplett auseinandergenommen habe, bin ich ganz besonders gesprächig – höhö!«

»Also, es geht um Folgendes: Bei unserem Abendessen auf

dem Weingut hat Gisbert Römer sich ziemlich unverschämt über Sie und den jungen Diakon geäußert.«

»Na ja, ich war auch nicht gerade nett zu ihm. Im Nachhinein habe ich mich schon geärgert, dass ich überhaupt den Mund aufgemacht hab. Ich lasse mich normalerweise nicht so schnell provozieren, aber Gisbert hat es immer wieder verstanden, mich innerhalb weniger Sekunden von null auf hundert zu bringen.«

»Und das alles hängt mit dem damaligen Gewerbegebiet in Obermühlenbach zusammen? Sie haben mir doch mal erzählt, dass Ihr Vater mit seiner Weigerung, ein Grundstück zu verkaufen, dieses Projekt zu Fall gebracht hat.«

Kurt winkte ab. »Alles alte Geschichten. Darüber sollte man heute gar nicht mehr reden. Aber es stimmt schon, es war damals das erste Mal, dass Gisbert Römer einen auf die Mütze bekommen hat. Bis dahin war er der strahlende Saubermann, der reiche, aber stets freundliche Mitbürger. Als mein Vater ihm dann Kontra gegeben hat, konnte man einen Blick hinter Gisberts Fassade werfen. Da kam ein anderer Römer zum Vorschein: gierig, ohne Skrupel und nur auf den eigenen Vorteil bedacht. In den letzten drei, vier Jahren wurde es richtig fies, weil mein Vater noch im Gemeinderat ist. Gisbert hat immer wieder Möglichkeiten gefunden, gegen meinen Vater zu sticheln.«

Clarissa nickte bedächtig. Was Kurt da erzählte, deckte sich letztlich mit ihrem eigenen Bild, das sie sich in den letzten Stunden von dem Toten gemacht hatte.

»Und die Seitenhiebe auf Bernhard Wohlgemuth, den Diakon?«, fragte sie.

»Da weiß ich auch nicht so genau Bescheid, das muss neueren Datums sein. Bernhard ist ein feiner Kerl. Ist im Nachbardorf, in Runkel, aufgewachsen. Als er noch ein Teenager war, gab es eine Zeit lang Gerüchte, dass er und seine ältere Schwester in schlechte Gesellschaft geraten sind. Die

Schwester wohnt heute in Köln, und die Eltern sind irgendwo im Ruhrgebiet. Bernhard hat dann Theologie studiert, ist ein kluger Kopf, der Kleine. Ich habe gehört, er hätte sich in den letzten Monaten für den Erhalt des Mühlbacher Forsts eingesetzt, mit Bäumen und Blumen hat er es ja. In einer Predigt soll er gegen das geplante Neubaugebiet gewettert haben, für das ein Teil des Mühlbacher Forstes weichen soll. Stichwort war wohl ›Schöpfung bewahren‹ und so, leider hab ich die Messe verpasst.«

»Lassen Sie mich raten, hinter diesem Neubaugebiet steht die Firma Römer Immobilien.«

Kurt grinste schief, trank den Kaffeebecher leer und reichte ihn Clarissa zurück. »Die Kandidatin hat hundert Punkte. So, und jetzt muss ich weitermachen, sonst werde ich möglicherweise doch nicht fertig, und ich habe Astrid versprochen, heute pünktlich zum Abendessen zu Hause zu sein.«

Als Clarissa die Kellertreppe hochstieg, begann sie schon im Kopf erste Ergebnisse aus dem Gespräch zusammenzustellen. Das, was sie von Kurt erfahren hatte, gefiel ihr gar nicht, ganz und gar nicht.

***

»Tja, so sehen die Fakten aus«, erklärte Clarissa und schaute die Mitglieder des Krimi-Clubs an, »ich erzähl euch ja wohl nichts Neues, wenn ich sage: Römer war ein rücksichtsloser Unsympath, und das macht die Liste möglicher Verdächtiger leider nicht kürzer.«

»Himmelherrgott, das ist ja schon fast wie beim *Mord im Orient-Express*, so ein Durcheinander«, stöhnte Ferdi. »Ihr wisst, was ich meine? Der Fall für Hercule Poirot, bei dem sich herausstellt, dass alle Reisenden am Mord beteiligt waren.«

Alle im Raum nickten. Natürlich kannten die Mitglieder

des Krimi-Clubs den bekannten Christie-Roman. Clarissa musste Ferdi im Stillen zustimmen. Das Ganze war ein großes Knäuel von Fäden, die entwirrt werden wollten.

»Luise, warum hast du eigentlich Gisbert Römer ausgerechnet an dem Tisch platziert, an dem gleich zwei Menschen sitzen, die ihn nicht leiden können? Da war Ärger vorprogrammiert, das hättest du dir denken können.«

»Das sehe ich anders«, verteidigte sich Luise, »nach allem, was ich bisher gehört habe, hat sich Römer in den letzten Jahren bei niemandem sonderlich beliebt gemacht. Warum ist er überhaupt mitgefahren? Also, Bernhard Wohlgemuth und Kurt Höhlbein sind sicher nicht die Einzigen gewesen, die einen Groll gegen Römer hatten.«

»Ja, da hast du wohl recht«, räumte Clarissa ein. »Außerdem kommen an diesem speziellen Abend noch Klaus Gerleucht und Anke Verlau dazu. Ferdi, ich hab dich doch gebeten, mehr über diese Prozesse herauszufinden, in die Römer verwickelt war.«

Der richtete sich in seinem Sessel auf. »Oh ja, dagegen ist eine Predigt zugunsten eines Naturschutzgebietes ein Klacks. Klaus Gerleucht hat seine Stellung im väterlichen Hotel-Restaurant verloren, nachdem neue Investoren das Ganze übernommen hatten. Ihm wurde sozusagen der berufliche Boden unter den Füßen weggezogen, er musste wieder von vorne anfangen. Und Anke Verlaus Vater konnte nach der geplatzten Spekulation seine gesamten Ersparnisse in den Wind schreiben. Das war für ihn sicher ein schwerer Schlag. Womöglich wollte Anke Verlau sich im Namen ihres Vaters rächen …«

»Das scheint mir jedenfalls stichhaltiger zu sein als ein alter Groll der Familie Höhlbein oder der Unmut unseres jungen Diakons«, sagte Vera.

»Vera, du hast recht, das kommt mir auch absurd vor. Wir sollten die elementarsten Grundregeln nicht aus dem Blick verlieren«, sagte Clarissa. »Und das wären die Fragen nach Motiv, Gelegenheit und Waffe.«

»Damit dürften doch wohl Kurt und Diakon Wohlgemuth ausscheiden. Beiden konnten Gisbert Römer zwar nicht leiden, aber reicht das für einen Mord? Auf keinen Fall! Römer hatte viel mehr Gründe, die beiden nicht zu mögen, als umgekehrt. Außerdem saßen sie bei dir am Tisch, Clarissa, da gab es wohl kaum Möglichkeiten, Römer zu vergiften. Das hättest du doch bestimmt mitbekommen. Wir wissen ja noch nicht einmal, wie und womit er vergiftet wurde. Was hat diesen tödlichen Herzinfarkt ausgelöst?« Luise seufzte. »In Büchern ist das alles viel einfacher.«

»Willkommen im richtigen Leben!« Clarissa lächelte schief. »Aber ich gebe dir recht, Kurt und der Diakon kommen für mich als Täter auch nicht infrage. Die Kellnerin und der Koch dagegen haben ein Motiv, und sie haben vielleicht auch die Möglichkeit gefunden, die Tat durchzuführen.«

»Du denkst jetzt an das Dessert, nicht wahr?«, fragte Vera.

»Genau. Bei allen anderen Speisen konnte Anke Verlau nicht sicher sein, ob sie Gisbert Römer zuerst bedienen würde. Ich will nicht ausschließen, dass man das hinbekommen hätte, aber da gab es ein Restrisiko. Bei dem zusätzlichen Dessert war das anders. Das hat ausschließlich Gisbert Römer bestellt. Er hat das Dessert gegessen, ihm wurde unwohl, und er ging auf sein Zimmer.«

Bevor Clarissa weiterreden konnte, klopfte es an der halb offenen Tür.

»'tschuldigung, Frau von Michel, ich wollte nur sagen, die Heizung läuft wieder rund.« Kurt trat halb ins Zimmer und blieb dann stehen, als er erkannte, dass Clarissa nicht alleine war. »Hoppla, ich wollte nicht stören. Hallo, Vera! Schön, dich zu sehen. Guten Tag, Herr Teichmann, Frau Hackenroth!«

Clarissa fragte sich, wie lange Kurt schon an der Tür gestanden hatte, wie viel von ihren Verdächtigungen hatte er mitbekommen? Das war peinlich. Aber wenn Kurt mehr als nur den letzten Satz mit angehört hatte, ließ er sich das jedenfalls nicht anmerken.

»Kurt, wir haben uns gerade über den Tod von Gisbert Römer unterhalten.«

»Sie meinen das mit dem Dessert? Sorry, da stand ich schon an der Tür, das war nicht zu überhören«, gestand Kurt freimütig.

»Äh, ja genau ... wir ...«

»Sie liegen damit falsch, Frau von Michel. Gisbert war nicht der Einzige, der das zusätzliche Dessert gegessen hat. Sie können das nicht wissen, Sie waren da, glaube ich, an der Bar. Aber Gisberts Freundin hat noch von dem Dessert gegessen. Das stand ja praktisch herrenlos vor ihrer Nase.«

»Sind Sie sich da sicher, Kurt?«, fragte Clarissa.

»Absolut. Ich habe sogar noch mit angehört, wie sie mit Bernhard darüber gescherzt hat, dass sie sich eigentlich die zusätzlichen Kalorien nicht leisten könne.«

Clarissa rieb sich mit der Hand über die Stirn. »Oh, Mist, dann können wir das Dessert vergessen.«

»Vergessen? Worum geht es denn überhaupt, wenn ich fragen darf?«

»Ja, also, wir denken, dass jemand dafür gesorgt hat, dass Gisbert Römer einen Infarkt bekam.«

»Oho, der Krimi-Club auf Mörderjagd!« Kurt schmunzelte. »Da ist es gut, dass Sie vom Fach sind, Frau von Michel.«

»Moment mal, Kurt ...«

Der Handwerker lachte, als er Clarissas verblüfftes Gesicht sah. »Ich bitte Sie, so häufig ist der Name Clarissa von Michel nicht, und googeln kann ich auch. Auf der Website des Polizeipräsidiums kann man das leicht finden.«

»Kurt, Sie werden mir langsam unheimlich«, erwiderte Clarissa. »Gleich werden Sie uns noch verraten, dass meine

Hauptverdächtigen – die Kellnerin und ein Koch – unschuldig sind.«

»Wenn Sie mit Kellnerin die kleine Braunhaarige meinen, die an unserem Tisch bedient hat, dann sollten Sie vielleicht wissen, dass sie noch vor Ende der Veranstaltung gegangen ist. Ich stand gerade an der Theke und habe gehört, dass sie früher Schluss gemacht hat, um ihre jüngere Schwester von einer Party abzuholen.«

Alle starrten Kurt an, als hätte er gerade einen weißen Hasen aus einem Zylinderhut hervorgezaubert. »Ich hoffe, ich habe nicht Ihre Theorie über den Haufen geworfen.«

Clarissa seufzte tief. »Doch, haben Sie. Aber das ist schon okay. Damit ist klar, dass Römer nicht beim Essen vergiftet wurde, und Anke Verlau hat ihm auch nichts aufs Zimmer gebracht, sozusagen als vergifteten Gruß des Hauses. Himmel, man kann doch nicht jemanden zeitversetzt vergiften.«

»Warum nicht, Frau von Michel, warum nicht? Wenn man das Unmögliche ausgeschlossen hat, dann ist das, was übrig bleibt, die Wahrheit, so unwahrscheinlich es auch sein mag.«

»Aber Kurt, das ist ein Zitat von Sherlock Holmes«, rief Vera. »Sag bloß, du liest Krimis und bist nicht in unserem Club.«

Kurt Höhlbein grinste. »Zum Lesen bin ich abends immer zu müde. Ich habe Hörbücher im Auto.«

»Kurt, wir ernennen dich hiermit offiziell zum Ehrenmitglied«, erklärte Vera.

Das neue Ehrenmitglied des Krimi-Clubs lachte dröhnend. »Na, das lasst mal nicht Astrid hören. Die zieht mir die Ohren lang, weil ich mich schon seit Ewigkeiten geweigert habe, im Theaterverein mitzumachen. Aber für euch würde ich eine Ausnahme machen. Wenn ich nichts weiter tun muss, als ein paar Verdächtige auszuschließen, soll mir das recht sein. Jetzt muss ich aber weiter, sonst komme ich zu spät zur nächsten Baustelle.«

Als Kurt gegangen war, schaute Luise die übrigen drei an. »Ich kenne Kurt Höhlbein schon so lange. Ich hätte nie gedacht, dass er sich Krimis anhört und Sir Arthur Conan Doyle zitiert. Und ihr?«

»Im Leben nicht«, sagte Vera mit Inbrunst.

»Ich freue mich, dass wir ein neues Ehrenmitglied haben. Aber leider hat das uns gerade darauf hingewiesen, dass unsere beiden Verdächtigen überhaupt nicht infrage kommen. Als die Dessertportion für Gisbert Römer vorbereitet und serviert wurde, war Anke Verlau schon gar nicht mehr im Haus, und Theresa hat auch von der Portion gegessen. Jetzt stehen wir wieder ganz am Anfang«, sagte Clarissa. »Uns gehen die Spuren aus. Sollte Rache nicht das Motiv sein, sollten wir überlegen, wer einen Nutzen von Römers Tod hat.«

»Sag mal, Clarissa, was ist eigentlich aus dem Pilzrest geworden, den wir gefunden haben?«, fragte Vera.

»Oh verflixt! Den habe ich ja ganz vergessen. Gott, ich werde alt. Ich war so auf das Dessert und das Abendessen fixiert. Früher wäre mir so ein Patzer nicht passiert.«

»Ist der denn wichtig?«, fragte Ferdinand.

»Keine Ahnung, aber wir sind gerade nicht in der Situation, irgendetwas unbeachtet zu lassen«, sagte Clarissa. »Ich kümmere mich darum. Könntet ihr noch mal überlegen, wer alles von Römers Tod profitieren wird? Wer führt diese Stiftung? Bekommt die wirklich das ganze Vermögen? Und den Koch und die Kellnerin will ich trotzdem nicht sofort von der Liste streichen.«

»Machen wir, Clarissa«, versprach Luise, und die anderen beiden nickten zustimmend.

Akim

Akim Dierlich war in Clarissas Augen ein Genie. Und mit dieser Meinung stand sie nicht alleine da. Akim hatte es sogar schriftlich: Er besaß sowohl einen Abschluss in Informatik als auch zwei weitere in Biologie und Chemie. Dass er dieses Triple geschafft hatte und trotzdem erst sechsundzwanzig Jahre alt war, lag daran, dass er seinen Informatikabschluss mit achtzehn Jahren schon in der Tasche gehabt hatte. Als hochbegabtes Kind mit drei normal begabten Geschwistern groß zu werden, mache hart, pflegte er zu sagen. Clarissa hatte ihm das aufs Wort geglaubt. Obwohl er damals dabei breit gegrinst hatte, war ihr nicht entgangen, dass das Lachen seine Augen nicht erreicht hatte. In denen hatte sich eine Mischung aus Trauer und Trotz gespiegelt.

Akim arbeitete im Labor in Mainz, und Clarissa hatte ziemlich schnell damit begonnen, ihn direkt anzusprechen und nicht Dr. Eckhard, Akims Vorgesetzten. Eckhard wusste genau, dass sein Mitarbeiter etwas Besonderes war, also erhielt

Akim mehr Freiheiten, als ihm von seiner Arbeitsposition her zugestanden hätten. Vor allem aber hatte es Eckhard nicht übel genommen, wenn Clarissa bestimmte Anfragen direkt an Akim geschickt und so den Dienstweg umgangen hatte. Wir stehen Verbrechern gegenüber, und Akim ist unsere schärfste Waffe, also sollten wir sie einsetzen, war Eckhards Credo gewesen. Clarissa war ihm für diesen Pragmatismus immer dankbar gewesen. Wer sich allerdings bei dem jungen Wissenschaftler einen dicklichen Nerd vorstellte, lag völlig daneben. Akim war leidenschaftlicher Marathonläufer. Seine braunen, vollen Haare hatten einen modischen Seitenscheitel, und er trug einen sorgfältig gestutzten Dreitagebart zu einer markanten Ray-Ban-Hornbrille.

All das ging Clarissa durch den Kopf, als sie in ihrem Adressbuch Akims Mobilnummer heraussuchte. Akim hielt wenig von festen Arbeitszeiten, oft traf man ihn auch am Wochenende im Labor an. Hoffentlich hat er für mich Zeit, obwohl heute Samstag ist, dachte sie. Akim nahm den Anruf schon beim zweiten Klingeln an.

»Yoh, Clare, was geht ab? Hab schon gehört, dass du ausgestiegen bist und dich in die Pampa zurückgezogen hast. Die Buschtrommeln schweigen nicht, weiße Frau. Ich hätte dich demnächst mal angerufen, es gibt bald einen Marathonlauf an der Mosel. Nach dem Wettkampf könnten wir zusammen eine Tasse Kaffee trinken.«

Clarissa verdrehte die Augen: Akim beizubringen, dass er sie Clarissa nennen sollte, war ungefähr so aussichtsreich, wie mit bloßen Händen die Mosel leer zu schöpfen. »Clare« war immerhin mal was Neues, darauf war vor ihm noch niemand gekommen. Statt ihn für seine Namensschöpfung zu tadeln – das hatte sowieso keinen Sinn –, sagte sie: »Bevor wir zusammen Kaffee trinken können, muss ich dich um einen Gefallen bitten. Aber wie du schon sagtest, ich bin draußen, und es ist eine private Sache und nichts Dienstliches, du kannst also auch ablehnen.«

»Ja, und ein Pinguin kann fliegen. Hör mal, Clare, als ich hier angefangen habe, warst du die Erste, die mir den Rücken frei gehalten hat. Und als meine liebe große Schwester Marte in Schwierigkeiten war, hast du sie da rausgehauen. Also, was mich angeht, kannst du noch bis zur nächsten Eiszeit anrufen und um Gefallen bitten – das wäre jetzt echt grob, dir nicht zu helfen – alles klar?«

»Das ist sehr anständig von dir, Akim. Es gab hier einen Todesfall, und ich habe einen Essensrest. Was ich von dir wissen will, ist: Was ist das genau?«

»Mhmm, lass mal überlegen. Niedermühlenbach. Ich schicke dir einen Boten aus Wittlich, der holt die Probe bei dir ab.«

»Wer hat dir erzählt, dass ich zurzeit in Niedermühlenbach wohne?«

»Niemand, ich hab gerade dein Handy geortet, ist ganz praktisch.«

»Akim!«

»Was denn? Wolltest du mir etwa 'ne Wegbeschreibung mit der Schneckenpost schicken?«

»Nein, aber …«

»Komm schon, du strahlst die ganze Zeit deine Positionsdaten in der Netzwabe aus, beschwer dich nicht, wenn ich das nutze. Ich brauche für den Boten aber trotzdem die genaue Adresse, ich vermute, der hat keine Highend-Rechner neben sich stehen, um dich zu orten.«

Clarissa nannte Akim die Adresse, und der versprach ihr, so schnell wie möglich zu arbeiten.

Nach dem Telefonat war Clarissa kurz versucht, ihr Handy auszuschalten. Diese ganze Technik wurde ihr manchmal unheimlich. Aber dann ließ sie es doch an, schon allein weil der Kurierdienst sich eventuell bei ihr telefonisch melden würde.

Sie ging zu ihrem Auto und holte aus dem Kofferraum die Tüte mit der Probe. Nachdenklich hielt sie den Beutel hoch und biss sich auf die Unterlippe. Ist das nun eine Spur oder nur ein Stück Biomüll? Sie ging zurück ins Haus und legte den Beutel auf den Küchentisch. Akim wird die Antwort liefern, dachte sie. Während ich warte, könnte ich noch ein bisschen im Garten arbeiten.

Ob diese Arbeit aber dabei helfen würde, ihre innere Unruhe zu dämpfen? Clarissa hatte da so ihre Zweifel.

Zicke trifft Schnulzenschreiber

Kriminalkommissarin Lisa Bellenberg überflog noch einmal die Mail, die sie gerade geschrieben hatte. Sie wollte eben auf Senden klicken, als sie hinter sich ein Räuspern hörte.

»Lisa, hallo, ich habe hier den Bericht bekommen. Ich möchte, dass du der Staatsanwaltschaft Bescheid sagst. Ich vermute, die werden sich in der kommenden Woche mit mir treffen wollen.«

Volker Rodenhausen drückte ihr die Akte in die Hand. Er wartete keine Antwort ab. Wahrscheinlich geht er davon aus, dass man seine geäußerten Wünsche und Anweisungen ohne Nachfragen umsetzt, dachte Lisa. Wie anders ist da Clarissa gewesen – die hat sogar nach meiner Meinung gefragt. Daran würde Rodenhausen nicht im Traum denken.

»Ich habe die aktuellen Meldungen ausgedruckt drüben ins Fach gelegt«, sagte Lisa und deutete auf einen Ablagekorb.

»Ja, sicher, gut«, war die geistesabwesende Antwort. Volker Rodenhausen nahm sich die Zettel und schaute sie durch.

Es ist eigentlich nicht meine Aufgabe, hier die Abteilungssekretärin zu machen, dachte Lisa verbittert. Ihr Chef hasste es beispielsweise, direkt ans Telefon zu gehen, deswegen stellte er sein Telefon immer ungefragt auf das ihre um. Rodenhausen, so viel war ihr in den letzten Wochen klar geworden, war ein Pedant, was Büroabläufe betraf. Vielleicht war das ein Überbleibsel aus seiner Bundeswehrzeit. Die Einhaltung von Dienstwegen und Meldeketten war sein ganzes Glück. Wenn sie nicht mit ihm arbeiten müsste, hätte sie darüber lachen können. Von wegen Teamplayer. Im Grunde sah er immer noch aus wie ein Stabsoffizier.

Rodenhausen war keine eins achtzig groß. Um größer zu wirken, hielt er sich immer so gerade, als hätte er einen Stock verschluckt. Seine Halbglatze glänzte im Neonlicht, als hätte er sie extra poliert, nur der dunkle Haarkranz wirkte zu lang und unfrisiert. Ein Makel, der Lisa ins Auge fiel. Komisch, dass ihm das nicht selber auffällt, dachte sie. Rodenhausen musterte sie über seine randlose Brille hinweg. »Ist was?«

»Nein, ich dachte nur, da wäre ein … ähm Fleck auf deinem Pullover.«

Rodenhausen schaute an sich herab, wischte einen imaginären Krümel vom Stoff. Heute trug er einen dunkelblauen Wollpullover über einem bis obenhin zugeknöpften weißen Hemd, dazu eine graue Stoffhose mit Bügelfalte. Der Gesamteindruck erinnerte mehr an Uniform als an saloppe Bürokleidung.

»Ach, Lisa, wo ich hier gerade die Ergebnisse von Dr. Eckhard sehe. Ich habe gehört, dass dieser Wunderknabe bei den Mainzern, Armin, Achim …«

»Akim, Akim Dierlich.«

»Genau, schrecklicher Name. Also, dieser Akim zaubert da gerade was in privatem Auftrag. Dr. Eckhard ist sich nicht sicher, aber er vermutet, dass Clarissa da ihre Finger im Spiel hat. Du hast doch noch Kontakt zu ihr. Weißt du, ob sie Detektivin spielt? Ich werde wohl auch noch mal mit Achim …«

»Akim!«

»Auch gut. Ich werde das dem Labor-Wunderkind auch noch mal sagen.«

»Nein, ich weiß nicht, was Clarissa tut. Ich denke, sie kümmert sich um ihren neuen Garten.« Lisa bedachte ihren Chef mit einem unschuldigen Augenaufschlag. Rodenhausen nickte ihr kurz zu, sein Brummen konnte man wohlwollend als Abschiedsgruß deuten, vielleicht war es aber auch nur ein weiterer Ausdruck von Unmut. »Akim ist kein schrecklicher Name«, sagte Lisa leise in Richtung der geschlossenen Tür, »jedenfalls nicht schrecklicher als Volker Friedrich.« Sie streckte kurz die Zunge raus. Mann, geht mir Rodenhausen mit seiner Art auf die Nerven. Ich muss Clarissa warnen, dass sie vorsichtiger sein soll, dachte sie. Lisa wandte sich wieder ihrem Monitor zu und verschickte die Mail. Plötzlich begann sie zu lächeln, ihr war gerade ein Gedanke gekommen. Wenn Clarissa mit Akim gesprochen hatte, musste sie eine Spur haben. Vielleicht war ja doch mehr dran an diesem Todesfall, als alle gedacht haben, überlegte sie. Lisa schaute auf ihre Laufuhr, die sie auch tagsüber als Armbanduhr trug. Gleich Viertel vor eins. »Mittagspause«, murmelte sie. Sie sperrte ihren Computer, nahm ihre Handtasche und die Jacke vom Haken an der Wand. Sie hatte keine Lust auf die Kantine und den üblichen Kollegen-Small-Talk. Sie brauchte jetzt frische Luft. Frische Luft und etwas zu essen, vielleicht einen großen Salat.

Sie ging über den Flur zum Aufzug. Kurz bevor sie ihn erreichte, sah sie, wie sich langsam die Tür schloss. Lisa spurtete los. »Moment! Warten Sie bitte!«

Von innen schob sich eine Hand in den Spalt der sich schließenden Türen, die dadurch wieder zur Seite glitten.

Im Aufzug stand ein junger Mann, der sie freundlich anlächelte.

»Danke«, sagte Lisa, »diese blöden Aufzüge brauchen manchmal eine kleine Ewigkeit, bevor sie wieder zurückkommen. Da ist dann schon ein Viertel der Mittagspause vorbei.«

»Gern geschehen.«

Ruckelnd und mit ächzenden Stahlseilen setzte sich der Aufzug in Bewegung. Lisa musterte ihren Mitpassagier in der Aufzugskabine unauffällig im Spiegel der Kabinenwand. Sieht nicht mal schlecht aus, die schwarzen lockigen Haare und das Lächeln. Das Lächeln gefällt mir.

»Sie sind kein neuer Kollege, oder?«

»Ein Polizist – ich? Nein, ich habe nur einen ehemaligen Kollegen meiner Tante besucht. Ich brauchte ein paar Informationen.«

»Einen Kollegen Ihrer Tante?«

»Ja, sie hat hier das K 11 geleitet.«

»Du meine Güte, Sie sind Alex, der Schnulzen…, sorry, der Schriftsteller? Ich war eine Mitarbeiterin Ihrer Tante.«

»Lisa Bellenberg? Die Zi…« Alex hustete. »… die Zierde der ganzen Abteilung, wie ich gehört habe.«

»Sehr witzig, aber das mit dem Hustenanfall hat mir gefallen, klang fast echt.« Lisa lächelte ihn an und stellte amüsiert fest, dass Alex tatsächlich verlegen wurde.

»Ich muss mich entschuldigen, ich hatte irgendwie am Telefon einen falschen Eindruck von Ihnen, Frau Bellenberg. Dafür hat mir schon Clarissa den Kopf gewaschen.«

Mit einem knirschenden Ruck kam der Aufzug zum Stehen. Lisa sah, wie Alex zusammenzuckte und dann aufatmete, als die Türen langsam aufglitten. Er zeigte mit der Hand nach vorne und verbeugte sich. »Bitte nach Ihnen.«

Lisa deutete ein huldvolles Kopfnicken an. »Tausend Dank!«

Aus einer Laune heraus und weil Alex ein wirklich sympathisches Lächeln hatte, fragte sie: »Ich wollte bei Luigi einen Salat essen, haben Sie Lust mitzukommen?«

»Sind Sie sicher, dass Sie mit einem nervigen Schnulzenschreiber die Mittagspause verbringen wollen?«

»Wenn Sie die Zicke ertragen können, will ich es versuchen. Ich heiße übrigens Lisa. Offiziell Lisa-Marlene.«

»Alex.«

»Nur Alex? Ich dachte, in eurer Familie wäre da noch mehr.«

»Boah, du bist aber hartnäckig. Also gut: Alexander Albert Christian Eduard Freiherr von Michel. Wem das zu viel ist, der kann sich natürlich auch mit einem kurzen ›Exzellenz‹ behelfen.« Alex grinste spitzbübisch.

»Hui, da gab es bei den Paten aber sicher Gedränge am Taufbecken«, Lisa lachte. »Also, Alex, ist dir Luigi recht?«

»Da sag ich nicht Nein, aber nur, wenn ich den Salat bezahlen darf und wenn es auch Nudeln gibt.«

***

Schweigend gingen sie am Moselufer entlang. Zwei große Passagierschiffe aus Holland ankerten hier. Die Schiffe lagen wie ausgestorben da, weil die meisten Passagiere um diese Uhrzeit auf der Suche nach einem Restaurant oder einem Souvenir die Altstadt bevölkerten. Lisa genoss den Spaziergang mit Alex. Selbst jetzt, wo jeder den eigenen Gedanken nachhing, war da keine peinliche Stille, die mit belanglosem Small Talk aufgefüllt werden musste. Sie spürte, wie der Ärger, den sie nach dem Gespräch mit Rodenhausen empfunden hatte, langsam verpuffte.

Verstohlen musterte sie Alex von der Seite, während der ein paar Enten nachsah, die sich ans Moselufer verirrt hatten. Es gab da eine gewisse Familienähnlichkeit zwischen ihm und

Clarissa. Vielleicht waren es ja die Augen, oder doch eher die vielen Lachfältchen um die Augen herum?

»Was genau wolltest du denn eigentlich im Präsidium?«, fragte sie. Alex zögerte.

»Wenn du die Frage zu neugierig findest, musst du nicht antworten.«

»Ich … na ja … ich hatte schon Clarissa gefragt, aber sie hatte Vorbehalte. Im Grunde hat sie auch recht. Ich habe das Angebot, einen Krimi zu schreiben. Meinen ersten Entwurf, das Exposé, hat Clarissa völlig zu Recht als Schwachsinn enttarnt. Jetzt suche ich nach einer neuen Idee.«

»Und die suchst du im Polizeipräsidium?«

»Nein, selbstverständlich nicht.« Alex strich sich eine widerspenstige Haarsträhne aus der Stirn. Eine Geste, das bemerkte Lisa, die eine Mischung aus Unsicherheit und Verlegenheit überspielen sollte.

»Aus meinen anderen Buchprojekten weiß ich, dass ich nur dann vernünftig schreiben kann, wenn ich die Basics recherchiert habe. Und dazu zählen zum Beispiel die Abteilungen innerhalb einer Behörde. Die Abläufe, wer redet mit wem – solche Sachen eben.«

»Jetzt verstehe ich, du warst in der Pressestelle.«

»Genau. Ich habe ein paar Tage in Frankfurt verbracht und mit meiner Agentin über neue Buchprojekte gesprochen. Der neue Verlag macht Druck, will endlich mal was lesen, also muss ich bald liefern. Da habe ich mir gedacht, dass ich besser anfange, die Grundlagen zusammenzutragen, auch wenn ich noch keinen blassen Schimmer habe, worum es in meinem Krimi gehen soll. Aber mit so banalen Fragen wie zum internen Aufbau des Präsidiums wollte ich Clarissa nicht behelligen.«

»Und die Liebesromane? Die handeln doch von einer Grafenfamilie …« Jetzt bloß nichts Falsches sagen, dachte Lisa. »Die schreibst du doch gerne, oder?«

Alex schnaubte. »Nicht im Ernst jetzt. Klar, das sind alles gut verkaufte Bücher, mein Verlag spricht gerne von Bestsellern, aber ich möchte doch nicht auf ewig als Alexandra von Seifenberg historische Liebesromane verfassen. Mittlerweile sind es acht Stück, und wenn es nach dem Verlag ginge, könnten es noch weitere acht werden. Ich verstehe das: Die Leserinnen, denn es sind hauptsächlich Frauen, finden die Bücher toll. Und ich muss schließlich auch meine Miete zahlen.«

»Das klingt nach einem ziemlichen Dilemma«, erwiderte Lisa mitfühlend.

»Na ja, das ist natürlich Jammern auf ganz hohem Niveau. Ich kenne Kolleginnen und Kollegen, die würden für die Hälfte meiner Verkaufszahlen morden. Mir hat das Angebot des anderen Verlags aber so gut gefallen.« Alex seufzte. »Ich fühle mich wie ein Betrüger, weil ich nicht mehr mit dem ganzen Herzen bei meinen historischen Figuren bin. Klingt das albern in deinen Ohren?«

»Albern wäre das Letzte, an das ich gerade denke.«

»Danke!« Alex sah plötzlich sehr unglücklich und verletzlich aus. »Ich komme mir so vor, als würde ich nur noch die Wünsche des Verlags und der Leser erfüllen. Das klappt, weil ich die Figuren, die Orte und die Handlungsmuster in- und auswendig kenne.«

»Aber?«, fragte Lisa sanft.

»Aber irgendwann fliegt der Schwindel auf, und deshalb würde ich gerne mal was anderes schreiben. Meine Sorge ist, dass ich nur in dem einen Genre gut schreibe, von dem anderen aber keine Ahnung habe. Wenn ich nur schon eine Idee hätte.«

»Du meinst, du brauchst bloß eine zündende Idee, und dann könntest du daraus ein Buch machen?«

Alex schaute sie von der Seite an und grinste schief. »Klingt ganz schön überheblich, oder? Aber im Grunde ist es so. Oft genügt erst einmal eine Idee, um daraus den Rest zu entwickeln.«

Wie bin ich eigentlich auf die Idee gekommen, dass Clarissas Neffe ein nerviger, selbstverliebter Schnulzenschreiber sei, fragte sich Lisa verwundert. Sie kannte Alex erst seit etwas mehr als einer Viertelstunde, aber selbstverliebt und nervig waren keine Eigenschaften, die sie mit ihm in Verbindung brachte.

»Könntest du nicht Clarissa um Rat fragen?«

Alex verdrehte die Augen. »Ich habe sie schon um Rat gefragt. Und ihre Antwort war ziemlich deutlich: Normale Polizeiarbeit hat nichts mit einem lesbaren Krimi zu tun.«

»Das stimmt natürlich, aber inzwischen ist sie keine Polizistin mehr, und sie ermittelt trotzdem. Das passt doch viel besser in einen Krimi als unsere normale Arbeit.«

»Was soll das heißen? Sie ermittelt trotzdem?«

»Der Mord an der Mosel. Clarissa ist davon überzeugt, dass es ein Mord war, auch wenn ihr niemand glauben will. Aber jetzt scheint sie eine neue Spur zu haben. Ich weiß das, weil sie im Mainzer Labor mit einem Kollegen zusammenarbeitet, das würde sie nicht tun, wenn sie nicht auf etwas gestoßen wäre.«

Alex blieb wie angewurzelt stehen »Entschuldige bitte. Redest du von dem Todesfall im Weingut? Der ältere Herr, der an einem Herzinfarkt gestorben ist?«

»Ja, den Toten meine ich. Dann weißt du doch davon.«

Alex fing plötzlich an zu lachen. »Das ist jetzt kein billiger Aprilscherz, oder?«

Lisa schüttelte den Kopf.

»Unglaublich, einfach unglaublich. Ich war an dem Abend mit dabei, ich habe mit dem Verstorbenen an einem Tisch gesessen, direkt neben ihm. Ich war bei einem Mordfall live dabei und erfahre das erst jetzt durch Zufall? Mann, Mann, Mann!«

»Das wusste ich nicht«, erwiderte Lisa. »Aber du könntest mir den Gefallen tun und Clarissa ausrichten, dass sie vorsichtig sein soll. Volker Rodenhausen, ihr Nachfolger, ist ziemlich wütend auf sie. Für den zählen nur die Vorschriften. Clarissa soll also aufpassen, vor allem, wenn sie das Labor für ihre Zwecke einspannt.«

»Ich werde es ihr noch heute ausrichten.«

»Du rufst sie an?«

»Nee«, erwiderte Alex, »ich packe meine Reisetasche und fahre noch heute Abend nach Niedermühlenbach zurück.«

Eine Warnung

Clarissa hätte mit allem gerechnet, aber nicht mit einem Anruf von Volker Rodenhausen persönlich. Als er gegen elf Uhr bei ihr anrief, rang er sich zumindest für die ersten Minuten ein paar belanglose Fragen nach ihrem Befinden ab. Schon das ging Clarissa gegen den Strich, schließlich wusste sie, dass ihr Nachfolger niemals bei ihr anrufen würde, um zu fragen, ob sie den Ruhestand genieße.

»Volker, warum rufst du an?«, beendete sie schließlich leicht entnervt den Austausch von Höflichkeiten.

Am anderen Ende herrschte einen kurzen Moment Schweigen, dann ein freudloses Auflachen.

»Immer noch so direkt, immer gleich auf den Punkt, nicht wahr, Clarissa? Also gut: Ich weiß, dass du die Mainzer eingespannt hast. Ich weiß, dass dieses Wunderkind irgendetwas für dich untersucht. Aber ich warne dich: Du bist nicht mehr im Dienst. Du kannst nicht einfach als Privatperson ein Labor einschalten, jedenfalls nicht das rechtsmedizinische Labor, die nehmen keine Privataufträge an.«

»Volker, ich hab dir doch schon ausrichten lassen, dass ich glaube …«

»Und Kriminalkommissarin Bellenberg ist nicht mehr deine Mitarbeiterin, die gehört jetzt zu meinem Team. Ich habe hier das Sagen. Diese absurde Idee, da sei ein Mord passiert. Zwei Ärzte sind zu einem klaren Ergebnis gekommen. Akzeptiere das bitte. Ich weiß, es fällt schwer, wenn man jahrelang ermittelt hat, und plötzlich ist da der Ruhestand, so ein tiefes schwarzes Loch. Ich habe einen guten Rat für dich: Suche dir ein Hobby, aber suche nicht nach Verbrechen, wo keine sind. Verbrechen sind meine Angelegenheit, auf keinen Fall etwas für eine selbst ernannte Miss Marple.«

»Es reicht jetzt, Volker. Wie redest du denn mit einer Kollegin?«

»Wir sind keine Kollegen mehr, ich war dir doch immer ein Dorn im Auge.«

»Da überschätzt du dich aber gewaltig. Ich sag nur eins: wenn die Sonne tief steht, werfen auch Zwerge langen Schatten. Guten Tag!«

Clarissa beendete das Telefonat, und sie ärgerte sich darüber, dass sie bei einem Gespräch am Mobiltelefon nicht den Hörer auf die Gabel knallen konnte.

Falten-Tintling, lateinischer Name *Coprinus atramentarius*

Den ganzen Montagvormittag wartete Clarissa sehnsüchtig auf diesen einen Anruf. Sie bereitete Aussaatkisten vor, fuhr in den Gartenmarkt, um Blumenerde und verschiedene Samenpäckchen zu kaufen. Sie kochte sich ein schnelles Mittagessen aus Nudeln mit Pesto und informierte sich auf der Website eines Fachhändlers über Tomaten- und Paprikapflänzchen – aber all das tat sie nur halbherzig. Ihre Gedanken wanderten immer wieder zurück zu dem Telefonat mit Rodenhausen. Ganz sicher würde sie keinen Rückzieher machen. Sie baute auf den Essensrest, den Akim gerade untersuchte. Was würde er finden? Sie ertappte sich dabei, wie sie auf die Uhr sah, um nachzurechnen, wie lange im Labor wohl noch gearbeitet werden würde. Akim würde keine halben Sachen machen, er würde seine Analyse doppelt und dreifach überprüfen. Eine Eigenschaft, die sie bislang an ihm sehr geschätzt hatte, aber jetzt war sie so ungeduldig, dass sie auch mit einem vorläufigen Ergebnis zufrieden gewesen wäre.

Als der Anruf dann endlich kam, hätte sie die Handymelodie fast überhört. Rasch streifte Clarissa ihre Gartenhandschuhe ab und lief in die Küche, wo ihr Handy auf der Arbeitsplatte lag. Ich muss unbedingt wieder einen normalen Klingelton einrichten, dachte sie, nichts gegen Take Five, aber ein Schellen oder Klingeln ist einfach besser zu hören. Sie vermerkte sich diesen Punkt auf ihrer inneren To-do-Liste.

»Yoh, Clare, sorry, dass es so lange gedauert hat. Mein Chef hat Stress gemacht, wobei ich glaube, dass das auf Anweisung von jemandem aus deinem alten Stall kam. Er war irritiert, dass ich am Wochenende gearbeitet habe. Ich musste also bei meiner Abschlussanalyse unter seinem Radar fliegen, was mehr Zeit gekostet hat.«

Clarissa setzte sich auf den Küchenstuhl und atmete einmal tief durch. »Ich bin froh, dass du die Probe überhaupt am Wochenende untersucht hast, schnell oder nicht. Also, raus mit der Sprache, hast du was gefunden?«

»Kann man wohl sagen. Wer diese Pizza zubereitet hat, hatte einen Hang zum Morbiden. Hier wurde sozusagen Russisch Roulette mit geschmolzenem Käse, Tomate und Oregano gespielt.«

»Willst du damit sagen, du hast einen Giftpilz gefunden?«

»Ja, genau, und zwar von der allerschlimmsten Sorte. Das, was ich von dir bekommen habe, ist ein ganz hinterhältiger Geselle, echt abgefahren. Da hat jemand eine Pizza Funghi mit einem Falten-Tintling aufgepeppt.«

»Pizza Quattro Stagioni«, sagte Clarissa mehr zu sich selbst.

»Okay, was auch immer, der Falten-Tintling gehört jedenfalls nicht zum traditionellen Rezept.«

»Erklär mir das mal bitte. Ein Falten…was?«

»Falten-Tintling, lateinischer Name Coprinus atramentarius, den musste ich auch erst googeln. Riecht neutral, etwas pilzig und soll einen milden, angenehmen Geschmack haben. Das ist allerdings auch schon das Beste, was man über das Kerlchen sagen kann.«

Clarissa rieb sich mit der Hand über die Stirn. Das passt nicht zusammen, dachte sie, hier löst sich meine letzte Spur in Wohlgefallen auf. »Ich verstehe immer noch nicht, was du mir sagen willst, Akim. Ein Speisepilz, der mild und angenehm schmeckt …«

Ein glucksendes Kichern am anderen Ende der Leitung ließ Clarissa innehalten.

»Nun ja, eine hübsche, blank polierte Patrone glänzt auch im Sonnenlicht. Das denkst du so lange, bis jemand damit in deine Richtung ballert. Der Falten-Tintling ist verdammt heimtückisch.«

Atemlos hörte Clarissa Akims Erklärungen zu. Mit jedem Satz staunte sie mehr über die Gerissenheit des Mörders. Am Ende des Gesprächs bat sie Akim um einen weiteren Gefallen.

Danach saß Clarissa auf dem Küchenstuhl und ließ noch einmal alle Fakten Revue passieren. Das war kein Mord aus einem Impuls heraus gewesen, das war unglaublich clever! Clever und sehr heimtückisch.

***

Das Kaminfeuer warf seinen flackernden Schein auf die Wände der Bibliothek, doch außerhalb des goldenen Lichts lag alles im tiefen Schatten. Wie bei diesem Mord, dachte Clarissa und nippte an ihrem Sherry. Es gab helle, klare Fakten, aber der Rest lag noch im Dunkeln. Doch das würde sich ändern. Jedes Mitglied des Krimi-Clubs hatte eine spezielle Aufgabe übernommen. Clarissa hoffte nur, dass es nicht längst zu spät war. Sie beschloss, ein paar Seiten zu lesen, bevor sie ins Bett ging. Einschlafen konnte sie jetzt noch nicht, dafür schwirrten ihr zu viele Gedanken durch den Kopf.

Das Schellen der Haustürklingel riss sie aus der Geschichte, die sie gerade las. Sie legte das Buch zur Seite. »Nanu«, murmelte sie, »bisschen spät für einen Besuch.«

Im Flur schaltete sie das Außenlicht an und öffnete dann die Haustür.

»Alex! Das ist aber eine Überraschung, was machst du denn hier?«

»Guten Abend, Clarissa! Ich hoffe, ich komme nicht ungelegen. Wir hatten doch besprochen, dass ich noch mal zurückkommen werde, nicht wahr? Ich hatte dir auch eine SMS geschrieben.«

»Ach, ich lade gerade meinen Akku auf. Herein mit dir. Du kommst überhaupt nicht ungelegen, du bist hier jederzeit willkommen.«

»Da bin ich aber erleichtert.« Alex seufzte tief. »Ich wäre auch nur ungern wieder zurückgefahren. Die Anreise war nämlich schlicht grauenvoll. Erinnere mich bitte daran, dass ich nicht noch einmal die ›idyllische‹ Strecke unten an der Mosel entlangfahre. Das Ganze hat sich endlos dahingezogen. Mehr als einmal bin ich kilometerlang hinter einem langsamen Traktor praktisch im Schritttempo gefahren. Am Ende habe ich fast zwei Stunden länger gebraucht, als ich eigentlich geplant hatte.«

Clarissa gab ihrem Neffen zur Begrüßung einen Kuss auf die Wange. »Du armer Kerl. So, jetzt hörst du auf zu jammern und kommst rein.«

Alex hielt eine Flasche hoch. »Ich habe uns noch einen wirklich guten französischen Rotwein mitgebracht. Zwischendurch, als ich hinter einem schwach beleuchteten Traktor herschleichen musste, war ich schon drauf und dran, die Flasche während der Fahrt zu öffnen.«

»Du bist unmöglich, Alex. Ich freue mich aber trotzdem, dich zu sehen.«

Alex grinste von einem Ohr zum anderen. »Lass mich raten: Der Rotwein hat den Ausschlag gegeben.«

»Also wirklich! Schäm dich!«

Alex stellte die Reisetasche in den Flur, nahm seine Umhängetasche ab und tätschelte mit hochgestrecktem Arm das Fell des Hirschkopfs. »Hallo, alter Knabe! Schön, dich wiederzusehen.«

Clarissa zeigte den Flur entlang. »Geh ruhig vor in die Bibliothek, ich hole schnell frische Gläser. Ich hatte heute nur Brot, Kräuterbutter und Käse zum Abendessen. Steht noch alles in der Bibliothek. Bedien dich, wenn du möchtest.«

Als Clarissa aus der Küche mit den Gläsern zurückkam, schaltete sie zwei weitere Stehlampen an, um ein bisschen mehr Licht zu haben, während Alex den Rotwein öffnete. Alex schenkte ein und nahm sich zwei Käsewürfel. »Käse und Brot sind genau richtig. Ich habe wirklich noch Hunger. Hier, dein Glas. Prost!«

»Alex, das ist ein schwerer französischer Rotwein, du musst ihm Zeit zum Atmen geben.«

»Sorry, Clarissa, ich will ihn ja nicht wiederbeleben, sondern nur trinken. Es war wirklich eine furchtbare Fahrt.«

Kopfschüttelnd hob Clarissa das Glas und stieß mit Alex an. »Du bist ein Weinbanause. Aber gut, probieren wir ihn. Zum Wohl!«

Alex trank einen Schluck, nahm sich Käse und Brot und setzte sich dann in einen der Sessel. Aus seiner Tasche holte er Füller und Notizbuch heraus. Er schlug das Notizbuch auf und sah Clarissa fragend an: »So, nachdem wir jetzt die angenehmen Dinge abgehakt haben – mhmm, der Käse ist wirklich gut – also los, was kannst du mir über den Mord erzählen?«

Clarissa schaute ihren Neffen und sein Notizbuch an,

stutzte kurz und setzte sich dann mit einem Lächeln in den anderen Sessel. »So, so, du hast also mit Lisa gesprochen. Haben dir die Makkaroni bei Luigi geschmeckt? Ich kann ja Lisas Begeisterung für den Salat nicht teilen, Luigis Pasta ist einfach besser. Und ich freue mich aufrichtig, dass du sie nicht mehr für eine Zicke hältst. Schön, dass ihr euch wiedersehen wollt.«

Alex, der gerade im Begriff gewesen war, etwas zu sagen, blieb vor Staunen der Mund offen stehen. Als er sich wieder gefangen hatte, schüttelte er den Kopf. »Das ist so gemein. Ich komme hierher und will dich möglichst schnell ausquetschen, weil ich so unglaublich neugierig bin, und dann kommst du mir mit so was. Wann hast du mit Lisa telefoniert?«

»Gar nicht. Ich habe sie schon seit Tagen nicht gesprochen.«

»Ja, jetzt guck auch noch unschuldig. Woher willst du dann das alles wissen?«

Clarissa trank in aller Ruhe noch einen Schluck Rotwein, einfach nur, um die Spannung zu steigern. Sie zwinkerte Alex zu und erklärte dann: »Du weißt von dem Mord, das kann dir nur Lisa erzählt haben. Die anderen drei vom KC haben ganz sicher nicht mit dir gesprochen, zu denen hast du keinen persönlichen Kontakt. Dort, auf der gerade aufgeschlagenen Seite in deinem Notizbuch, steht Lisas Handynummer. Die hättest du dir bestimmt nicht aufgeschrieben, wenn du sie immer noch für eine Zicke halten würdest. Nein, die hast du dir notiert, weil du sie wiedersehen willst. Der Kassenbon von Luigi, den du als Lesezeichen nutzt, sagt mir den Rest. Lisa liebt es, wenn sie Stress hat, bei Luigi einen Salat zu essen. Er ist auch einer der wenigen Italiener im Umfeld des Präsidiums, die montags nicht geschlossen haben. Und hast du beim Italiener schon mal was anderes gegessen als überbackene Makkaroni? Nein, jedenfalls nicht, wenn du keine Zeit mit dem Aussuchen eines Gerichts verschwenden willst. Ihr habt in der Mittagspause zusammen gegessen, da ist die Zeit knapp, also eine rasche Wahl, deshalb Makkaroni. Eigentlich alles gar nicht so schwer nicht wahr?«

»Nicht, wenn du das so aufzählst. Da klingt das alles ganz logisch und einfach. Aber vor deiner Erklärung kam ich mir vor wie Watson, der mal wieder nicht begreift, wie Holmes seine Deduktion zuwege bringt.«

»Aber ich habe doch recht?«

»Natürlich, mit jedem Detail.«

Clarissa blickte ihren Neffen mit schräg gelegtem Kopf erwartungsvoll an. Alex begriff, was dieser Blick bedeuten sollte.

»Ja, schon gut«, er lachte, »ja, du hattest recht. Lisa Bellenberg ist keine Zicke, sie ist nett, einfühlsam, und man kann sogar mit ihr schweigen, wenn es nötig ist.«

»Das muss ja eine eindrucksvolle Mittagspause gewesen sein.«

»Ich will damit sagen, dass ich sie durch meine Telefonate völlig falsch eingeschätzt hatte. Abgesehen davon …«

»Ja, was?«

Alex seufzte, und dann lächelte er verlegen: »Sie sieht auch wirklich gut aus.«

Clarissa klatschte vergnügt in die Hände. »Weißt, du, Alex, das finde ich richtig schön. In den letzten Tagen gab es für mich nun wirklich keinen Anlass, um mich zu freuen. Ja, ich glaube, ihr beide würdet euch gut verstehen.«

Alex hob abwehrend die Hände: »Mal langsam, wir haben nur eine Mittagspause zusammen verbracht. Klar, ich würde sie schon gerne wiedersehen, aber dazu gehören auch immer zwei.«

»Mach dir darüber mal keine Gedanken. Ich glaube, du unterschätzt dein Potenzial.«

»Der Autor mit seinen verrückten Ideen und die analytische junge Polizistin?«

»Jeder sollte jemanden haben, bei dem er nicht ganz normal sein muss, mein Lieber.«

»Ich kann es nicht fassen, dass ich mit dir über Frauen und Beziehungen rede.«

»Eine verständige Tante, die ihrem Neffen zuhört, ist nicht die schlechteste Wahl, wenn es um einen Gesprächspartner geht.«

Alex hob sein Weinglas. »Okay, darauf trinke ich. Und jetzt haben wir genug über mich und mein Seelenglück geplaudert. Ich möchte endlich wissen, warum du glaubst, dass Gisbert Römer ermordet wurde. Und vor allem, wie ist er überhaupt ermordet worden? Ich dachte, er ist an Herzversagen gestorben?«

Clarissa setzte sich zurecht und schloss kurz die Augen, um ihre Gedanken zu ordnen. »Herzversagen war tatsächlich die Todesursache, aber wie kam es dazu? Und wie bin ich darauf gekommen, dass etwas nicht stimmt?« Sie lächelte kurz. »Angefangen hat eigentlich alles mit dem Toupet.«

In den nächsten zehn Minuten berichtete Clarissa, was ihr aufgefallen war, welche Spuren der Krimi-Club gefunden hatte und was Akim bei seiner Analyse festgestellt hatte.

Alex hörte ihr atemlos zu und vergaß sein Notizbuch.

»Das ist unglaublich. Und weißt du, wer dahintersteckt?«

»Nein, im Moment gibt es mehrere Kandidaten, mir fehlt noch das entscheidende Puzzleteilchen, das das Bild vervollständigt. Vor allem aber sind mir zwei schwere Fehler unterlaufen. Ich hoffe nur, es ist noch nicht zu spät, um sie ungeschehen zu machen.«

»Zwei Fehler? Und welche?«

Clarissa stand aus ihrem Sessel auf. Die Wanduhr im Wohnzimmer schlug halb elf. »Das, mein Lieber, verrate ich dir morgen, wenn ich mehr weiß. Du könntest übrigens morgen eine Kleinigkeit für mich erledigen. Aber jetzt musst du mich entschuldigen, ich bin hundemüde. Es war ein anstrengender Tag. Du musst noch dein Bett beziehen, die Bettbezüge habe ich gewaschen. Sie liegen oben in deinem Zimmer. Ich wünsche dir eine gute Nacht.«

»Das wünsche ich dir auch. Ich bin froh, dass ich wieder hier bin.«

»Ja, Junge, das bin ich auch.«

Als Clarissa die Bibliothek verließ, sah sie aus dem Augenwinkel, wie Alex gedankenversunken in die Flammen des Kaminofens schaute, bevor er anfing, sich Notizen zu machen.

Ein Dutzend Anrufe und eine neue Erkenntnis

Beim gemeinsamen Frühstück mit Alex ahnte Clarissa noch nicht, dass sie an diesem Abend wissen würde, wer der Mörder war.

Im Gegenteil, sie fragte sich, was sie übersehen hatte. Theresa Wirms hatte die Pizza bestellt. Damit waren Klaus Gerleucht und Anke Verlau endgültig entlastet, oder steckten sie mit Theresa unter einer Decke? Hatte es für Gerleucht und Verlau eine Möglichkeit gegeben, Falten-Tintlinge auf diese Pizza zu bringen? Wenn nicht, dann blieb die Frage, warum Theresa die tödliche Pizza serviert hatte? Wo lag ihr Motiv? Es gab zu viele unbeantwortete Fragen und zu wenige Antworten.

»Alex, ich habe eine Bitte.«

Alex, der während des ganzen Frühstücks ausgesprochen schweigsam gewesen war und zwischen zwei Happen Toast immer wieder etwas in sein Notizbuch geschrieben hatte, schaute hoch.

»Was denn? Sag es nur, ich helfe gern.«

»Es geht um diese Pizza. Meiner Meinung nach muss Gisbert Römer die Pizza am vorletzten Donnerstag oder Freitag gegessen haben. Keine Ahnung, ob sich noch jemand daran erinnert, was er vor elf oder zwölf Tagen verkauft hat, aber wir müssen es versuchen.«

»Willst du damit sagen, dass ich bei den Ermittlungen mitmachen darf?« Alex strahlte wie ein kleiner Junge, dem man gerade den größten Wunsch von seinem Wunschzettel erfüllt hatte.

»Was hast du denn gedacht, wobei du mir helfen sollst?«

»Keine Ahnung … Holzhacken, Bruchsteine herumwuchten, Säcke mit Gartenerde schleppen – was man als Neffe so tun muss.«

»Das kannst du auch alles gerne übernehmen, aber erst müssen wir ein paar Mörder schnappen.«

»Ja!« Alex stieß triumphierend die Faust in die Luft. »Ich wusste doch, dass es gut war, zurück ins Forsthaus zu kommen. Was soll ich tun?«

»Such im Internet alle Pizzerien im Umkreis von, sagen wir mal, fünfundzwanzig Kilometern heraus. Das ist zwar schon ziemlich weit für eine Pizzalieferung, die Pizza würde bei ihrer Ankunft schon kalt sein, aber wir müssen irgendwo eine Grenze ziehen. Und dann klemmst du dich ans Telefon und rufst sie an.«

Das breite Lächeln in Alex' Gesicht erstarb. »Das nennst du Ermittlungen? Ich hatte mehr an eine Observierung gedacht …«

»Vergiss es, die Pizza ist entscheidend, also fang am besten gleich an. Und vergiss auch nicht die Imbissbuden und Döner-Läden, die haben ja oft auch Pizzen im Angebot.«

»Wie könnte ich die vergessen?«, murmelte Alex.

»Sehr gut. Du wolltest Ermittlungen kennenlernen, das sind welche.« Clarissa trank ihren Kaffee aus und stand auf. »Ich fahr mal kurz zu Vera. Kannst du gleich mit dem Anrufen beginnen?«

»Mach ich, versprochen. Und das ist wirklich wichtig?«

»Entscheidend, mein Lieber, ganz entscheidend.«

***

Als Clarissa die Bäckerei Adenau betrat, lag ein geradezu überwältigender Duft von frisch gebackenem Brot in der Luft, der dafür sorgte, dass ihr das Wasser im Mund zusammenlief. Und das, obwohl sie doch eben erst gefrühstückt hatte. Vera sollte sich diesen Duft patentieren lassen, dachte Clarissa, ein besseres Verkaufsargument gibt es nicht.

»Guten Morgen, Clarissa, toll, dass du vorbeikommst. Ich hätte später auch angerufen, sobald die Kuchen im Ofen sind. Wolfgang hat die Roggenbrote gerade fertig.«

»Hallo, Vera! Ich war einfach zu ungeduldig. Und ich dachte, bevor ich dich auf dem Handy anrufen, komme ich rasch vorbei. Hast du was erreichen können?«

Vera schob ihre Hornbrille zurecht und strahlte stolz. »Deine Aufgabe war ein ziemlicher Brocken. Zunächst lag der Schlüssel nicht mehr unter dem Blumentopf, da musste ich erst mal wieder verschwinden und nachdenken. Ich habe Corinna angerufen und erfahren, dass Jule dem Bruder von Gisbert, Hermann Römer, bei ihrer Abrechnung auch den Schlüssel übergeben hat.«

»Vera, hast du jetzt …?«

»Moment, das ist noch nicht alles. Also, Jule gibt den blöden Schlüssel ab, und damit ist Schluss mit dem Rumstöbern. Aber dann fiel mir Dirk ein, der ist ja ein guter Freund von meinem Wolfgang und der Schwager von …«

»Vera, du machst mich wahnsinnig«, seufzte Clarissa, »was ist jetzt …?«

»Nun lass mich doch der Reihe nach erzählen. Also der Dirk ist ein ganz Patenter. Der arbeitet bei der Kreisverwaltung und kennt da Hinz und Kunz. Auf jeden Fall hat er sich umgehört und mir erzählt, dass Hermann Römer Sperrmüll bestellt und dabei auch mehrere Säcke Hausmüll angemeldet hat.«

»Und?«

»Und weil ich weiß, dass bei uns die Sperrmüllfahrer immer ganz frühmorgens kommen, habe ich mir ausgerechnet, dass der Müll schon abends rausgebracht wird. Ich also zu Gisberts Haus. Ich bin gelaufen, der Transporter wäre ja zu auffällig gewesen, nicht wahr? Und Bingo: Gisberts Bruder hat Kisten, Möbel und zum Schluss vier Müllsäcke an die Straße gestellt.«

Clarissa zwang sich, nicht noch einmal nachzufragen. Eines war sicher: Vera würde ihre Geschichte genau so erzählen, wie sie es für richtig hielt, davon würde sie allenfalls eine schwere Sturmflut oder ein Erdbeben abhalten. Vielleicht noch eine geladene Waffe, aber ihre private Pistole lag ja leider sicher verstaut im Tresor.

»Hörst du mir überhaupt zu, Clarissa?«

»Sicher, entschuldige bitte, ich war gerade in Gedanken kurz woanders. Also, du hast beobachtet, wie Hermann Römer Sperrmüll entsorgt hat?«

»Und dann weggefahren ist. Ich also hin zu den Müllsäcken und das Klebeband abgefummelt. Im dritten Sack lagen sie, allerdings ganz unten, das war nicht witzig, sag ich dir. Ich habe mir zum Glück ein Beispiel an dir genommen und Handschuhe getragen.«

»Du hast also die beiden Pizzakartons?«

»Sag ich doch die ganze Zeit.« Vera strahlte über das ganze Gesicht. »Etwas zerdrückt, aber tadellos in Ordnung, kaum

Flecken drauf, weil da eine Menge alter Zeitungen drauflagen. Die Säcke habe ich natürlich wieder zugeklebt.«

»Vera, das hast du großartig gemacht«, lobte Clarissa. Ihr fiel ein Stein vom Herzen. Im Stillen vergab sie der Bäckerin ihre ausschweifende Erzählung. Wer sonst hätte schon bereitwillig in drei Müllsäcken gewühlt und wäre darauf auch noch stolz gewesen? Das musste ihr erst mal jemand nachmachen.

»Die Kartons sind wichtig, nicht wahr?«, fragte Vera.

»Ich hatte größte Sorge, dass sie längst entsorgt sind. Ich weiß gar nicht, wie mir dieser Fehler unterlaufen konnte, schließlich sind das wichtige Beweisstücke.«

»Und was passiert jetzt damit?«

»Ich habe einen jungen Kollegen in Mainz, der im rechtsmedizinischen Labor arbeitet. Ich werde dafür sorgen, dass die Kartons bei dir abgeholt und ins Labor geschafft werden.«

»Du meinst so wie bei *CSI?*«

»Ja, sozusagen CSI Niedermühlenbach«, Clarissa lächelte.

»Das klingt ja mal cool. Und wie machen wir weiter?«

Bevor Clarissa die Frage beantworten konnte, klingelten in ihrem Rücken die Messingglöckchen. Gleichzeitig mit dem melodischen Klingeln weiteten sich Veras Augen.

Clarissa drehte sich um. Der Mann, der die Bäckerei betrat, war groß, ungefähr Mitte vierzig, und sie erkannte sofort die Familienähnlichkeit. Mit der fleischigen Nase und den dichten Augenbrauen sah der Mann wie eine jüngere, etwas schmalere Ausgabe von Gisbert Römer aus.

»Guten Morgen, die Damen! Frau Adenau, mein Name ist Römer, Hermann Römer. Sie kannten ja Gisbert, meinen verstorbenen Bruder.«

»Natürlich, Herr Römer. Unsere aufrichtige Anteilnahme«, erwiderte Vera. Und bevor Clarissa noch etwas sagen konnte, ergänzte sie: »Das hier ist übrigens Clarissa von Michel, sie hat noch versucht, Ihren Bruder wiederzubeleben. Leider vergeblich. Eine ganz schreckliche Geschichte.«

»Oh, ich wusste ja nicht, dass Sie dabei … ach herrje, mir ist nie in den Sinn gekommen, dass es natürlich bei Gisberts Tod Menschen gab, die das hautnah miterlebt haben.«

Hermann Römer schüttelte bedauernd den Kopf. »Ich habe Gisbert immer wieder gesagt, dass er mehr auf seine Gesundheit achten muss. Aber Sie wissen vielleicht, wie das ist, er war nun mal deutlich älter als ich, fast zwölf Jahre. Ich war für ihn eben immer der kleine Bruder, auf den man nicht hören musste.«

»Sie standen sich sicher trotzdem recht nah?«, fragte Clarissa und machte dabei ein möglichst unschuldiges Gesicht.

»Oh ja, je älter wir wurden, umso unbedeutender wurde der Altersunterschied. Wir haben fast jede Woche miteinander telefoniert und uns mindestens ein-, zweimal im Monat getroffen. Nur in Gesundheitsfragen ließ sich Gisbert nicht reinreden.« Hermann Römer seufzte. »Ich hätte ihm noch viele Jahre gegönnt.«

»Nun, das gilt für uns alle«, sagte Vera mitfühlend.

Und Clarissa ergänzte: »Vor allem, wo er doch mit Theresa Wirms eine deutlich jüngere, attraktive Partnerin gefunden hatte.«

»Ach ja? Stimmt, ich habe … ähm … Frau Wirms bisher gar nicht richtig kennengelernt, wir haben uns nur ganz kurz getroffen.«

»Wie kann ich Ihnen denn weiterhelfen, Herr Römer?«, fragte Vera.

»Gisbert hat sich immer eine schnelle Einäscherung und eine Bestattung in aller Stille gewünscht, wenn es einmal so weit sein sollte. Aber es gibt hier im Ort so viele Menschen, die mir ihr Beileid ausgesprochen haben. Da dachte ich, ich miete den Pfarrsaal und richte eine kleine Gedenkfeier aus. Dafür hätte ich gerne bei Ihnen Platten mit belegten Brötchen und Kuchen bestellt.«

»Selbstverständlich, das übernehmen wir gerne.« Vera griff

neben ihre Kasse und überreichte Römer eine Visitenkarte. »Hier haben Sie meine Kontaktdaten. Sobald Sie den Termin kennen, rufen Sie einfach zwei Tage vorher an, dann werde ich alles pünktlich liefern.«

»Das ist wirklich sehr nett, Frau Adenau. Ich melde mich, sobald ich mit dem Diakon den Termin für den Pfarrsaal geklärt habe. Ich wünsche Ihnen beiden noch einen schönen Tag. Und – Frau von Michel?«

»Ja?«

»Es wäre mir eine Ehre, wenn Sie auch kommen würden. Jetzt, wo ich weiß, wie Sie sich für Gisbert eingesetzt haben …«

»Gerne, Herr Römer. Ich wohne im alten Forsthaus. Vera kann mir ja Bescheid sagen.«

Hermann Römer nickte den beiden Frauen noch einmal zu und verließ die Bäckerei.

»Was für ein netter Mann. Der ist ja das genaue Gegenteil von Gisbert«, seufzte Vera. »Zwei Brüder und so unterschiedlich.«

»Er ist wirklich viel netter«, stimmte Clarissa zu, »und als Bruder dürfte er wohl auch der nächste Verwandte von Gisbert Römer sein.«

»Natürlich ist er das.«

»Natürlich. Und er hatte engen Kontakt mit seinem Bruder«, sagte Clarissa nachdenklich.

Vera wischte mit der flachen Hand ein paar Krümel von der Theke. »Warum auch nicht? Doch, ich kann mir schon vorstellen, dass sich die beiden nahegestanden haben. Wäre das falsch?«

»Nein, ganz und gar nicht. Ich glaube, ich habe noch einen Riesenfehler gemacht, ich war zu gutgläubig.«

»Das verstehe ich nicht?«

»Ich erkläre es dir später«

Zurück im Auto, überdachte Clarissa ihre nächsten Schritte. Was hatte sie übersehen? Tatwaffe, Motiv, Gelegenheit, die drei grundlegenden Punkte, die ihre Arbeit in den letzten zwölf Jahren bei der Mordkommission bestimmt hatten. Was war diesmal damit?

»Immerhin kenne ich schon mal die Tatwaffe und vielleicht auch das Motiv«, murmelte sie. »Es wird Zeit, dass wir die Wahrheit herausfinden.«

Vielleicht hatte Alex schon etwas erreichen können. Clarissa war bewusst, dass hier der Wunsch der Vater des Gedankens war. Langsam fuhr sie vom Marktplatz und zuckte zusammen, als in ihrer Handtasche das Handy klingelte. Sie nahm mit einem Tastendruck auf der Freisprecheinrichtung den Anruf an.

»Clarissa von Michel.«

»Guten Morgen, Clarissa! Hier ist Ferdi.«

»Gut, dass du anrufst. Ich war eben bei Vera. Sie hat die Kartons.«

»Sehr gut, ich stehe hier in Obermühlenbach vor dem Büro von Römer Immobilien. Offen gestanden habe ich ein Problem. Mona, meine ehemalige Schülerin … na ja, sie war vor ein paar Tagen noch ganz gesprächig, aber jetzt mauert sie. Will nichts mehr von mir wissen. Vielleicht wäre es gut, wenn du mal mit ihr reden würdest.«

»Sicher, ich könnte direkt zu dir kommen.«

»Prima, dann fahr aus Niedermühlenbach heraus und auf die Landstraße, so, als wolltest du zum Forsthaus fahren. Du bleibst aber auf der Straße, und wenn du das Hinweisschild Obermühlenbach siehst, fährst du trotzdem noch ein Stück geradeaus. Nach ungefähr einem Kilometer kommt rechts eine Tankstelle, dahinter geht es in ein Gewerbegebiet. Die Straße heißt Am Furt. Ich warte auf dich vor dem Haus, es ist die Nummer Vierzehn.«

»Gut, ich beeile mich.«

Das, was Clarissa von Obermühlenbach zu sehen bekam, bestärkte sie in ihrer Meinung, dass Niedermühlenbach ganz froh sein konnte, nicht verkehrsgünstig nahe der Autobahn zu liegen. Wie anders wirkte doch dieser Ort. Es war fast so, als wären zwei Gewerbegebiete mit Lagerhallen und Speditionen ohne jede Planung willkürlich in die Landschaft gepflanzt worden.

Die Straße Am Furt fand sie dank Ferdis Beschreibung problemlos.

Römer Immobilien hatte seine Geschäftsräume in einem schmucklosen zweigeschossigen Flachbau. Während im Erdgeschoss ein großer Kurierdienst seine Büros betrieb, lag das Immobilienbüro in der oberen Etage. Ferdi, der schon auf dem Bürgersteig auf sie wartete, winkte ihr kurz zu und deutete auf eine Parklücke hinter einem dunkelgrünen Mini.

»Schönes Grün. Das ist doch sicher dein Auto, oder, Ferdi?«, fragte Clarissa nach dem Aussteigen.

»Ja, ein Mini Cooper Baujahr 1971. Mir gefallen die einfache Ausstattung und vor allem diese Farbe, das klassische British Racing Green.«

»Wirklich hübsch.« Clarissa ging ein paar Schritte an dem Wagen vorbei, um ihn sich genauer anzusehen, nicht so sehr, weil sie sich für Autos interessierte, sondern vor allem, weil sie merkte, wie stolz Ferdi auf sein altes englisches Auto war.

»So, und jetzt wollen wir doch mal mit deiner ehemaligen Schülerin sprechen. Wobei, vielleicht wäre es besser, wenn du mich mal alleine – von Frau zu Frau – mit ihr reden lassen würdest.«

»Deswegen habe ich dich ja angerufen.«

»Gut, dann gehe ich alleine rauf.« Sie zeigte auf den Kurierdienst im Erdgeschoss. »Bestimmt kann man hier eine Direktfahrt bestellen?«

»Davon gehe ich aus, warum?«

»Organisiere doch bitte, während du auf mich wartest, einen Kurier, der bei Vera die Kartons abholt und sie nach Mainz ins Labor bringt. Das sollte so schnell wie möglich passieren. Warte«, Clarissa holte Stift und Notizblock aus der Tasche, »ich schreibe dir schnell die Adresse in Mainz auf.« Sie notierte alles Nötige und riss das Blatt vom Block ab. »Hier, das ist die Anschrift, und ganz wichtig ist, dass der Kurier nur Akim Dierlich persönlich die Kartons aushändigt, niemand anderem.«

»Wird gemacht, Clarissa. Soll ich nachkommen, wenn ich damit fertig bin?«

»Ich denke, ich werde nicht lange brauchen. Wie heißt deine ehemalige Schülerin überhaupt mit vollem Namen?«

»Mona Kronstein.«

»Und wie erkenne ich sie?«

»Sie ist die Jüngste im Team, sie müsste jetzt etwa sechsundzwanzig, siebenundzwanzig Jahre alt sein. Und im Moment dürfte sie ganz alleine im Büro sein, weil sie mir erzählt hat, dass ein anderer Kollege krank im Bett liegt und eine weitere, ältere Bürokraft in Trier unterwegs ist.«

Im Treppenhaus im Erdgeschoss waren die Wände vielleicht einmal weiß verputzt gewesen. Dank ungezählter Zigarettenpausen vor den jeweiligen Bürotüren hatten sie aber eine Farbe angenommen, die man wohlwollend als Nikotin-Gelb beschreiben konnte. Clarissa ging an mehreren fast bis zum Rand gefüllten Standaschenbechern vorbei. Angewidert rümpfte sie die Nase. Das war kein einladendes Entrée für eine erfolgreiche Immobilienfirma. Genau wie bei seinem hässlichen Einfamilienhaus hatte Römer wohl kein Geld für den schönen Schein ausgeben wollen. Das war entweder unglaublich clever oder sehr kurzsichtig gewesen, es kam ganz darauf an, mit welcher Art von Kunden Römer seine Geschäfte gemacht hatte. Während sie die Treppe hochstieg, kam sie an mehreren billigen, schon arg verblichenen Kunstdrucken vorbei, die den Gesamteindruck auch nicht heben konnten.

Ein etwa postkartengroßes Kunststoffschild über der Klingel war der einzige Hinweis auf die Firma Römer Immobilien. Clarissa klingelte, und Sekunden später summte der Türöffner. Als sie eintrat, fand sie sich in einem größeren Raum wieder, der gleichzeitig als Empfang und Sekretariat zu dienen schien. Jedenfalls gab es in einer Ecke eine Empfangstheke und dahinter zwei große Schreibtische. Sowohl die Einrichtung wie auch der Teppichboden wirkten abgenutzt, in einer Ecke verkümmerte ein großer Gummibaum. Die Wand dahinter war mit Fotos bedeckt, die eine bunte Mischung von großen Bürogebäuden bis hin zu Einfamilienhäusern zeigten, offenbar die aktuellen Angebote.

Eine junge Frau telefonierte gerade an einem der Schreibtische. Abwartend stellte sich Clarissa an die Empfangstheke.

»Ja, sicher, das ist eine schreckliche Tragödie, da stimme ich Ihnen zu. … Nein, Herr Römer wird heute nicht ins Büro kommen, ich schätze, er ist morgen wieder da. … Ja, werde ich ausrichten. Ihnen auch noch einen schönen Tag.«

Clarissa runzelte nachdenklich die Stirn.

»Hallo! Was kann ich für Sie tun?«

Die junge Frau war aufgestanden und hinter die Theke getreten. Clarissa hatte keinen Zweifel, dass sie Mona Kronstein gegenüberstand. Das Alter passte jedenfalls. Die Frau trug Skinny Jeans und Wildlederstiefel, die bis zu den Knien reichten, dazu eine grüne Seidenbluse. Ihre schulterlangen, unnatürlich schwarzen Haare umrahmten ein längliches Gesicht, das krankhaft blass wirkte. Die leicht vorstehenden Zähne gaben ihrem Aussehen etwas Hasiges. Große rehbraune Augen musterten Clarissa neugierig.

»Entschuldigen Sie bitte, sind Sie Mona Kronstein?«

»Ja, wieso?«

»Ich kenne Ferdinand Teichmann, Ihren ehemaligen Lehrer. Mein Name ist Clarissa von Michel.«

Jetzt wich die Neugierde aus dem Blick, und Mona Kronstein wirkte fast trotzig, als sie sagte: »Ich mag Herrn Teichmann und würde ihm gerne helfen. Er hat ja vor ein paar Tagen bereits mit mir gesprochen, aber ich habe ihm eben schon gesagt, dass ich keine weiteren Auskünfte geben kann.«

»Ja, das verstehe ich gut. Sie sind bestimmt sehr froh darüber, dass Hermann Römer die Geschäfte seines verstorbenen Bruders weiterführen will. Ist ja auch für Sie nicht so leicht, auf die Schnelle eine neue Stelle zu finden. Bestimmt schätzt er Ihre Erfahrung, schließlich braucht er jemanden, der sich mit den Abläufen und den Kunden auskennt.«

»Ja, das stimmt.« Mona Kronstein lächelte geschmeichelt, und dieses Lächeln verwandelte das ganze Bild. Ihr Gesicht wurde offen und begann zu leuchten. Sie sollte öfter lächeln, dachte Clarissa.

Das Lächeln verschwand genauso schnell, wie es gekommen war.

»Woher wissen Sie, dass Hermann Römer weitermachen will? Das haben wir noch niemandem gesagt.«

»Doch, Sie eben. Außerdem haben Sie am Telefon von einer Tragödie gesprochen und gleichzeitig erwähnt, dass morgen Herr Römer im Büro sein würde, dabei kann es sich ja nur um Hermann Römer handeln.«

Die Erklärung brachte Mona Kronstein augenscheinlich aus dem Konzept. »Wer sind Sie?«

»Wie ich schon sagte, ich heiße Clarissa von Michel. Sie sollten besser fragen, was waren Sie. Und meine Antwort ist: Bis vor vier Wochen war ich Erste Kriminalhauptkommissarin und Leiterin der Mordkommission. Ich war es, die versucht hat, Gisbert Römer wiederzubeleben.«

»Mordkommission?«, hauchte die Sekretärin. »Aber Gisbert, ich meine, Herr Römer, ist doch an Herzversagen gestorben.«

»Die Frage ist aber doch, was den Herzinfarkt verursacht hat, nicht wahr? Ich rate Ihnen dringend, in dieser Sache mit der Polizei zu reden, wenn sie Ihnen Fragen stellt.«

Monas Augen wurden noch größer, und nervös glitten ihre Fingerspitzen über die Lippen. »Aber ich kann doch gar nichts sagen, ich weiß doch nichts, ich war ja nicht mal bei dem Moselausflug dabei, das müssten Sie doch am besten wissen.«

»Hören Sie, Frau Kronstein, niemand beschuldigt Sie, etwas zu verheimlichen, aber Sie sind die Einzige, die mir jetzt weiterhelfen kann. Das, oder ich rufe meine Kollegen an, die Sie mit Sicherheit gerne auch befragen werden, allerdings dann im Polizeipräsidium …«

»Nein, nein, ich meine, wie gesagt, ich weiß nichts. Aber fragen Sie ruhig. Wenn ich damit weiterhelfen kann …«

»Nun, da gibt es tatsächlich eine Sache, bei der Sie sozusagen Insiderwissen haben. Im Jahr 2018 gab es drei Prozesse, in die Gisbert Römer verwickelt war: Nummer eins, eine Investorengruppe hatte ein Hotel-Restaurant übernommen, und Ihr Chef musste dafür seine Provision einklagen.«

»Daran erinnere ich mich gut. Ich war erst ein gutes Jahr mit an Bord, und diese PBK-Anwälte – PBK, das war die Investorengruppe –, die haben mir damals am Telefon regelrecht Angst gemacht. Wie die aufgetreten sind – grauenhaft. Aber mein Chef hat sich nicht einschüchtern lassen, er hat auf seiner Provision bestanden und sie am Ende auch bekommen. Ich hatte damals Sorge, ich könnte einen Fehler machen, weil ich doch noch nicht so viel Erfahrung hatte, verstehen Sie?«

»Ja, das kann ich gut verstehen. Im zweiten Prozess wurde Gisbert Römer verklagt. Soweit ich weiß, ging es um ein gescheitertes Immobilienobjekt.«

»Ja, da hat jemand mehr als eine Viertelmillion wiederhaben wollen. Aber da hat er nicht mit Gisbert, also Herrn Römer, gerechnet.« Mona war jetzt richtig lebhaft geworden, von Trotz und Zurückhaltung keine Spur mehr. »Ich muss schon sagen, Frau von Michel, Sie sind wirklich gut informiert.«

»Herzlichen Dank! Was ich aber nicht weiß, ist, worum es im dritten Prozess ging.«

»Ach das, das war so eine Sache, die bezog sich auf eine ältere Geschichte vor meiner Zeit hier. Da sollte ein Gewerbegebiet geschaffen werden, und ein Landbesitzer hat sich quergestellt, der wollte nicht verkaufen, und damit war der Plan für eine Straße und die Erschließung hinfällig.«

»Höhlbein? Reden wir hier von dem Projekt, das von Herrn Höhlbein gekippt wurde?«

Mona zog nachdenklich die Nase kraus, was Clarissa schon wieder fatal an einen Hasen erinnerte, der an einem Stück Möhre mümmelte.

»Kann schon sein, ja, da klingelt was bei mir. Das war aber wie gesagt alles vor meiner Zeit. Auf jeden Fall ging es bei dem Prozess darum, dass eine Geldgebergruppe, die hießen Mosel-Invest, am Ende auf ihren gekauften Grundstücken sitzen blieb. So viel weiß ich. Statt der erwarteten Umwandlung in teures Bauland blieb alles weiterhin Ackerfläche. Die haben richtig geblutet, zumindest hat das Gisbert gesagt.«

»Und Herr Römer hat diesen Prozess gewonnen?«

»Ja, mit Glanz und Gloria. Er konnte nämlich nachweisen, dass er in den Verkaufsunterlagen auf die Risiken schriftlich hingewiesen hatte. In der Hinsicht hat er sich immer hundertfünfzigprozentig abgesichert.«

Clarissa zückte ihr Notizbuch, um sich ein paar Stichworte aufzuschreiben. »Nur damit ich das nicht falsch verstehe: Mosel-Invest kauft Grundstücke, in der Hoffnung, dass daraus wertvolles Bauland wird. Dann aber platzt der ganze Plan, und am Ende haben sie kein Bauland, sondern nur Wiesen und Ackerflächen.«

»Genau so war das«, Mona nickte, »und die Richterin hat damals ganz klar gesagt: Ihr kanntet das Risiko, also beschwert euch nicht.«

Nachdenklich unterstrich Clarissa den Namen Mosel-Invest, dann schaute sie hoch und lächelte Mona an. »Ich danke Ihnen für Ihre Mithilfe, Frau Kronstein. Darf ich mich wohl noch kurz in Herrn Römers Büro umsehen? Natürlich in Begleitung von Ihnen.«

»Ja … ich denke … da wird niemand etwas dagegen haben.«

»Gut, ist es die Tür da vorne?«

Clarissa deutete auf eine Bürotür im Hintergrund, von der sie annahm, dass sie zu Römers Zimmer führte. Schließlich stand auf einer anderen Tür *WC*, und auf der einzigen weiteren *Konferenz*. Da fiel die Wahl nicht so schwer.

»Ja, warten Sie, ich komme mit.«

Römers Büro war deutlich größer als der Empfangsbereich, und der Schreibtisch war überraschend gut sortiert und aufgeräumt. Neugierig beugte sich Clarissa über einen Tischkalender. In der Woche vor der Dorffahrt hatte Römer an drei verschiedenen Tagen *Treffen mit T* notiert. Die letzte Eintragung war am Freitag vor der Abfahrt. Jede Wette, dass T für Theresa steht, dachte sie.

Das Büro war geschmackvoll eingerichtet. Die Sitzgruppe aus schwarzem Leder sah teuer aus, der große Schreibtisch aus Granit und Eichenholz war bestimmt auch kein Schnäppchen gewesen. Als sie sich umschaute, während Mona unschlüssig in der Tür stehen geblieben war, fiel Clarissas Blick auf ein silbernes Zigarettenetui. So etwas war ja heutzutage, wo immer weniger Menschen rauchten, ein seltener Anblick.

»Ich dachte, Herr Römer war Nichtraucher, wegen seiner Herzschwäche?« Clarissa deutete auf das Etui.

»Ähm, ja, das war er auch«, bestätigte Mona. Sie überlegte kurz, dann hellte sich ihr Gesicht wieder auf. »Das gehört bestimmt Hermann Römer, seinem Bruder. Der war in der letzten Woche hier und hat die ganzen Unterlagen gesichtet, weil er ja die Firma weiterführen will.«

Tatsächlich, jetzt beim Nähertreten erkannte Clarissa das Monogramm HR, das in einer Ecke eingraviert war.

»Ja, dann bin ich hier auch schon fertig«, sagte sie. »Ach, könnten Sie mir wohl bitte noch Ihre Telefonnummer aufschreiben?«

»Natürlich.« Mona drehte sich um. Die zwei Sekunden genügten Clarissa. Als Mona sich über die Schulter zu ihr umschaute, war Clarissa schon wieder unmittelbar hinter ihr.

***

Zwei Minuten später stand Clarissa draußen vor dem Gebäude. Ferdi, der offenbar unruhig auf dem Bürgersteig auf und ab gegangen war, schaute sie erwartungsvoll an. »Und, hat Mona geredet?«

»Ja, nachdem ihr klar geworden war, dass sich ansonsten die Polizei für sie interessieren könnte, war sie ausgesprochen hilfsbereit.«

»Die Polizei? Aber die will doch von unserem Fall gar nichts wissen. Hast du etwa gelogen?«

»Wie hat Dieter Hildebrandt mal gesagt: Das war keine Lüge, sondern sachzwangreduzierte Ehrlichkeit. Ich habe ihr deutlich gemacht, was die Polizei tun würde, wenn sie sich für den Fall interessieren würde. Und wo wir schon bei Geständnissen sind: Ich habe mir das hier ausgeliehen.« Vorsichtig holte Clarissa das Zigarettenetui aus ihrer Jackentasche, wobei sie es nur mit ihrem Taschentuch hielt. »Ich habe vor, es seinem Besitzer zurückzugeben, aber vorher möchte ich, dass Mainz die Fingerabdrücke abnimmt.«

»Clarissa!«, sagte Ferdi, und ihm gelang es, sowohl bewundernd als auch vorwurfsvoll zu klingen.

»Ich hole schnell aus dem Auto eine Plastiktüte. Ist der Kurier schon unterwegs?«

»Nein, hier ist noch niemand abgefahren.«

»Gut, dann lass uns drinnen Bescheid sagen, dass der Kurier noch etwas mitnehmen muss. Geh ruhig vor, ich komme gleich nach, sobald ich die Plastiktüte habe.«

***

Clarissa fuhr über den Feldweg zum Forsthaus. Sie hatte Ferdi versprechen müssen, sofort Bescheid zu sagen, wenn sich das Labor aus Mainz melden sollte. Jetzt einen Tee und etwas zu essen, dachte sie. Vor dem Haus stand Alex' Auto und daneben ein kleines weißes Cabrio mit rotem Stoffdach. Clarissa stieg aus und hörte hinter dem Haus fröhliches Hundegebell.

»Da bin ich aber gespannt, was Luise zu erzählen hat«, murmelte sie. Dass Luise einfach nur so vorbeigekommen war, glaubte Clarissa keinen Augenblick lang.

Im Hausflur hörte sie schon die Stimmen aus der Küche. »Du kommst gerade rechtzeitig, Clarissa«, begrüßte Alex sie. »Ich habe Luise schon von diesen schrecklichen Anrufen erzählt.«

»Hallo, Luise! Hat er sehr gejammert?«

»Kein bisschen. Ich habe gerade schon bewundert, mit welcher Ausdauer und Systematik er die ganze Gegend abgegrast hat.«

Bei Luises Lob grinste Alex breit. »Da hörst du es. Das lass ich mir doch auf ein Kissen sticken: Ausdauer und Systematik. Jawohl.« Alex stand auf, um Clarissa einen Becher aus dem Küchenschrank zu holen »Von wegen gejammert. Ich habe meine Flatrate zum Glühen gebracht. Übrigens: Möchtest du einen Tee oder einen Kaffee?«

»Ein Tee wäre jetzt schön. Ich habe auch nur Spaß gemacht. Ich bin sehr froh, dass du diesen Teil der Ermittlungen übernommen hast, schließlich ist das kein Spaß, eine lange Liste von Restaurants abzutelefonieren.«

Alex schaltete den Wasserkocher an und warf einen Teebeutel in einen Becher. »Das klingt schon besser – herzlichen Dank!«

»Hast du denn etwas erreicht?«

»Ja, nach ungefähr zwei Dutzend Anrufen habe ich einen Volltreffer erzielt, und zwar in Runkel. Alfredos Steinofenpizza ist offenbar der Geheimtipp hier in der Gegend – das hat mir Luise gerade schon bestätigt.«

»Stimmt, den Laden gibt es erst seit einem Jahr oder so. Die Pizza wird dort noch in einem echten holzbefeuerten Ofen gebacken.«

»Und dieser Alfredo hat die Pizzen geliefert?«

»Yep, das heißt, er hat sie nicht geliefert, sondern nur gebacken. Theresa Wirms ist dort Stammkundin, nur deshalb konnte sich Alfredo Pazalotti, der Pizzabäcker, überhaupt daran erinnern. Es war übrigens der Freitag, also der Tag vor der Dorffahrt. Theresa Wirms ist zu spät gekommen, und er war schon besorgt. Es gibt bei ihm so ein Qualitätsversprechen: jede Pizza innerhalb von fünfzehn Minuten auf dem Teller. Er hat mit ihr diskutiert, und sie hat ihm hoch und heilig versprechen müssen, dass es ihr nichts ausmacht, dass die Pizza beim Abholen schon achtzehn Minuten alt war. Sie wollte die Pizzen sowieso noch mal in den Ofen schieben.«

»Sehr gut. Damit können wir diesen Punkt von unserer Liste streichen«, sagte Clarissa.

»Aber wofür war das überhaupt wichtig?«, fragte Alex.

»Weil, mein Lieber, damit ein wesentlicher Teil der Theorie bestätigt wurde. Wären die Pizzakartons, sagen wir mal, drei Wochen alt gewesen, hätten wir wieder am Anfang gestanden.«

»Übrigens: Wäre ich früher hergekommen, hätte sich Alex

eine Menge Telefonate sparen können«, warf Luise ein. »Ich habe nämlich im Hotel Moselkrug angerufen.«

»Aber warum?«, fragte Clarissa und nahm dankbar den Becher Tee entgegen, den Alex ihr reichte.

»Wir wissen doch gar nicht, wo Theresa Wirms wohnt, und mir fiel ein, dass sie wie jeder Gast den Meldebogen im Hotel ausfüllen musste. Ich habe also gesagt, dass wir zwar die Fahrt organisiert hätten, aber von Frau Wirms, als Begleiterin von Gisbert Römer, keine Anmeldedaten hätten.«

»Und?«

»Sie wohnt in Runkel, daher auch die Nähe zu Alfredo.«

Alex stöhnte theatralisch auf und hob anklagend beide Hände. »Hätte ich das gewusst, hätte ich doch direkt in Runkel angefangen. Warum ist mir das nicht eingefallen? Na ja, wenn jemand von euch mal eine Pizza bestellen will, ich kenne jetzt eine Menge guter Adressen.«

»Das tut mir wirklich leid«, sagte Luise.

Clarissa wurde immer neugieriger. »Also, wir wissen jetzt, wo sie wohnt …«

»Und wir wissen noch viel mehr«, sagte Luise. »Ich bin nach Runkel gefahren und hab mich dort mal umgeschaut. Ratet mal, was vor dem Haus stand, in dem sie ihre Wohnung hat?«

Clarissa schaute Alex fragend an, der zuckte nur mit den Schultern. »Keine Ahnung, sag es uns.«

»Ein goldfarbener Porsche. Und weil es diese Geschmacklosigkeit hier im Landkreis sicher nicht so häufig gibt, möchte ich behaupten, dass es Gisbert Römers Porsche ist, der jetzt von Theresa Wirms gefahren wird.«

Clarissa trank ihren Tee und dachte nach. »Das ist ja mal interessant. Schau an.«

»Irgendwie stehe ich gerade auf dem Schlauch«, sagte Alex. »Warum ist das interessant? Sie fährt Gisbert Römers Auto – na und?«

»Gisbert Römer ist tot, Alex. Und Theresa Wirms war nicht mit ihm verheiratet.«

Das fehlende Puzzleteilchen

Es war schon fast einundzwanzig Uhr und draußen längst dunkel, als vor dem Forsthaus ein Auto hupte. Clarissa, die in der Küche ein spätes Abendessen vorbereitete, legte das Messer zur Seite, mit dem sie gerade eine Salatgurke klein geschnitten hatte. Sie ging in den Flur, schaute kurz ins »Waffenzimmer«, wie sie es nannte, in dem Alex saß und tippte. »Erwartest du noch Besuch?«

»Ich? Ganz sicher nicht. Außer Lisa und meiner Agentin weiß keine Seele, dass ich bei dir bin.«

»Ich schau mal, wer es ist.«

Sie öffnete die Haustür und blinzelte in das helle Scheinwerferlicht. Nach zwei Sekunden erlosch das Licht, dafür konnte sie jetzt als Schattenriss eine Person ausmachen, die ausgestiegen war.

»Holy Shit! Das ist ja echt creepy hier. Hier ist ja nicht mal mehr 'ne Straße …«

Clarissa stutzte überrascht, als sie die Stimme erkannte,

dann lächelte sie erfreut. Sie drehte sich um und rief ins Haus: »Alex, hör auf zu schreiben, Akim ist da.«

Ein paar Minuten später saß Akim Dierlich in einem Sessel der Bibliothek vor dem Kaminofen, ein Glas Mineralwasser in der Hand, und blickte sich anerkennend um. »Interessanter Style, das Ambiente gefällt mir. Retro, aber cool. Ich meine, auch draußen die Trophäen, sähe ja woanders ziemlich strange aus, aber hier – Respekt, da passt das.«

»Ich werde meiner Kusine ausrichten, dass du ihren Einrichtungsstil magst«, erwiderte Clarissa. »Aber es gibt doch sicher einen Grund dafür, dass du extra aus Mainz hierher nach Niedermühlenbach gekommen bist?«

»Und wenn ich nur Sehnsucht hatte und dich mal wiedersehen wollte?« Akim grinste frech.

»Ich zieh dir gleich den Hosenboden stramm. Hör bloß auf, eine ehemalige Vorgesetzte auf den Arm zu nehmen.«

»Sie war die Beste, wussten Sie das?«, fragte Akim in Richtung Alex. »Sie sieht Zusammenhänge, wo andere sich ratlos am Kopf kratzen und gar nichts checken.«

»Ich hab es immer geahnt, sie ist nur zu bescheiden, um das selber zuzugeben«, antwortete Alex. »Ich bin übrigens Alex, der Neffe, das Siezen kannst du dir sparen.«

»Holla, der Bestsellerautor, Clare hat von dir erzählt. Meine Schwester ist voll der Fan. Wenn ich ihr sage, dass ich dich getroffen habe, bin ich der König.«

»Hallo, ihr beiden, ich unterbreche euer Geplauder ja nur ungern, aber ich hätte jetzt gerne mal eine Antwort auf meine Frage«, beschwerte sich Clarissa und musste gleichzeitig lächeln, weil sie selber merkte, dass ihr das Lob von Akim gegenüber Alex ein bisschen peinlich war. »Raus mit der Sprache, Akim, was hast du für mich? Was machen die Fingerabdrücke?«

»Ich dachte, du fragst mich gar nicht mehr.«

»Akim!«

»Sorry, Clare!« Akim griff in seine Messenger-Tasche, die er neben dem Sessel auf dem Boden abgestellt hatte. »Das Rechtsmedizinische Institut Mainz präsentiert: alle Daten, die du angefordert hast, und natürlich einen ausführlichen Bericht.« Akim überreichte Clarissa mit theatralischem Schwung eine Aktenmappe. »Außerdem hier, voilà, das Beweismittel.«

Akim legte das silberne Zigarettenetui in einer Plastikhülle auf den kleinen Beistelltisch.

»Du hast die Fingerabdrücke sichern können?«

»Trägt der Kardinal lustige Mützen? Natürlich habe ich ein paar wundervolle, exakte und absolut vollständige Fingerabdrücke gefunden. Das war so, als hättest du Hermann Römer persönlich bei mir vorbeigeschickt.«

»Du konntest die Fingerabdrücke eindeutig zuordnen?«

»Sicher. Gevatter Römer ist mal betrunken in eine Polizeikontrolle geraten und hat sich mit einem Beamten angelegt, er fühlte sich wohl von den Kollegen unverstanden und dachte, er könnte handgreiflich werden. Das endete ganz schnell, der Richter hatte ein Nachsehen, von wegen Ersttäter und Reue, aber seitdem haben wir ihn in der Kartei. Der Rest steht in meinem Bericht. Aber ich habe noch was viel Besseres für dich, und deshalb bin ich auch hier in die Pampa gekommen. Mach doch mal das Zigarettenetui auf.«

Clarissa deutete auf das Etui. »Ich kann es anfassen?«

»Alles abgenommen und dokumentiert.«

Clarissa nahm das Zigarettenetui aus dem Beutel und strich mit den Fingerspitzen über das glatte, kalte Metall. An der Seite war ein kleiner Knopf eingelassen. Sie drückte mit dem Daumen auf den Knopf, und das Etui sprang auf. Auf der rechten Seite steckten hinter eine Metalllasche vier kurze Zigarillos. Dünner als eine Zigarre, aber deutlich dicker als Zigaretten.

»De Olifant, so heißt die Marke. Ich habe mich umgehört,

für einige Raucher gehören sie zu den besten Zigarillos am Markt«, erklärte Akim.

»Hat einen guten Geschmack, der Herr Römer«, kommentierte Alex.

Clarissa nahm die beiden Bemerkungen nur halb wahr. Wie gebannt schaute sie auf die linke Innenseite des Etuis. Genauer gesagt auf die Gravur in der Innenseite.

»Ich dachte mir gleich, dass du das gerne selber sehen würdest«, sagte Akim grinsend.

Clarissa schaute lächelnd hoch. »Da hast du verdammt noch mal recht, Akim Dierlich.« Sie stand auf, beugte sich vor und hauchte dem überraschten Akim einen Kuss auf die Wange. »Danke für alles! Das hier ist das Puzzleteilchen, das mir noch gefehlt hat.«

***

Zwei Stunden später, als Akim längst wieder gefahren war, rief Clarissa in einem Konferenztelefonat die Mitglieder des Krimi-Clubs an. Ihr war bewusst, dass es spät am Abend war, aber sie hoffte, die anderen drei noch zu erreichen. Und sie sollte recht behalten – Vera, Ferdi und Luise waren wach, und sie waren begeistert, von Clarissa zu hören. Als sie ihnen ihren Plan erklärte, waren die drei sofort mit allem einverstanden.

Noch zwei Tage, dachte Clarissa nach ihrem Telefonat, zwei Tage, und wir bringen es zu Ende.

Ein Prosit auf den Mörder

Zwei Tage später

Die Mitglieder des Krimi-Clubs kamen mehr als pünktlich. »Hallo! Schön, dass ihr da seid. Geht doch bitte schon mal ins Wohnzimmer, da haben wir genügend Platz. Lisa Bellenberg und Alex sind auch schon da«, begrüßte Clarissa die drei.

»Und meinst du, die beiden kommen?«, fragte Luise.

»Ich bin mir sicher«, antwortete Clarissa.

Vera, Ferdi und Luise zogen ihre Jacken und Mäntel aus. Als Clarissa die Kleidung entgegennahm, um sie ins Waffenzimmer zu legen, fiel ihr auf, dass die anderen ihre schwarzen KC-Polohemden trugen.

»Wir dachten, das wäre doch sehr passend«, erklärte Vera, der Clarissas fragender Blick nicht entgangen war.

Die überlegte einen Moment, dann nickte sie. »Ihr habt recht, warum eigentlich nicht. Entschuldigt mich einen Moment, ich zieh mich rasch um.«

Als sie kurze Zeit später das Wohnzimmer betrat, hatte Clarissa ebenfalls ihr Polohemd übergezogen. Sie zwinkerte den anderen dreien zu. In diesem Moment schellte es an der Haustür. Die leisen Gespräche verstummten, alle Augen richteten sich auf Clarissa.

»Ihr seid so weit? Gut, dann wollen wir mal.«

***

»Guten Abend, Herr Römer, ich freue mich, dass Sie meiner Einladung folgen konnten«, begrüßte Clarissa Hermann Römer, der sich neugierig in der Runde umschaute.

»Nun, ich bin doch etwas überrascht, ich hatte nicht so einen ... ähm ... privaten Kreis erwartet.«

Clarissa, die am großen Kachelofen stand, nickte unverbindlich. »Ich muss gestehen, dass wir heute Abend gar nicht über die Pläne des Ortsbeirats sprechen werden, die Gemeindebücherei nach Ihrem Bruder zu benennen. Das ist an sich schon eine verrückte Idee, hat Sie aber bestimmt neugierig gemacht. Schön, dass Sie der Einladung, die Frau Adenau bei Ihnen eingeworfen hat, gefolgt sind.«

»Sie wollen nicht ...?«

In diesem Augenblick klingelte es erneut an der Haustür.

»Ich geh schon und mache auf«, bot Alex an und erhob sich. Als er dann in Begleitung von Theresa Wirms wieder das Wohnzimmer betrat, sah Clarissa, wie Römer verwirrt die Stirn runzelte.

»Damit wären wir vollzählig«, verkündete Clarissa. »Vielleicht darf ich Ihnen, Herr Römer, noch einmal alle Anwesenden kurz vorstellen. Vera Adenau kennen Sie ja bereits, neben ihr sitzen Ferdinand Teichmann und Luise Hackenroth, alle drei sind Mitglieder des Krimi-Clubs, der die Dorffahrt organisiert hat, bei der Ihr Bruder gestorben ist. Und dort drüben, das sind Lisa Bellenberg und mein Neffe Alexander von Michel. Theresa Wirms dagegen muss ich Ihnen ja wohl nicht mehr vorstellen.«

Hermann Römer und Theresa Wirms tauschten einen schnellen Blick aus.

»Ähm, nein, natürlich nicht. Ich habe Frau Wirms …, also, wir haben uns natürlich bei der Bestattung meines Bruders kennengelernt …«

»Sehen Sie, und da fangen schon die Lügen an«, schnitt Clarissa ihm das Wort ab. »Gut, Sie haben sich in den letzten Tagen nicht gesehen, damit es kein Gerede gibt. Aber davor …«

»Was soll das heißen?« Zum ersten Mal sah Römer nicht mehr verwirrt, sondern verärgert aus.

Clarissa schaute zu Luise. »Würdest du bitte, Luise?«

Die griff in ihre Handtasche, zog ihr Handy heraus, wischte und tippte. Inmitten der Stille des Wohnzimmers ertönte plötzlich eine Flötenmelodie. Erschrocken sah Theresa auf ihre Handtasche, aus der diese Melodie erklang.

»Wir halten einmal unter Zeugen fest, dass die Mobilnummer, die Frau Hackenroth gerade angewählt hat, zu dem Handy gehört, das sich in Frau Wirms' Tasche befindet«, sagte Clarissa. »Es ist schon erstaunlich, wie weit die Erfassung unserer Mobilfunkdaten geht. Das rechtsmedizinische Labor in Mainz hat die Bewegungsdaten zu dieser Mobilnummer, Ihrer Mobilnummer, Frau Wirms, für die letzten neunzig Tage überprüft.« Clarissa nahm die Aktenmappe von der Bank des Kachelofens und warf sie auf den Couchtisch. »Die Mobilnummer war genau einhundertviermal in einer Funkzelle, in der Ihre Straße und Ihr Haus liegt, Herr Römer.«

»Das ist doch absurd. Was weiß ich, wo Frau Wirms war.«

»Das stimmt, so eine Funkzelle kann recht groß sein, aber es bleibt doch ein erster Anhaltspunkt. Und ich kann Ihnen beiden nur raten: Wer eine Beziehung geheim halten will, sollte keine Fotos in den sozialen Medien posten, nicht wahr, Luise?«

Die griff wieder in ihre Tasche und holte einen Tabletcomputer heraus. »Ich musste ein bisschen suchen, aber wirklich schwer war es nicht, ›Tessi85‹ zu finden.«

Auf dem Monitor des Computers erschienen verschiedene Fotos. »Da hätten wir den gemeinsamen Urlaub auf Ibiza, das Wochenende in Rom, und hier, da waren Sie wohl Skifahren«, erklärte Luise und vergrößerte mit zwei Fingern die jeweiligen Fotos.

»Und Sie hatten damals noch Ihre normale Haarfarbe, Frau Wirms«, ergänzte Clarissa. »Das Kastanienbraun passt viel besser zu Ihnen als dieses schreckliche Hellblond.«

»Wie kommen Sie dazu, uns hinterherzuspionieren?«, rief Theresa. »Das geht Sie gar nichts an.«

»Mag sein«, erwiderte Clarissa ungerührt, »aber ich bin noch nicht fertig.«

»Aber wir sind hier fertig.« Römer stand auf. »Komm, Theresa, das müssen wir uns nicht anhören.«

»Bleiben Sie sitzen, alle beide.« Clarissas Stimme bekam plötzlich eine Schärfe und Autorität, die Römer und Theresa Wirms tatsächlich dazu brachte, sich wieder zu setzen.

»Sehr gut, ich würde nämlich gerne noch den Rest erzählen. Also, wir halten fest: Frau Wirms' Handy war so gut wie täglich in Obermühlenbach, und es gibt Fotos von Ihnen beiden im Netz.«

»Ja und? Wir waren mal zusammen, das ist Geschichte. Sie hat Gisbert kennengelernt. War es das jetzt?«, fragte Römer.

»Und weil Sie beide mal zusammen waren, haben Sie ihr auch großzügig den Porsche Ihres Bruders zur Verfügung gestellt. Das kennt man ja, da stirbt der Bruder und man übergibt einen teuren Sportwagen der trauernden Ex-Freundin.«

»Werden Sie nicht unverschämt!«

Clarissa griff noch einmal hinter sich und warf dem verblüfften Römer das silberne Zigarettenetui in den Schoß.

»Das ist doch meins! Wo haben Sie …«

»Ich habe es mir geborgt, um es in Mainz untersuchen zu lassen. Ich sah keine andere Möglichkeit, an Ihre Fingerabdrücke zu kommen. Und die Gravur innen gefällt mit besonders gut: *In tiefer Liebe, Theresa.* Ich vermute, der 3. März dieses Jahres, das Datum, das mit eingraviert wurde, ist ein besonderer Tag für Sie beide.«

»Worauf wollen Sie hinaus?« Römers Gesicht war vor unterdrückter Wut ganz starr geworden.

»Ich nehme den Begriff Ex-Freundin zurück. Ihre Beziehung war noch vor einem Monat in bester Ordnung. Und worauf ich hinauswill? Ich erkläre Ihnen jetzt, warum Ihr Bruder sterben musste, warum er ermordet wurde.«

Hermann Römer schwieg einen Moment, dann brach er in lautes Gelächter aus. »Gisbert ermordet? Sie spinnen ja. Mein Bruder hatte einen Herzinfarkt, das haben zwei unabhängige Ärzte bestätigt.«

»Ja, da haben Sie recht. Aber die Ärzte haben nicht bestätigt, was das Herzversagen ausgelöst hat. Nein, Ihr Bruder wurde ermordet. Es war Mord, ein eiskalt geplanter Mord und ein brillanter, heimtückischer Plan. Sie, Herr Römer, haben, zusammen mit Frau Wirms, Ihren eigenen Bruder umgebracht.«

»Das ist doch vollkommen verrückt. Ich war ja nicht einmal an der Mosel, mehr noch, ich habe Gisbert das letzte Mal vierzehn Tage vor seinem Herztod getroffen.«

»Ja, das hat mir anfangs auch Kopfzerbrechen bereitet, das muss ich zugeben. Und ich habe drei schwere Fehler gemacht und einem Umstand keine Beachtung geschenkt«, sagte Clarissa. »Aber der Reihe nach. Am Freitag vor dem Ausflug zur Mosel haben Sie, Theresa, bei Alfredo zwei Pizzen abgeholt. Damit sind Sie zu Gisbert gefahren, den Sie seit gut fünf Wochen kannten. Gisbert stand auf blonde Frauen, daher haben Sie sich Ihre Haare gefärbt. Nur die Farbe Ihres Lippenstifts haben Sie nicht geändert. An meinem ersten Tag hier in Niedermühlenbach musste ich einen Mann darüber aufklären, dass der Lippenstift an seinem Kragen nicht zum Typ seiner Begleiterin passte. Bei Ihnen war es auch so. Der Lippenstift auf dem Weinglas in Gisberts Küche war ein helles Kirschrot, toll zu braunen Haaren, aber völlig unpassend für eine Blondine. Ich hätte mich damals schon fragen sollen, warum Sie Ihren Typ geändert, aber Ihren alten Lippenstift behalten haben. Doch nur, wenn Sie planten, wieder zum alten Haarton zurückzukehren. Aber diesen Umstand habe ich viel zu spät bemerkt. Mein Fehler Nummer eins: Ich habe die Pizzakartons im Müll nicht mitgenommen. Glücklicherweise konnte Vera Adenau sie noch aus dem Müllsack retten.«

»Idiotin, ich hab doch gesagt, du sollst die Kartons entsorgen«, zischte Römer.

»Wie denn, wenn Gisbert die ganze Zeit danebengestanden hat. Du hast ja auch erst Tage später daran gedacht.«

»Gut, wie ich sehe, sind wir uns alle einig, dass die Pizza wichtig ist, und zwar die, die Gisbert gegessen hat. Die mit den Falten-Tintlingen. Sie haben die Pilze auf die Pizza gelegt und alles noch einmal im Ofen erwärmt, sodass der Unterschied nicht auffiel. Falten-Tintlinge sind ganz heimtückisch: Man kann sie essen, aber das Coprin in den Pilzen hemmt den Alkoholabbau im Körper. Mindestens zwei Tage vorher und nachher führt jeder Alkoholgenuss zu schweren Vergiftungen. Bereits ein Falten-Tintling reicht für erste Symptome. Im Pizzakarton haben wir einen Rest gefunden, bestimmt gab es viel mehr als nur einen Pilz auf der Pizza. Am Ende der Weinprobe hat Gisbert tatsächlich etwas getrunken. Danach begannen das Unwohlsein, die Hitzewallungen und das Herzrasen. Sie, Theresa, waren gar nicht bei ihm, als er starb, sondern Sie haben in Ihrem Zimmer gewartet. Gisbert hatte vorher bereits jede Lust auf ein Stelldichein verloren. Er hat sein Toupet abgenommen, sich einen Pyjama angezogen. Als die Brustkrämpfe kamen, wollte er noch seine Tabletten einnehmen, aber dazu kam es nicht mehr. Die Tabletten lagen unangebrochen auf dem Boden im Bad. Wie war das? Mussten Sie ihn tot aus dem Bad schleifen und aufs Bett wuchten? Bestimmt eine Herkulesaufgabe, aber Sie haben es geschafft. Überhaupt kann man Ihnen nur zu Ihren schauspielerischen Leistungen gratulieren. Die Trauer, das Schluchzen – Hut ab. Ich hab Ihnen das wirklich geglaubt. Leider habe ich Ihnen auch die Sache mit der Stiftung und Gisberts schlechtem Verhältnis zu seinem Bruder, ihrem eigentlichen Geliebten, geglaubt. Sehr geschickt. Damit habe ich erst gar nicht gefragt, wer das Geld erbt. Als Sie, Herr Römer, dann aber erklärten, wie gut ihre Beziehung untereinander gewesen sei, fragte ich mich, ob nicht auch die Stiftung eine Lüge sein könnte.«

Theresa antwortete nicht, sondern presste sich die Hände aufs Gesicht, als könnte sie alles – das Wohnzimmer, die Menschen und Clarissas Anschuldigungen – verschwinden lassen. Clarissa aber fuhr ungerührt fort. »Wir werden auf dem Pizzakarton noch Ihre Fingerabdrücke finden. Ihre dagegen, Herr Römer, haben wir schon gefunden.«

»Das ist doch alles vollkommen aus der Luft gegriffen, nichts davon können Sie beweisen. Gisbert ist längst eingeäschert. Sie beschuldigen uns aufgrund eines Pilzrestes und aufgrund von ein paar Fotos. Warum sollte ich meinen geliebten Bruder umbringen? Warum?«

Das letzte Warum schrie Römer wütend heraus, Speicheltröpfchen im Mundwinkel.

»Für das Warum brauchte ich die Hilfe von Ferdinand Teichmann und Frau Adenau. Ich habe nämlich einen dritten Fehler begangen: Ich war zu vorschnell. Innerhalb eines Jahres gab es drei Prozesse, in die Gisbert verwickelt war. Gisbert hat sich Feinde gemacht. Klaus Gerleucht beispielsweise, der Koch im Hotel Moselkrug, durfte nach dem Verkauf des väterlichen Restaurants dort nicht mehr kochen. Schuld daran war letztlich der Deal, den Gisbert eingefädelt hatte. In einem anderen Fall hat der Vater einer Kellnerin, die mit Gerleucht befreundet ist, viel Geld verloren. Als ich davon hörte, dachte ich, ich hätte meine Verdächtigen. Aber das stimmte nicht. Der dritte Prozess, der war wirklich wichtig. Mosel-Invest. Wussten Sie, Herr Römer, dass Herr Teichmann, bevor er auf Lehramt studierte, als Wirtschaftsprüfer gearbeitet hat und dass er immer noch gute Kontakte zum Finanzamt hat? Und Vera Adenau kennt hier im Dorf jeden, und alle vertrauen ihr. Nicht wahr, Vera?«

»Bei dem großen Grundstücksdeal, den Kurt Höhlbeins Vater verhindert hat, also die Daniela Susenhein, die mit …«

»Vera, bitte.«

Die Bäckerin schob nervös ihre Brille zurecht. »Also kurzum, die hätten alle einen großen Sack Geld verloren. Aber sie hatten ja die Sicherheit, die ihnen ihr Finanzberater gegeben hat. Ich meine natürlich Sie, Herr Römer.«

»Genau«, ergriff Clarissa wieder das Wort. »Sie haben nicht nur Ihr eigenes Geld in dieses Projekt gesteckt, sondern auch verbindliche Renditenzusagen mit den Anlegern getroffen. Aber dann ging alles den Bach runter. Ihr Bruder war fein raus, der später angestrengte Prozess brachte auch keine Lösung. Bei Ihnen wurde es enger und enger. Oder, Ferdi?«

»Ich habe zwei Tage lang recherchiert: Ich würde sagen, es war das klassische Schneeballsystem. Sie haben mit neuen Einzahlungen die Renditenzusagen der alten Anleger bedient, nur dass das natürlich nicht ewig so weitergehen konnte. Als die Kunden weniger wurden, stürzte das ganze Kartenhaus in sich zusammen.«

Hermann Römer saß zurückgelehnt in seinem Sessel, auf seinem jetzt aschfahlen Gesicht schimmerten Schweißtropfen. Mit einer resignierten Handbewegung wischte er sich über die

Stirn. »Ich … ich … habe Gisbert angefleht, mir finanziell unter die Arme zu greifen. Er schwamm in Geld, es wäre für ihn ein Leichtes gewesen, aber er hat mich nur ausgelacht und einen Verlierer genannt. Dabei war er es gewesen, der damals in höchsten Tönen von diesem Gewerbegebiet geschwärmt hatte. Todsichere Sache, null Risiko – das galt nur für ihn. Ha, am Ende war ich es, der alles ausbaden musste.«

»Und da haben Sie ihn umgebracht«, sagte Clarissa überraschend sanft.

»Ja, habe ich. Ja, ja, verdammt, und es tut mir nicht leid. Was wollen Sie jetzt tun? Mich verhaften?«, schrie Römer schrill.

»Vor einem Monat hätte ich das getan. Da war ich nämlich noch die Leiterin der Mordkommission«, erwiderte Clarissa. Römer starrte sie mit halb geöffnetem Mund an, versuchte zu begreifen, was sie da gerade gesagt hatte.

»Die Erste Kriminalhauptkommissarin Clarissa Freifrau von Michel war wirklich eine tolle Chefin. Jetzt bin ich wohl an der Reihe.« Lisa Bellenberg stand auf. »Kriminalkommissarin Lisa Bellenberg, Mordkommission. Hermann Römer, Theresa Wirms, ich verhafte Sie beide wegen des gemeinschaftlichen Mordes an Gisbert Römer!«

Sonntagsspaziergang

Es war ein Bilderbuchsonntag. Der Tag fühlte sich an, als hätte jemand draußen einen großen Schalter umgelegt und von nasskaltem Aprilwetter auf Frühling umgeschaltet. Die Luft war warm, und in ihrem Duft lagen die Verheißungen auf eine wunderbare Jahreszeit. Clarissa atmete einmal tief ein. Sie schaute sich um. Lisa nickte lächelnd. »Ja, das ist schön hier oben, gar keine Frage. Ich beneide dich darum, dass du praktisch hinter dem Haus so einen Wald und eine solche Aussicht hast.«

Clarissa deutete nach vorne. »Noch ein paar Meter da rauf, dann kommt die St.-Antonius-Kapelle. Da können wir uns hinsetzen.«

Lisa griff in ihre Umhängetasche und holte zwei kleine Flaschen Mineralwasser heraus. »Möchtest du auch was trinken?«

»Sehr gern.« Clarissa schraubte die Flasche auf und trank einen langen Schluck.

Die Holzbank, auf der sie saßen, stand an der Seite der weiß verputzten Kapelle. Von hier aus hatte man einen weiten Blick über die Landschaft. Der Wald, die einzelnen Felder, das Forsthaus am Eingang des Tals – das alles vereinte sich von hier oben zu einem großen Panorama.

»Jetzt erzähl mal«, bat Clarissa. »Ich vermute, du hattest gestern einen arbeitsreichen Tag, obwohl doch Samstag war.«

»Das kannst du wohl sagen. Deswegen wollte ich auch einen Spaziergang machen. Ich brauchte dringend Bewegung und frische Luft.«

»Und?«

»Das kannst du dir doch denken: Hermann Römer und Theresa Wirms haben bei ihren Vernehmungen ein umfangreiches Geständnis abgelegt. Die beiden sitzen jetzt in Untersuchungshaft. Aber der Fall ist klar. Was du und der Krimi-Club …«

»Moment, vergiss nicht Alex und seine zahllosen Telefonate auf der Suche nach dem richtigen Pizzabäcker.«

»Entschuldige, du hast recht. Also, was ihr alle gemeinsam da ermittelt habt, hat intern ziemliche Wellen geschlagen. Zum einen, weil Dr. Eckhard im Mainzer Labor jetzt nichts mehr davon wissen will, dass er Akim eine Analyse untersagt hat. Im Gegenteil, plötzlich war es das Labor, das sozusagen in Eigeninitiative alles vorangetrieben hat. Zum anderen hat Rodenhausen durchblicken lassen, dass ihm der Tod von Gisbert Römer von Anfang an merkwürdig vorgekommen ist.«

»Aha, der Erfolg hat also plötzlich viele Väter.«

Lisa schraubte ihre Wasserflasche langsam zu. Clarissa hatte den Eindruck, dass sie sehr genau überlegte, was sie jetzt sagen sollte. »Das Problem ist, dass Rodenhausen seinen Unmut über deinen Anfangsverdacht zu laut und in größerer Runde geäußert hat. Niemand wird ihm das direkt unter die

Nase reiben, alle sind froh, dass zwei Mörder weniger auf der Straße herumlaufen, aber Rodenhausen weiß, dass sein Image angekratzt ist, und er weiß auch, dass die anderen seinen Fehler so schnell nicht vergessen werden.«

»Das hat er sich selber zuzuschreiben. Du hättest ihn mal bei dem Telefonat mit mir hören sollen.«

»Vergleich es einfach mit einem angeschossenen Bären, der wird dadurch doppelt gefährlich. Rodenhausen wird in den nächsten Wochen noch mehr darauf bedacht sein, alles richtig zu machen, um die Scharte auszuwetzen. Der ist jetzt schon ein schrecklicher Korinthenkacker, da macht die Arbeit keinen Spaß.«

»Rodenhausen wird sich schon wieder beruhigen, Lisa.« Clarissa sah, dass etwas ihre frühere Mitarbeiterin bedrückte. Sie wusste aber, dass sie nicht einfach weiterbohren konnte. Wenn Lisa etwas erzählen wollte, würde sie es schon zur passenden Zeit tun. Stattdessen fragte sie. »Wirst du dich mit Alex noch einmal treffen? Er ist gestern abgereist und will jetzt möglichst schnell seinen Kriminalroman schreiben. Ich bin gespannt, was er für eine Idee hat, denn das wollte er mir vorerst nicht verraten, es soll eine Überraschung werden.«

Ihr entging nicht, dass bei der Erwähnung des Namens in Lisas Mundwinkeln ein Lächeln zuckte.

»Er hat mich zu einer Lesung eingeladen – ich weiß nicht, ob ich hingehen soll.«

»Natürlich wirst du hingehen.«

»Und warum?«

»Weil du jetzt den Autor persönlich kennst, du dummes Huhn. Ende der Ansage.« Clarissa lehnte sich lächelnd zurück und genoss das Frühlingspanorama.

Kein Ende, ein neuer Anfang

Ein paar Tage später

»Du hättest dir aber keine so große Mühe machen müssen. Wir wären auch mit etwas Brot und Käse zufrieden gewesen«, sagte Luise beim Anblick des gedeckten Küchentisches.

»Unsinn, es hat mir Spaß gemacht, ein wenig einzukaufen und das Essen vorzubereiten«, erwiderte Clarissa.

»Oh Himmel, riecht das köstlich!« Vera kam, gefolgt von Ferdi in die Küche. Es klingelte an der Haustür.

»Setzt euch schon mal. Ich bin gleich zurück.«

Vor der Tür stand Jochen Bremmer.

»Ich hoffe, ich komme nicht zu spät.«

»Nein, die anderen sind auch gerade erst eingetroffen.« Bei der Erwähnung der anderen, huschte so etwas wie Bedauern über sein Gesicht. Vielleicht bilde ich mir das aber auch nur ein, dachte Clarissa. Laut sagte sie: »Schön, dass du so kurzfristig Zeit hattest.«

Jochen lachte verschmitzt. »Du hättest meinen Sohn sehen sollen, als ich ihm sagte, dass ich selber für die Weinlieferung nach Runkel fahren würde.«

Clarissa legte ihm die Hand auf den Arm und zwinkerte ihm zu. »Ich hatte eigentlich damit gerechnet, dich erst anlässlich der Lesung wiederzusehen. Schön, dass das schon vorher geklappt hat. Komm in die Küche, das Essen wartet.«

Die übrigen Mitglieder des Krimi-Clubs begrüßten den Winzer herzlich, nur Ferdi schaute einen kurzen Moment etwas nachdenklich zu ihr herüber, was Clarissa sehr wohl bemerkte. »Ich habe für uns Bandnudeln mit Spinat als Vorspeise vorbereitet, und danach gibt es dünne Kalbsschnitzel mit geschmortem Gemüse und Ofenkartoffeln.«

»Himmel, du willst uns mästen«, sagte Luise lachend.

»Ach was, du hast doch am Telefon erwähnt, dass du noch nichts gegessen hast. Und ich wette, Ferdi und Jochen haben auch Hunger mitgebracht. Ich weiß, ihr seid mit dem Auto hergekommen, aber möchtet ihr trotzdem einen kleinen Schluck Wein trinken?«

»Das fragst du einen Winzer?«, erwiderte Jochen. »Ich denke, einen kleinen Schluck kann ich mir gönnen. Ich werde am Ende sowieso über den Waldweg, an der Antonius-Kapelle vorbei, hinunter ins Moseltal fahren. Da gibt es ein paar gut ausgebaute Wirtschaftswege, auf denen die Polizei ganz sicher nicht kontrolliert. So bin ich in weniger als einer halben Stunde wieder zu Hause. Wenn Frau Kriminalkommissarin das also mit ihrem Gewissen vereinbaren kann, hätte ich nichts gegen ein Schlückchen.«

Die anderen drei nickten. »Bei uns im Dorf gibt es nicht mal Polizei, nicht wahr, Kinder?«, sagte Vera.

»Ich könnte ebenfalls einen Schleichweg fahren«, überlegte Ferdi.

Nur Luise nahm einfach ihr Glas und hielt es Clarissa auffordernd hin. »Schenk schon mal ein. Bis die mit ihren Plänen fertig sind, haben wir zwei schon angestoßen.«

Clarissa ging zur Arbeitsplatte und nahm die Karaffe, in der sie den Rotwein bereits dekantiert hatte. Sie füllte die Gläser.

Jochen hob sein Glas und betrachtete den Rotwein im Schein der Kerze, die auf dem Tisch brannte. »Tolle Farbe.« Er schnupperte am Glas. »Mhhmm, komplexes Aroma. Beeren, Schokolade, ein Hauch Eichenfass.«

»Das ist ein badischer Spätburgunder, der aber wie ein italienischer Rotwein ausgebaut wurde«, erklärte Clarissa. »Ich dachte, ich erweitere mal bei einem Riesling-Winzer den Horizont.«

»Hoho, der hat gesessen. Als ob wir nur unsere eigenen Gewächse im Kopf hätten. Also, Prost, Clarissa, auf dein Gespür für Wein!«

Sie prosteten sich alle zu, und Ferdi zog anerkennend nach dem ersten Schluck die Augenbraue hoch. »Sehr gut, ich muss Herrn Bremmer zustimmen, du hast ein Gespür für Wein.«

»Und für die anderen Dinge. Ich mag nämlich auch Blumen, Pralinen, Kuchen, Kekse, Whisky, gute Jazzmusik …«

»Schon gut, schon gut«, wehrte Ferdi ab, »ich will dich ja gar nicht auf Wein festlegen. Und nicht zu vergessen: dein Gespür für Mörder.«

Als Clarissa die Vorspeise serviert hatte, schloss Jochen nach der ersten Gabel genießerisch die Augen. »Du bist eine großartige Köchin. Das schmeckt ganz hervorragend. Mit dieser Soße könntest du auch bei uns in der Küche anfangen.«

»Danke für das Lob! Wo du gerade eure Küche erwähnst: Es tut mir leid, dass ich zuerst Klaus Gerleucht und Anke Verlau verdächtigt habe.«

Jochen winkte ab. »Das ist doch dein gutes Recht, und

nach allem, was du mir schon erzählt hast, lag der Verdacht ja auch nahe.«

»Und wir drei haben schließlich auch daran geglaubt. Dabei hat der Krimi-Club wirklich Erfahrung in Sachen Mord«, erklärte Vera.

»Mord in Büchern, nur in Büchern«, korrigierte Ferdi.

»Am Ende hat der Krimi-Club aber den Richtigen verdächtigt und geschnappt – und das ist doch die Hauptsache!«

»Schön, dass Sie das so sehen«, sagte Luise.

Jochen grinste breit. »Ich finde, es ist Zeit, dass wir uns alle hier am Tisch duzen. Ich bin der Jochen. Zum Wohl!«

Noch einmal prosteten sich alle zu. »Und jetzt müsst ihr mir erzählen, was ihr hier in Niedermühlenbach so treibt.«

In den nächsten drei Stunden fanden sich genügend Themen, über die sich alle am Tisch unterhalten konnten. Und wie sich zeigte, hatten sie auch in vielen Dingen den gleichen Geschmack. Für Clarissa flog der Abend jedenfalls nur so dahin. Als die alte Wanduhr im Wohnzimmer elf schlug, seufzte Jochen.

»Ich fürchte, ich muss jetzt aufbrechen. Ich muss morgen sehr früh raus. Es war ein schöner Abend bei euch, das müssen wir unbedingt wiederholen.«

»Ja, das sollten wir tun, Jochen«, antwortete Vera. »Du kannst auch gerne mal zu unseren Treffen kommen.«

»Ich werde es mir überlegen, liebe Vera.« Jochen nickte Vera zwar zu, aber er suchte dabei über den Tisch hinweg Clarissas Blick.

»Ich schließe mich Jochen an. Ich bin müde geworden«, sagte Luise. Und auch Vera und Fredi erklärten, dass sie aufbrechen wollten.

Vor der Haustür umarmte Clarissa ihre Freunde. »Schön, dass ihr da wart.« Und das kam aus tiefstem Herzen. Zum ersten Mal seit Jahren hatte sie das Gefühl, neue Freunde gefunden zu haben. Freunde und eben nicht Kollegen bei der

Polizei. Man braucht nicht viele Freunde, dachte Clarissa, nur ein paar richtige.

»Schön, dass du nach Niedermühlenbach gekommen bist«, flüsterte Luise ihr zu, bevor sie zu ihrem Cabrio ging.

***

Der frühlingswarme Nachtwind umhüllte sie wie eine Decke, die sich sanft um ihre Schultern legte. Die Rücklichter der Autos waren längst in der Dunkelheit verschwunden. Irgendwo hoch oben im Wald konnte man noch ein Motorgeräusch hören. Als auch das erstarb, blieb nur noch die Stille der Nacht und der Ruf des Käuzchens, das ganz in der Nähe in einem Baum saß.

Clarissa drehte sich um und betrachtete das Forsthaus. Aus den Fenstern der Bibliothek schimmerte warm und einladend das Licht des Kamins und der Stehlampen. Ein Schluck Rotwein und ein paar Krimiseiten im Sessel vor dem Kamin, das wäre doch jetzt der richtige Abschluss für diesen schönen Abend, überlegte sie. Mit schnellen Schritten ging sie zurück ins Haus.

Im Flur schaute sie zu dem Hirschkopf hoch. »Und, Hubertus, was meinst du? Soll ich noch ein paar Monate dranhängen und hierbleiben?«

Hubertus schwieg, aber das störte Clarissa nicht. Sie kannte die Antwort ja längst.

ENDE

Anmerkung

Ein Prosit auf den Mörder ist, anders als meine bisherigen Krimis, auch eine Verbeugung vor den Klassikern dieses Genres. Als großer Fan der Agatha-Christie-Romane und der Miss-Marple-Filme mit der unsterblichen Margaret Rutherford hat es mir großen Spaß gemacht, entsprechende Zitate einzubauen. Wenn Sie selber einen Blick in die Bücher werfen wollen, hier noch einmal die Romane beziehungsweise Kurzgeschichten, die in diesem Krimi erwähnt werden.

Mein lieber Kollege Ralf Kramp hat vor ein paar Jahren ein tolles Buch geschrieben: *Ihr Mord, Mylord* ist herrlich altmodisch, gleichzeitig witzig. Ralf greift hier bekannte Figuren wie zum Beispiel die Hauptpersonen von *Dinner for One* auf, um drum herum einen Krimi zu schreiben. Es ist kein Wunder, dass Clarissa dieses Buch dem Krimi-Club vorschlägt.

Ellery Queen steht seit Jahrzehnten in meinem Bücherregal, unter anderem mit *Sherlock Holmes & Jack the Ripper.* Auch hier wurde die die Figur des berühmten Detektivs wiederbelebt und ein verschollenes Manuskript Watsons erfunden. Ellery Queen ist ja das Pseudonym von Frederic Dannay und Manfred Bennington Lee, die Krimis über den fiktiven Schriftsteller Ellery Queen verfasst haben. Dieser Roman (»A Study in Terror« bzw. »Sherlock Holmes vs. Jack the Ripper«, 1966) ist im Grunde ein Buch zum Film, nämlich zu SHERLOCK HOLMES' GRÖSSTER FALL (A STUDY IN TERROR, 1965). Dannay/Lee verfassten den Roman nicht selbst, sondern nur eine Rahmenhandlung, in der ihre Figur Ellery Queen zum Zug kommt. Der ganze Holmes-Teil, also der eigentliche Roman, mit der Ripper-Geschichte stammt aber von

Paul W. Fairman. Insgesamt gelingt es diesem Buch, den Stil Conan Doyles hervorragend nachzuempfinden – absolut lesenswert. Und dass das berühmte Zitat von Sherlock Holmes in meiner Geschichte nicht fehlen darf, versteht sich von selbst.

Francis Durbridge und seine *Paul Temple*-Romane, vor allem die Hörspiele, die u.a. der WDR produziert hat – eine klare Empfehlung. Die müssen Sie sich anhören.

Von Agatha Christie sind zwei Bücher eingeflossen: *Mord im Orient-Express* und *Das große Miss Marple Buch*, in dem auch die Kurzgeschichte *Der Daumenabdruck des Heiligen Petrus* enthalten ist.

Ja, beim Krimi-Club könnte man durchaus auch an den »Dienstagabendclub« denken, den Christie bei ihren Kurzgeschichten erfunden hat.

Ich freue mich schon auf das Stöbern nach Zitaten für den nächsten Fall von Clarissa und dem Krimi-Club.

Danksagung

Bevor aus einer Idee ein Buch wird, gibt es eine Menge zu tun, und deshalb bin ich als Autor ganz vielen wunderbaren Menschen für die Mithilfe und Unterstützung dankbar.

Da wäre zunächst einmal meine Agentin Anna Mechler, die dieses Buch wie immer optimistisch begleitet hat, sich um alle Vertragsfragen kümmert und die Absprachen trifft, sodass ich nur noch schreiben muss. Es mag zwar schon ein paarmal gesagt worden sein – aber eine bessere Agentin kann man sich nicht wünschen. Danke, Anna!

Bastei-Lübbe, dem »be«-Team und allen voran Kathrin Kummer danke ich für das Vertrauen, das in diese Buchidee gesetzt wurde. Ich freue mich auf die nächsten Projekte mit euch! Wie gut hier schon im Vorfeld die Zusammenarbeit war, sieht man daran, dass der Verlag sofort bereit war, Dr. Clarissa Czöppan, unsere Lektorin der Barbara-Erlenkamp-Romane, auf meine Anfrage hin mit ins Boot zu holen. Clarissa hat auch dieses Mal wieder sehr genau und wertschätzend die ganze Geschichte lektoriert. Wenn sie sagt: »Da ist was unstimmig«, dann ist das auch unstimmig. Dass meine Hauptfigur ihren Vornamen trägt, möge sie mir verzeihen, er passte einfach zu gut. Danke für die tolle Arbeit, Clarissa!

Meine Fragen zur Polizeiarbeit hat mir Friedhelm Georg aus der Pressestelle des Polizeipräsidiums Koblenz beantwortet. Er war dabei eine große Hilfe, weil man manches eben doch nicht einfach im Internet findet. Ganz herzlichen Dank! Ich habe im Roman bewusst nicht das Polizeipräsidium Koblenz erwähnt, denn alles, was damit zusammenhängt, ist natürlich frei erfunden. Es gibt auch keine Polizistinnen oder

Polizisten in Koblenz, die als Vorlage für Clarissa von Michel, Lisa Bellenberg, Tobi und Volker Rodenhausen oder die Vorgänge im Polizeipräsidium dienten. Alles frei erfunden.

Wie viel Barbara Erlenkamp steckt eigentlich in diesem Roman von Andreas Erlenkamp? Ich kann es Ihnen ja verraten: eine ganze Menge. Denn dieser Krimi wurde von meiner Frau Christine (dem zweiten Teil des Duos Barbara Erlenkamp) sehr genau durchgearbeitet. Da, wo ich nur einen lapidaren Satz geschrieben habe, entstand bei ihr am Computer ein ganzer Abschnitt. Am Ende habe ich mich dann wie so oft vorher gefragt, warum mir das nicht selber eingefallen ist. Ohne Tine wären meine Bücher nicht so, wie sie sind, ihr verdanke ich überhaupt, dass ich Bücher schreiben kann. Und dass ich mit ihr bei anderen Buchprojekten zusammen schreiben darf, ist ein großes Geschenk.

Andernach, im Frühjahr 2021

Andreas Erlenkamp

Falschgeld im Moseltal!

Andreas Erlenkamp
ZWEI BLÜTEN FÜR
DEN MÖRDER
Clarissas feines
Gespür für Blumen
Mosel-Krimi

ISBN 978-3-404-18765-2

Clarissa freut sich auf das große Dorffest in Niedermühlenbach – aber kurz vor den Feierlichkeiten tauchen im Ort Falschgeldnoten auf! Und dann wird auch noch der junge Diakon Bernhard Wohlgemuth erhängt aufgefunden – in seiner Hand zwei gezinkte 50-Euro-Scheine. Woher stammen die Blüten? Die Polizei kommt der kriminellen Vergangenheit des jungen Geistlichen auf die Spur und deklariert den Tod als Selbstmord. Aber Clarissa kann das nicht glauben und ermittelt auf eigene Faust …

Erscheint im April 2022

Lübbe

Ein Hauch von Hollywood weht durch die Eifel!

Barbara Erlenkamp
FRÜHLINGSGLÜCK
IM KLEINEN CAFÉ
AN DER MÜHLE
Roman

272 Seiten
ISBN 978-3-404-18441-5

Wümmerscheid-Sollensbach ist in heller Aufregung. In dem kleinen Ort zwischen Rhein und Mosel sollen Dreharbeiten für eine Fernsehserie stattfinden, und fast jeder im Dorf träumt vom großen Ruhm. Allein die hochschwangere Sophie bewahrt einen kühlen Kopf. Schließlich muss sie sich auf ihre Hochzeit vorbereiten. Doch dann droht ein Geist aus der Vergangenheit alles zu zerstören, was Sophie sich aufgebaut hat. Wird sie gemeinsam mit ihren Freunden das Bistro retten können?

Schräge Morde und ein komischer Vogel

Katharina Schendel
HUMMELSTICH -
EIN MORD KOMMT
SELTEN ALLEIN
Provinzkrimi

192 Seiten
ISBN 978-3-7413-0220-6

Die Ankunft der exzentrischen Bea von Maarstein im beschaulichen Örtchen Hummelstich stellt das Leben der Dorfbewohner gehörig auf den Kopf: Bea behauptet, ihre Freundin Henrietta sei keines natürlichen Todes gestorben. Als dann noch zwei Wirtsleute ermordet werden, ist es endgültig vorbei mit der Dorfidylle. Gemeinsam mit dem Halbtagspolizisten Sven Grüneis und ihrem Papagei Dr. Jekyll beginnt Bea zu ermitteln und gerät dabei selbst in größte Gefahr ...

beTHRILLED